COLEÇÃO VIAGENS DO BRASIL

1. VIAGEM PELAS PROVÍNCIAS DO RIO DE JANEIRO E MINAS GERAIS — Auguste de Saint-Hilaire.
2. VIAGEM AO ESPÍRITO SANTO E RIO DOCE — Auguste de Saint-Hilaire
3. VIAGEM À PROVÍNCIA DE GOIÁS — Auguste de Saint-Hilaire
4. VIAGEM A CURITIBA E SANTA CATARINA — Auguste de Saint-Hilaire
5. VIAGEM AO RIO GRANDE DO SUL — Auguste de Saint-Hilaire
6. VIAGEM À PROVÍNCIA DE SÃO PAULO — Auguste de Saint-Hilaire
7. VIAGEM AO TAPAJÓS — Henry Coudreau
8. VIAGEM DE CANOA, DE SABARÁ AO OCEANO ATLÂNTICO — Richard Burton
9. VIAGEM PELAS PROVÍNCIAS DO RIO DE JANEIRO E MINAS GERAIS — Auguste de Saint-Hilaire
10. VIAGEM PELO DISTRITO DOS DIAMANTES E LITORAL DO BRASIL — Auguste de Saint-Hilaire
11. VIAGEM ÀS NASCENTES DO RIO SÃO FRANCISCO — Auguste de Saint-Hilaire.
12. VIAGEM AO BRASIL — Spix e Martius
13. SEGUNDA VIAGEM DO RIO DE JANEIRO A MINAS GERAIS E A SÃO PAULO (1822) — Auguste de Saint-Hilaire
14. DUAS VIAGENS — Hans Stadem

VIAGEM
À PROVÍNCIA
DE GOIÁS

Diretor editorial
Henrique Teles

Produção editorial
Eliana S. Nogueira

Arte gráfica
Ludmila Duarte

Revisão
Eduardo Satlher Ruella

Tradução
Regina Regis Junqueira

EDITORA GARNIER
Belo Horizonte
Rua São Geraldo, 67 - Floresta - Cep.: 30150-070 - Tel.: (31) 3212-4600
e-mail: vilaricaeditora@uol.com.br

AUGUSTE DE SAINT-HILAIRE

VIAGEM
À PROVÍNCIA
DE GOIÁS

2ª edição

GARNIER
desde 1844

Dados Internacionais de Catalogação na Publicação (CIP) de acordo com ISBD

Sant-Hilaire, Auguste de

S234v   Viagem à Província de Goiás / Auguste de Sant-Hilaire. - 2. ed. - Belo Horizonte - MG : Garnier, 2021.
152 p. ; 16cm x 23cm.

Inclui índice.
ISBN: 978-65-86588-14-9

1. Relato de viagem. 2. Província de Goiás. 3. Brasil. 4. Literatura Francesa. I. Título.

2021-986

CDD 910.4
CDU 913

Índice para catálogo sistemático:

1. Relato de viagem 910.4
2. Relato de viagem 913

Copyright © 2021 Editora Garnier.

Todos os direitos reservados pela Editora Garnier.
Nenhuma parte desta publicação poderá ser reproduzida
sem a autorização prévia da Editora.

APRESENTAÇÃO

Quanto mais se conhece a obra de Saint-Hilaire mais cresce a admiração pelo sábio francês que, na primeira metade do século XIX, visitou demoradamente nosso País.

Com efeito, tendo para aqui vindo sob influência do Conde de Luxemburgo, em 1816, permaneceu até 1822. Viajou, durante estes seis anos, pelo Rio de Janeiro, Minas Gerais, Espírito Santo, Goiás, São Paulo, Santa Catarina e Rio Grande do Sul.

Suas viagens, em "lombo de burro" e em canoas, eram extensas, demoradas, cheias de percalços e, por vezes, de perigo.

Como ele mesmo escreve no prefácio desta obra, escrito em Montpellier em 1848, já afirmava o grande Chateaubriand que as viagens são uma das fontes da história.

E, no caso de Saint-Hilaire, a palavra deve ser tomada no mais amplo sentido, pois os relatos de suas viagens são um farto manancial de informações sobre a história pátria, a nossa geografia, etnografia, e nossa Fauna e Flora, em particular. Ora, o botânico que lê Saint-Hilaire informa-se sobre o estado da vegetação nas regiões e na época em que as visitou. Conhecendo-se a situação atual, pode-se fazer ideia da evolução (ou deveria dizer involução?) histórica, pela qual, através de cerca de um século e meio, passou a flora dessas regiões. O mesmo se poderia dizer com relação à fauna, aos índios, aos costumes, à arquitetura (pode-se chamar de arquitetura o que existia como habitações, no interior do Brasil, no tempo em que Saint-Hilaire por aí passou?), à economia, etc.

Durante suas viagens Saint-Hilaire fez, como já se percebe, extensa coleta de material, especialmente botânico e inúmeras observações de interesse para o conhecimento de nossa Natureza, nossa História, nosso povo, seus usos e costumes. No que concerne à Botânica, reuniu um herbário de 30.000 espécimes que abrangiam 7.000 espécies, das quais foram avaliadas, como até então desconhecidas, mais de 4.500.

Como viera em companhia do zoólogo Delalande, este deveria encarregar-se do material zoológico. Mas Delalande ficou apenas alguns meses no Brasil e limitou suas coletas nas excursões próximas do Rio de Janeiro. Retornando à Europa o zoólogo, o próprio Saint-Hilaire encarregou-se de colecionar material zoológico durante o restante de sua estada no Brasil.

Quando retornou ao seu país, o notável naturalista redigiu inúmeros trabalhos científicos, dentre eles sobressaindo, como dos mais famosos, o que elaborou com Jussieu e Cambessedés: *Flora Brasiliae Meridionalis,* publicado em Paris (1824-1833).

Muitos relatórios de suas viagens pelo Brasil foram publicados em português, alguns mais de uma vez. Entre eles publicou-se a *Viagem à Província de São Paulo e Resumo das Viagens ao Brasil, Província Cisplatina e Missões do Paraguai.* Esta edição da Livraria Martins Editora é fruto de excelente tradução de Rubens Borba de Morais que lhe fez, também, prefácio e notas. Em 1972 foi essa publicação reeditada pela Livraria Martins Editora em colaboração com a Editora da Universidade de São Paulo.

Esta descrição de viagem foi apresentada à Academia Real das Ciências, de França. O relatório foi feito por Jussieu e subscrito também por Desfontaines, Latreille, Geoffroy de Saint-Hilaire e Brogniart. Foi aprovado e suas conclusões adotadas pela Academia da qual era Secretário Perpétuo o Barão Cuvier, Conselheiro de Estado e Comandante da Ordem Real da Legião de Honra, especialmente conhecido por sua Teoria das Catástrofes. Tal relatório está incorporado à edição mencionada.

Este livro *Viagem à Província de Goiás* apresenta-se em magnífica tradução de Regina Regis Junqueira. Com vasta experiência no difícil mister de tradutora, não é de admirar que tenha feito trabalho primoroso. Lê-se sua tradução como se o relato de Saint-Hilaire tivesse sido escrito originariamente em português.

Neste relatório há um Prefácio em que o autor condena os estrangeiros que tiram conclusões apressadas e errôneas de suas observações feitas em viagens frequentemente de pequena duração. Além disso condena aqueles que pretendem comparar o Brasil com o Mundo Europeu, o que não lhe parece adequado. Julgando a Província de Minas Gerais a mais civilizada do País, toma-a por termo de comparação. Afirma, ainda, nesse prefácio, que nenhum francês antes dele visitara Minas Gerais, Goiás, São Paulo, etc.

Nos capítulos que seguem, relata Saint-Hilaire o percurso que fez e o que observou em: Santo Antônio dos Montes Claros, Corumbá, Montes Pireneus, Meia-Ponte, Jaraguá, Ouro Fino, Ferreiro, Vila Boa ou a Cidade de Goiás. Fala sobre os índios Caiapós, o ouro e os diamantes do Rio Claro, da Volta a Vila Boa, do Início da Viagem da Cidade de Goiás a São Paulo, das Águas Termais ditas Caldas Novas, Caldas Velhas e Pirapitinga, do Arraial de Santa Cruz, dos Índios Mestiços de Paranaíba da Cachoeira de Furnas, do Rio das Velhas e o Arraial de Santana, do Arraial de Farinha Podre e da Travessia do Rio Grande, que realizou em 24 de setembro, entrando, então, na Província de São Paulo.

Como se depreende deste elenco sumário de assuntos abordados, o presente relatório de Saint-Hilaire é, como todos os de sua lavra, rico em informações.

Apraz-me cumprimentar D. Regina Regis Junqueira por sua feliz tradução. Como diretor da Série "Reconquista do Brasil", da qual este livro é parte, tive que fazer algumas intervenções apenas, em matéria científica, para maior precisão. Acrescentei algumas notas de rodapé para esclarecer ou atualizar certos assuntos.

Desejo felicitar a Editora da Universidade de São Paulo e a Livraria Itatiaia Editora, por mais este empreendimento, e, especialmente o público, o principal beneficiado por este trabalho.

São Paulo, abril de 1975.
MÁRIO GUIMARÃES FERRI

PREFÁCIO

Confiei demasiadamente nas minhas forças. Quando voltei ao Brasil achava-me esgotado, e em breve vi-me obrigado a interromper meus trabalhos. Praticamente quinze anos, que poderia ter dedicado a eles, foram perdidos devido a males cruéis que por três vezes me acometeram. Em consequência, não deve causar surpresa o fato de haver intervalos tão longos entre minhas diferentes publicações.

Tão logo comecei a me restabelecer de prolongada enfermidade, que ainda desta vez consegui vencer, dediquei-me a redigir o relato de minha viagem a Goiás. Procurei esquecer o presente, tão doloroso para mim, e me vi em imaginação sob o belo céu do Brasil, numa época em que, ávido de conhecimentos, eu percorria os sertões desse vasto país quase tão descuidado do futuro quanto seus próprios indígenas.

Publico hoje este trabalho estimulado por viajantes de todas as nacionalidades e principalmente pelos brasileiros, melhores juízes das coisas que lhes dizem respeito do que os europeus, os quais muitas vezes se surpreendem — forçoso é confessar — por não encontrarem num país ainda em formação os infinitos recursos que lhes oferecem suas próprias pátrias. Com redobrado cuidado e redobrada atenção, a fim de registrar com exatidão até os pormenores mais insignificantes, esforcei-me por mostrar que não fui indigno da indulgência com que me trataram.

Quando iniciei minha viagem a Goiás eu contava com uma grande vantagem, qual seja a de dispor, por força das recordações de minhas viagens anteriores, de outros meios de comparação além dos fornecidos pela Alemanha e a França, países que alcançaram um elevado grau de desenvolvimento através dos esforços de inumeráveis gerações. Eu havia não somente percorrido o litoral do Brasil como também passara quinze meses na região mais civilizada da Província de Minas Gerais, onde tamanha foi a benevolência com que me acolheram que acabei por me identificar com os interesses de seus habitantes. Achava-me quase na posição de um mineiro que, após ter terminado os estudos em sua terra, tivesse desejado conhecer também outras partes do Brasil. A Província de Minas é uma espécie de padrão, por assim dizer, do qual me sirvo para julgar todas as outras que percorri mais tarde, resultando desse confronto que, ao descrever estas últimas, sempre acrescento alguns dados novos, que completam meus relatos anteriores.

Infelizmente — lamento ter de admiti-lo — a comparação não será favorável a Goiás, infortunada região entregue há longos anos a uma administração quase sempre imprevidente e com frequência espoliadora; e eu iria encontrar diferenças ainda mais marcantes ao comparar a parte oriental de *Minas Gerais* com a região ocidental, que de um modo geral foi povoada pelo refugo das comarcas mais antigas.

Muitos serão tentados a acreditar que minhas descrições, ao se referirem a uma época já tão distante, perderam a sua atualidade. Não se deve julgar, porém, o interior da América segundo os padrões europeus. Nas regiões escassamente povoadas as coisas mudam com extrema lentidão. Faltam a eles os elementos que propiciam um progresso rápido. Uma população rala, disseminada por vastidões imensas e entregue à sua própria sorte, atormentada por um clima ardente, sem nenhum estímulo e quase nenhuma aspiração, não deseja e não sabe mudar nada. O botânico George Gardner percorreu em 1840 uma pequena parte do sertão que visitei em 1818 e viu o que eu próprio tinha visto — nada mais.

De resto, em meus relatos não somente me referi a tempos anteriores às minhas viagens, registrando a história dos lugares por onde passei, como também mencionei neles épocas mais recentes, citando os autores que anotaram algumas ligeiras modificações ocorridas posteriormente. Este livro poderá, pois, ser encarado como um esboço de uma monografia das regiões já descritas por mim.

Muitos anos ainda irão passar antes que se veja, do alto dos Pireneus, algum traço de cultura, e muito tempo irá decorrer até que o S. Francisco seja navegado por embarcações de maior porte do que as frágeis canoas que deslizam sobre suas águas. Mas aquelas belas regiões desérticas contêm os germes de uma grande prosperidade. Tempo virá em que cidades florescentes substituirão as miseráveis choupanas que mal me serviam de abrigo, e então seus habitantes poderão desfrutar de uma vantagem que raramente encontramos na Europa, pois saberão com certeza pelos relatos de alguns viajantes, quais foram as origens não apenas de suas cidades mas também dos seus mais insignificantes povoados. "As viagens" disse Chateaubriand, "são uma das fontes da história".[1] Hoje dispomos de documentos preciosos sobre a história do Rio de Janeiro nos despretensiosos e verídicos relatos de Léry, o primeiro francês de certa instrução que visitou as costas do Brasil. [2] Nenhum outro francês, antes de mim, jamais percorrera Minas Gerais, Goiás, S. Paulo, etc. Se alguns exemplares dos meus relatos resistirem ao tempo e ao esquecimento, as gerações futuras talvez encontrem neles informações de grande interesse sobre essas vastas províncias, provavelmente transformadas, então, em verdadeiros impérios. E ficarão surpreendidas ao verificarem que, nos locais onde se erguerão então cidades prósperas e populosas, havia outrora apenas um ou dois casebres que pouco difeririam das choças dos selvagens; que onde estarão retinindo nos ares os ruídos dos martelos e das máquinas mais complexas ouviam-se apenas, em outros tempos, o coaxar de alguns sapos e o canto dos pássaros; que, em lugar das extensas plantações de milho, de mandioca, de cana-de-açúcar, e das árvores frutíferas, o que havia eram terras cobertas por uma vegetação exuberante mas inútil. Diante dos campos cortados por estradas de ferro, e talvez mesmo por veículos mais possantes do que nossas locomotivas de hoje, as gerações futuras sorrirão ao lerem nos livros que houve um tempo em que o viajante podia considerar-se afortunado quando conseguia percorrer, numa jornada, quatro ou cinco léguas.

Sempre que me vali de informações fornecidas por escritores que me precederam ou me sucederam, tive o máximo cuidado em citar-lhes os nomes, e quando os conhecimentos que eu tinha das regiões mencionadas por eles não me permitiam concordar inteiramente com a sua opinião procurei sempre deixar bem claros os motivos que me levaram a isso.

Um autor brasileiro afirmou [3] que a ciência lucraria mais com a retificação dos numerosos erros que se acham espalhados em livros sobre a geografia e a etnografia do Brasil do que com a publicação de dados inéditos. Não podemos deixar de concordar com essa opinião quando vemos incluídas em obras clássicas as palavras de desprezo que o inglês Mawe escreveu sobre o Brasil desde que este país deixou de ser uma colônia de Portugal. Impus-me, pois, a penosa

---

(1) Prefácio de *Viagem* à *América*.
(2) O primeiro francês não foi Léry, mas André Trevet, com a obra *Les Singularités de la* France *Antarctique*, que é de 1558. O livro de Léry é de 1578.
(3) *Vide Minerva Brasiliense*: 1843 a 1845; Rio de Janeiro.

tarefa de assinalar os erros que me pareceram indiscutíveis nos livros referentes às regiões que descrevo aqui, esforçando-me também por corrigir os que escaparam a mim próprio. Até as obras mais perfeitas estão sujeitas a falhas. E quando homens rigidamente amigos da verdade como o Abade Manuel Aires de Casal, o Monsenhor José de Souza Pizarro e Araujo, o Dr. Pohl e o General Raimundo José da Cunha Matos também se enganam às vezes, quem poderia gabar-se de jamais ter cometido erros?

Por força das observações críticas feitas por mim, visando a alcançar o fim a que me propunha, este livro apresenta um número talvez excessivo de notas, cuja leitura, aliada à do texto, será sem dúvida cansativa em alguns pontos. É aconselhável, pois, que o leitor deixe de lado as notas, para lê-las ao fim de cada capítulo. A fim de facilitar a consulta, tive o cuidado de indicar as notas de crítica no quadro geral, sob o título de Retificações.

O General Raimundo José da Cunha Matos frisou a necessidade de se conservar a nomenclatura já consagrada pelos habitantes do Brasil.* Se cada viajante se achasse no direito de escrever como lhe aprouvesse os nomes das localidades e regiões por onde passasse, em breve reinaria na geografia uma confusão inextricável. Fiz, pois, todo o possível para não alterar em nada a nomenclatura geográfica, esforçando-me igualmente por dar a grafia correta de nomes de pessoas, plantas e animais. Existe uma infinidade de arraiais, fazendas e rios no Brasil cujos nomes — estou pronto a reconhecer — são escritos de várias maneiras diferentes, mesmo por pessoas instruídas. Sempre que isso ocorria eu só me aventurava a registrá-los depois de consultar as mais altas autoridades no assunto. Meus conhecimentos de etimologia também me foram bastante úteis, e além do mais decidi deixar-me guiar sempre pelos usos e pelo bom senso.

É bem possível que, apesar dos esforços que fiz para consultar todas as obras publicadas sobre o Brasil, em várias línguas, muitas delas me tenham escapado. Infelizmente ainda não existe na França uma agência onde possam ser encontrados os livros publicados na América, e não fora a extrema prestimosidade do Sr. Araujo Ribeiro, Embaixador do Brasil em Paris, do Dr. Sigaud, médico do Imperador D. Pedro II, de Ferdinand Denis, o homem que, mais do que ninguém na Europa, conhece o que já foi escrito sobre a América portuguesa, e, enfim, do meu jovem amigo Pedro d'Alcântara Lisboa, adido da legação brasileira, eu não teria tido acesso a várias obras de grande importância impressas no Rio de Janeiro, em Pernambuco e em S. Paulo. Que eles recebam aqui toda a minha gratidão.

Tive ocasião de indicar várias vezes, nesta obra, diferentes quantidades em pesos e medidas brasileiras. Ao lado dessas indicações, porém, serão encontradas as cifras equivalentes em nosso sistema métrico. Para a conversão dos valores monetários, sempre tomei por base o par, ou seja, 160 réis por 1 franco. Pelo quadro sinóptico publicado por Horace Say em seu excelente trabalho intitulado História das Relações Comerciais Entre a França e o Brasil, é fácil verificar que era essa, à época de minha viagem, a cotação do dinheiro brasileiro.

Haverá sempre uma grande lacuna na Geografia botânica da Europa. Mal conseguimos fazer algumas conjecturas prováveis sobre a natureza das plantas que hoje foram substituídas por nossos campos de cereais, nossas vinhas e nossas plantações de oliveiras. Fiz o possível para evitar que semelhante falha ocorresse na história natural do Brasil, procurando registrar a topografia botânica das várias regiões que visitei. Dessa forma, no dia em que suas terras forem invadidas pelas culturas, a sua vegetação primitiva não ficará esquecida.

Gostaria de ter feito um trabalho mais completo. Nas primeiras páginas desta obra anunciei que, como foi feito no meu livro Viagem Pelo Distrito dos

---

* Itinerário

Diamantes e litoral do Brasil, uma série de números indicaria ao leitor uma descrição ordenada das plantas características de cada região. Mas o relato de minha viagem já estava terminado e eu me vi forçado, por motivos de saúde, a deixar Paris e ir passar o inverno no sul da França. Para que eu pudesse fazer a descrição de certas plantas, seria preciso que adiasse por um ano a publicação desta obra. Na minha idade, e com a saúde arruinada, isso seria arriscado. A descrição das plantas típicas de Goiás será encontrada — assim espero — no final do livro que estou escrevendo sobre S. Paulo e Santa Catarina.

Meu amigo José Feliciano Fernandes Pinheiro, Barão de S. Leopoldo, um escritor que prestou grandes serviços a seu país e cuja perda todos os brasileiros lamentaram, pediu-me insistentemente, há ainda bem pouco tempo, que publicasse o relato de minha viagem à Província do Rio Grande de S. Pedro do Sul, onde o conheci e cuja história ele soube traçar tão fielmente. Se me restarem ainda alguns anos de vida, considerarei como um dever satisfazer-lhe a vontade.

O apoio que o Ministro da Instrução Pública vem de dar a esta obra constitui outro forte motivo para que eu redobre os meus esforços e dê continuação aos meus trabalhos. Mas sou forçado a reconhecer que, aconteça o que acontecer, a maior parte das pesquisas que fiz sobre o Brasil ficará perdida, e quase me sinto inclinado a exclamar, como um célebre escritor que, também ele, viveu muitos anos em longínquos países: "Felizes os que chegaram ao término de sua viagem sem deixarem o porto, e que não palmilharam como eu, inutilmente, a terra."*

---

* Chateaubriand.

SUMÁRIO

CAPÍTULO I — INÍCIO DA VIAGEM À PROVÍNCIA DE GOIÁS. O ARRAIAL DE SANTA LUZIA 15

CAPÍTULO II — SANTO ANTÔNIO DOS MONTES CLAROS. O ARRAIAL DE CORUMBÁ. OS MONTES PIRENEUS. O ARRAIAL DE MEIA-PONTE 23

CAPÍTULO III — OS ARRAIAIS DE JARAGUÁ, OURO FINO E FERREIRO 35

CAPÍTULO IV — VILA BOA, OU A CIDADE DE GOIÁS 43

CAPÍTULO V — OS ÍNDIOS COIAPÓS 53

CAPÍTULO VI — O OURO E OS DIAMANTES DO RIO CLARO 67

CAPÍTULO VII — VOLTA À VILA BOA 79

CAPÍTULO VIII — INÍCIO DA VIAGEM DA CIDADE DE GOIÁS A S. PAULO. O MATO GROSSO. UMA FAZENDA MODELO. O ARRAIAL DE BOM FIM. 87

CAPÍTULO IX — AS ÁGUAS TERMAIS DITAS CALDAS NOVAS, CALDAS VELHAS E CALDAS DE PIRAPITINGA 101

CAPÍTULO X — O ARRAIAL DE SANTA CRUZ. UMA PENOSA CAMINHADA 111

CAPÍTULO XI — AINDA A PROVÍNCIA DE MINAS. OS ÍNDIOS MESTIÇOS DO PARANAÍBA 121

CAPÍTULO XII — A CACHOEIRA DE FURNAS. O RIO DAS VELHAS E A ALDEIA DE SANTANA. O ARRAIAL DE FARINHA PODRE. TRAVESSIA DO RIO GRANDE.. 133

CAPÍTULO I

INÍCIO DA VIAGEM À PROVÍNCIA DE GOIÁS. O ARRAIAL DE SANTA LUZIA

O autor atravessa a Serra do Corumbá e do Tocantins. Registro dos Arrependidos. Corpo de funcionários do Registro. Sua finalidade. Enorme atraso no pagamento do soldo dos militares do posto. Fatos que mostram quão pouco se viaja na região. Planalto de nove léguas. Taipa. Fazenda do Riacho Frio. O córrego do mesmo nome. Morro do Alecrim. Sítio de Garapa. Carneiros; tecidos de lã. Chegada ao Arraial de Santa Luzia. Festas famosas na época de Pentecostes. Como as mulheres andam na rua. Retrato de João Teixeira Alvarez, vigário de Santa Luzia. Extensão da paróquia cuja sede é esse arraial. Localização de Santa Luzia. Praça Pública. Igrejas. Ruas e casas. História do arraial; abandono das minas; a agricultura, fonte de renda de seus habitantes; a triste situação da região. S. João Evangelista, chácara do Vigário de Santa Luzia. Experiência com certos tipos de cultura. Projetos do proprietário.

Depois de ter seguido por um planalto que encima a Serra do S. Francisco e do Paraíba, um pouco além de Paracatu, desci o morro para chegar ao Registro dos Arrependidos, no limite de Minas com Goiás. Ao entrar numa nova província eu ia também atravessar outro divisor de águas, a Serra do Corumbá e do Tocantins, que já mencionei em outro relato (*Viagem às Nascentes do S. Francisco*) e que forma um ângulo com a Serra do S. Francisco e do Paranaíba.

A casa do registro, situada nas proximidades da junção das duas cadeias, é bastante espaçosa e de um só andar. Compõe-se, à maneira brasileira, de uma construção central e duas alas pequenas, ligadas entre si por uma varanda, que é coberta pelo prolongamento do telhado.[1] Diante da casa há um rancho bastante amplo e aberto de todos os lados, como os que se encontram na estrada do Rio de Janeiro a Minas. É aí que os viajantes e os tropeiros se abrigam.

A guarnição do registro compõe-se unicamente (1819) de um alferes, que é o comandante, e de um soldado — ambos pertencentes à Companhia de Dragões — de um pedestre e de um fiel. Todos os que vêm do Rio de Janeiro com mercadorias recebem uma guia no registro de Matias Barbosa[2] e a apresentam aí. Os fardos são pesados a fim de se verificar se nada lhes foi subtraído, e as taxas são pagas em Vila Boa ou em qualquer outro posto da província. Como garantia de que os viajantes que vêm de Goiás não trazem diamantes ou ouro em pó, eles são também revistados no Registro dos Arrependidos, o que é uma formalidade inútil, pois os contrabandistas poderão escapar facilmente desviando-se uns poucos metros do posto para entrarem na província. As mercadorias que, oriundas do Rio de Janeiro, têm inicialmente Minas como seu destino mas que, por uma razão ou outra, são mais tarde enviadas a Goiás, tornam a pagar as taxas correspondentes do Registro dos Arrependidos, embora já o tivessem feito à entrada de Minas.

---

(1) *Viagem pelas Provindas do Rio de Janeiro,* etc.
(2) *O* registro de Matias Barbosa é um posto fiscal situado na estrada que liga o Rio de janeiro a Minas, na fronteira entre as duas províncias. (*Viagem pelas províncias do Rio de Janeiro,* ect.)

Ao chegar ao Registro apresentei minha carta-régia ao comandante, que não revistou minha bagagem mas, por outro lado, não me ofereceu um lugar na sua varanda, deixando que eu me fosse alojar humildemente no rancho dos tropeiros, onde passei a noite atormentado por ferozes pulgas.

No dia seguinte, pela manhã, ele entregou-me uma carta para o governador da província e me pediu que apoiasse o pedido que nela fazia. Havia três anos que aquele homem já idoso não recebia o seu soldo, o mesmo acontecendo com o soldado e o pedestre, e ele rogava ao general que não deixasse morrer de fome a ele e a seus comandados.

Antes de minha partida (28 de maio) ele anotou o meu nome no seu registro. Lancei um rápido olhar ao livro e verifiquei que desde o dia 19 de fevereiro não havia entrado ninguém na Província de Goiás, e no entanto era aquela estrada que fazia a ligação com o Rio de Janeiro e com grande parte da Província de Minas (1819).

Depois de ter deixado o Registro dos Arrependidos, segui pela Serra do Corumbá e do Tocantins, mais ou menos na direção do Leste, para ir a Vila Boa, capital da Província, depois de passar pelos arraiais de Santa Luzia e Meia-Ponte.[3]

Após subir a serra por alguns instantes, achei-me num planalto imenso, deserto e bastante regular, coberto ora de pastagens naturais salpicadas de árvores raquíticas, ora exclusivamente de gramíneas, de algumas outras ervas e de subarbustos. Quanto às árvores, registrarei unicamente um *Solanum*, de frutos grandes como maçãs, a que dão o nome de fruta-de-lobo (*Solanum lycocarpum*, Aug. de S. Hil.), e várias Apocináceas, entre as quais a que é usada na região como purgativo e é chamada tiborna (*Plumeria drastica*, Mart.) Todas as plantas, ressecadas pelo ardor do sol, tinham uma coloração amarela ou cinza, que afligia o olhar. Já não se viam mais flores, e o aspecto da região fazia lembrar Beauce logo após a época da colheita. Unicamente o elegante e altivo buriti, elevando-se do fundo dos brejos, desfazia essa ilusão. Todo mundo afirma que há nesse planalto um grande número de animais selvagens, mas que nessa época do ano eles se escondem nas grotas, onde o capim ainda se mantém fresco. Os pássaros eram também raros até o planalto, quando por ali passei, pois meus acompanhantes caçaram durante um dia inteiro e conseguiram matar apenas três.

Percorri nove léguas em dois dias nesse vasto planalto, mas não sei dizer se foi no sentido de seu comprimento ou de sua largura.

Ao fim do primeiro dia de viagem parei num sítio denominado Taipa ou Sítio Novo, situado numa baixada pantanosa, na orla de um bosque cortado por um riacho. Esse sítio, que abrigava duas ou três famílias, compunha-se de algumas casinhas feitas de barro cinzento, umas cobertas de palha, outras de folhas de buriti (1819). Nenhuma delas tinha janela, e as portas, muito frágeis, fazendo lembrar as nossas treliças, eram feitas com folhas de buriti dispostas verticalmente e ligadas umas às outras com cipó.

Cansado das longas e constantes caminhadas, permaneci um dia em Taipa para repousar e pôr em ordem as minhas coleções. Para isso, porém, teria sido preciso que dispusesse de um lugar mais tranquilo. Eu compartilhava com duas turmas de tropeiros um rancho aberto de todos os lados, e durante todo o tempo em que me ocupei com as minhas plantas fui particularmente importunado por um vento muito forte, que vinha soprando no planalto havia vários dias.

---

(3) Itinerário aproximado desde o Registro dos Arrependidos até o Arraial de Santa Luzia:

Do Registro até Taipa (habitação) ....4 léguas
Taipa até a Fazenda do Riacho Frio...........5 léguas
Do Riacho Frio até o Sítio da Garapa.........2 léguas
De Garapa até Santa Luzia........................4 léguas
       15 léguas

Desci a serra no dia seguinte. Depois de percorridas cerca de cinco léguas o terreno começa a mostrar um certo declive, mas um pouco antes já se torna cascalhento e de um tom vermelho-escuro, Arvores raquíticas e de folhagem variada, com seus ramos entrelaçando-se no alto, estreitam o caminho que vai serpeando entre elas. lembrando as aleias de um jardim inglês. Depois de descer do planalto por uma encosta cascalhenta e bastante íngreme segui por um terreno ainda montanhoso e logo depois cheguei a uma fazenda aprazivelmente situada à beira do Riacho Frio, que é orlado de árvores. Foi ali que parei.

A Fazenda do Riacho Frio é bastante extensa para os padrões da região. Não obstante, a casa do proprietário, coberta de palha, difere pouco da dos escravos. Na época era propriedade comum de algumas moças e de um homem ainda bastante jovem.

Meu arrieiro, José Mariano, vendeu às moças algumas bugigangas, mas conforme o costume elas não vieram à nossa presença. O irmão serviu de intermediário, levando a elas as mercadorias para escolha e informando qual o preço que se dispunham a pagar. Não nos tínhamos afastado mais do que nove léguas da fronteira, e no entanto José Mariano já recebeu ali parte do pagamento em ouro em pó (ver *Viagem* às Nascentes do S. Francisco, Cap. XVI).

O Riacho Frio tem sua nascente a pouca distância da fazenda do mesmo nome e vai desaguar no Rio de S. Bartolomeu, que atravessei a cerca de 1 légua dali. Esse rio, que tem pouca largura e dá passagem a pé na época da seca, só pode ser atravessado de canoa na estação das chuvas. Nessas ocasiões suas águas causam, muitas vezes, febres intermitentes provavelmente porque ao engrossarem e se espraiarem pelas terras arrastam consigo as águas estagnadas dos pântanos.

Um pouco adiante desse rio há um pequeno posto militar, onde antigamente era cobrado um imposto sobre os cavalos e bois que entravam na província. Cada boi era taxado em 1.500 réis, mas esse imposto exorbitante, considerando-se a pobreza da região, acabou por ser suprimido, e à época de minha viagem a única utilidade do posto era servir de abrigo a um velho soldado que contava quarenta anos de serviço.

Um pouco além subi um morro bastante alto, árido e cascalhento, que tem o nome de Morro do Alecrim. As terras que se avistam do seu cume são montanhosas, despovoadas e sem sinal de cultura, e os campos se achavam, na ocasião, ressequidos pelo ardor do sol.

Como eu desejasse nesse dia, véspera de 1° de junho, comemorar com meus acompanhantes o aniversário de minha chegada ao Brasil, só andei duas léguas. Parei no Sítio de Garapa,[4] que se compõe de um aglomerado de humildes casebres. O proprietário tinha ido ao Arraial de Santa Luzia para a festa de Pentecostes, mas fui muito bem recebido por sua mulher. Quando ele chegou, encontrou o seu quarto ocupado com as minhas coisas. Não obstante, acolheu-me com toda a amabilidade. À semelhança dos proprietários de Riacho Frio, ele também possuía um pequeno rebanho de carneiros, mas exclusivamente para aproveitar a sua lã, pois ali ninguém come a carne desses animais. Vi em sua casa cobertores feitos com essa lã e achei-os de qualidade.

Quanto à pequena comemoração que eu pretendia fazer, resumiu-se no consumo de alguns frangos e de um jarro de ponche. Eu tinha, então,

---

(4) A palavra garapa designa hoje o caldo da cana-de-açúcar, mas se trata de um termo evidentemente indígena. Parece que os índios empregavam-no antigamente para indicar as bebidas doces que fabricavam com o mel. Eis aqui, com efeito, como se exprime Roulox Barro em sua obra *Voyage au Brésil*, traduzida por Moreau em 1647: "Os mais galhardos dos Tapuias foram procurar mel silvestre e frutas, com os quais preparavam uma beberagem a que dão o nome de garapa." (Ver minha *Histoire des plantes les plus remarquable,* etc,. I, 190.)

motivo para me queixar de meus ajudantes. Pareciam satisfeitos, e eu não exigia mais do que isso para me sentir tão feliz quanto possível, levando em conta as circunstâncias.

Logo adiante de Garapa tive de subir um pequeno morro, mas a partir daí o caminho se apresentou perfeitamente plano, embora eu avistasse montanhas baixas à direita e à esquerda. A vegetação era sempre a mesma, a região igualmente despovoada, os campos igualmente incultos. Atravessei vários riachos orlados por uma estreita fileira de árvores que ainda conservavam agradável verdor. Tudo o mais estava seco, e raras eram as plantas que ainda tinham flores. Finalmente, após uma jornada longa e tediosa, avistei Santa Luzia de Goiás, [5] o arraial a que me destinava.

Levava uma carta de recomendação para o vigário. Enviei José Mariano na frente, para que a entregasse, e ele não tardou a voltar, informando que estava sendo preparada uma bela recepção para mim. Acabava de ser realizada em Santa Luzia a festa de Pentecostes. Todos os fazendeiros das redondezas estavam reunidos no arraial, e no momento em que cheguei à praça pública ia ser realizada uma cavalhada. O vigário, João Teixeira Alvarez, recebeu-me calorosamente. Sua casa, situada na praça, estava cheia de gente à espera de que o espetáculo começasse. Serviram-se café e bolos, e todo mundo se debruçou nas janelas. Logo chegou um grupo de senhoras, que foram levadas para a sala. Imediatamente os homens se retiraram dali, reunindo-se na saleta de entrada. A cavalhada não tardou a começar. Havia sido traçado na praça, com pó branco, um grande quadrado, à volta do qual se enfileiravam os espectadores, de pé ou sentados em bancos. Os cavaleiros vestiam o uniforme da milícia. Traziam na cabeça um capacete de papelão e seus cavalos estavam enfeitados de fitas. Eles se limitaram a galopar pela praça em várias direções, enquanto outros cavaleiros, mascarados e fantasiados de mil maneiras diferentes, faziam momices e trejeitos semelhantes aos dos palhaços de circo. Durante esse espetáculo, bastante monótono, mantive conversa com o vigário, não tardando a verificar que, além de amável, ele era bastante instruído. Terminada a cavalhada, todos se retiraram e as senhoras voltaram para suas casas. A não ser em ocasiões extraordinárias, as mulheres do interior do Brasil não saem provavelmente à rua senão para ir à igreja. Como em Minas[6], as senhoras do lugar caminhavam o mais lentamente possível, envoltas em longas capas de lã, a cabeça coberta com um chapéu de feltro, sempre em fila indiana, jamais aos pares, eretas como estacas, mal erguendo os pés do chão, sem olharem para lado nenhum, quando muito respondendo com um leve aceno de cabeça aos cumprimentos que lhes faziam.

No dia seguinte o vigário esteve ocupado o tempo todo. Deu confissão a um grande número de fazendeiros pertencentes à sua paróquia mas que moravam a vários dias de viagem do arraial. Esses homens só vinham ao povoado uma vez por ano, e para se confessarem e comemorarem a Páscoa aproveitavam os festejos de Pentecostes, data que é celebrada no Brasil com grande regozijo e solenidade. Poderia ter-me posto logo a caminho, mas havia tanto tempo que eu não tinha oportunidade de conversar com um homem culto, que resolvi prolongar minha estada em Santa Luzia, a fim de usufruir da companhia do vigário. João Teixeira Alvarez sabia latim, francês, italiano e espanhol; conhecia os nossos melhores escritores do século de Luís XIV e possuía uma seleta biblioteca com várias centenas de volumes, o que no país era uma raridade. Além de ser um homem instruído, bondoso e amável, ele era no clero brasileiro uma notável exceção, pois se achava imbuído do verdadeiro espírito

---

5. Pohl (Reise, I, 279) dá a Santa Luzia o título de cidade. Na verdade era um arraial quando ele por ali passou, e ainda o era em 1832, tendo sido elevado a cidade entre 1832 e 1836.

6. *Viagem pela Província* do *Rio* de *Janeiro*, ECT.

da sua missão. Fazia sermões todos os domingos, procurando incutir nos seus paroquianos o amor ao trabalho e usando de toda a sua influência para convencê-los a abandonar seus errôneos métodos de agricultura. Um missionário capuchinho, de quem falarei mais tarde, tinha passado por Santa Luzia pouco antes de mim. O vigário reteve-o em sua casa por três meses, confiando-lhe uma missão e encarregando-o de pregar principalmente contra a ociosidade. O missionário identificou-se com as ideias do vigário e agradou extraordinariamente aos habitantes da região, dando-lhes muitos conselhos úteis sobre o cultivo da terra e alguns indispensáveis ensinamentos. O trabalho apostólico de João Teixeira Alvarez não deixou de dar frutos, pois havia — segundo me garantiram — mais união e honestidade em Santa Luzia do que em outras partes da Província de Goiás. Seus habitantes tinham bons costumes e o concubinato ali era menos comum. [7]

A paróquia da qual o Arraial de Santa Luzia[8] era a sede contava (1819) com uma população de 3 a 4.000 habitantes, disseminados numa área de 50 léguas de comprimento por 30 em sua maior largura.[9] Dessa paróquia dependem dois povoados: Santo Antonio dos Montes Claros, de que falarei em breve, e Nossa Senhora da Abadia, no Arraial de Couros[10]

Aprazivelmente situado numa encosta, acima de um extenso vale, o Arraial de Santa Luzia estende-se paralelamente à margem direita de um riacho que passa no fundo do vale e tem o nome de Córrego de Santa Luzia.[11] O arraial é cortado em duas partes desiguais, no sentido de sua largura, por um outro córrego menos volumoso, que vai desaguar no primeiro.

Embora extremamente estreito, o arraial alarga-se um pouco no meio, e é nesse ponto que está localizada uma praça quase quadrangular, onde se ergue a igreja paroquial, que é bastante grande e isolada, como são geralmente as igrejas dessa região e de Minas. Seu interior é razoavelmente ornamentado, mas o teto não tem forro. Além da igreja paroquial (de Santa Rita), existem outras duas, uma em cada extremidade do arraial. Uma delas é a de N. S.ª do Rosário, que foi construída pelos negros à época em que se encontrava ouro em abundância nos arredores. Agora que o número de negros diminuiu bastante, e os que ainda restam — tanto os livres quanto os escravos — vivem na indigência, sua igreja está em ruínas. A outra começou a ser construída pouco antes de minha passagem por lá, e as obras ainda estavam em andamento, apesar da extrema pobreza a que se achavam reduzidos os habitantes de Santa Luzia.[12] Por aí se vê como é arraigada nos brasileiros do interior (1819) a mania de construir templos inúteis, o que, segundo os padres mais esclarecidos, não tem nenhum outro fundamento a não ser uma vaidade pueril.

Não devemos julgar os povoados do Brasil pelos nossos, pois em geral não passam de um amontoado de casebres miseráveis e de ruas lamacentas. A maioria dos arraiais de Minas e Goiás, cuja origem se deve às minas de ouro, hão de ter tido o seu encanto em seus tempos de esplendor, e é evidente que Santa Luzia foi um dos mais aprazíveis. Suas ruas são largas e bastante regulares

---

(7) Diz o General Cunha Matos que, ao visitar Santa Luzia em 1823, achou seus habitante mais civilizados do que em todos os lugares por que passara a partir de Barbacena, atribuindo esse louvável fato ao seu excelente vigário. Acrescenta ele que o pároco lhe entregou um notável relatório sobre a Justiça de Santa Luzia (Itin., I, 166; II, 159). Não me consta que esse trabalho tenha sido publicado.

(8) O nome de Santa Luzia é dado a várias localidades do Brasil. Desnecessário é dizer que não se deve escrever San-Lucia. como fez um viajante francês (Suz., Souv., 273).

(9) Luís Antônio da Silva e Sousa afirma que o distrito de Santa Luzia é limitado a leste pelo julgado de S. Romão, o qual depende de Minas, e a oeste pelo de Meia-Ponte; ao sul limita-se com Santa Cruz. Distante 10 léguas da sede do distrito; e finalmente ao norte com Traíras, situada a 34 léguas do Arraial de Santa Luzia (Mem. Estat., 36).

(10) Esse arraial, extremamente pobre, ergue-se no planalto situado na extremidade do trecho inicial da Serra do S. Francisco e do Tocantins.

(11) Pohl fala apenas de um Riacho e lhe dá o nome de Rio Vermelho.

(12) A igreja ainda não estava terminada em 1823 (Matos, Itin., I. 166).

Quanto às casas — cerca de trezentas — é bem verdade que são feitas de madeira e barro, sendo menores e mais baixas do que as de todos os outros arraiais por que eu tinha passado até então, mas todas elas são cobertas de telhas e rebocadas com um barro branco que no interior do Brasil é chamado de tabatinga. Algumas têm mesmo em suas janelas vidraças feitas com lâminas de talco tão transparentes como o vidro.[13]

Alguns mineradores de Paracatu foram — ao que parece — os primeiros a se estabelecerem (1746) em Santa Luzia[14] Encontraram ali, em abundância, ouro de 23 quilates e até de melhor qualidade. O local se povoou rapidamente, e o Arraial de Santa Luzia tornou-se (1757) não somente a sede de uma paróquia mas também de um dos julgados da comarca do Sul. Os primeiros colonos deixaram uma prova suficiente de seus trabalhos nas escavações que ainda se veem nas margens dos dois córregos e nos arredores do arraial. Entretanto, repetiu-se ali o mesmo que tinha ocorrido numa infinidade de outros lugares. Inicialmente, tirou-se da terra todo o ouro que podia ser extraído facilmente; mas os mineradores dissiparam imprevidentemente o fruto de seu trabalho, e quando a extração se tornou mais complexa, exigindo o emprego de água e de máquinas, o capital e os escravos começaram a faltar ao mesmo tempo. Um grande número de moradores do lugar foi embora, e suas casas, hoje abandonadas, transformaram-se em ruínas. À época de minha viagem, não existia em Santa Luzia uma única pessoa que se dedicasse em grande escala à exploração das minas, e apenas uns quatro ou cinco negros, quando muito, ainda iam procurar palhetas de ouro nos córregos. Esses homens conseguiam apurar, na época das chuvas, cerca de 4 vinténs por dia, mas durante a seca mal conseguiam o correspondente a 1 vintém. Atualmente, com exceção de um pequeno número de artesãos e mercadores, todos os habitantes de Santa Luzia dedicam-se ao cultivo da terra e só vão ao arraial aos domingos e nos dias de festa. Em consequência, durante a semana não se vê ninguém nas casas e nas ruas. A descoberta das minas teve o inconveniente de atrair para longe do litoral e da capital uma população considerável, a qual, agora que as minas estão esgotadas e só poderiam ser exploradas com grande dispêndio de dinheiro, se acha reduzida à mais extrema indigência.[15]

A localização de Santa Luzia numa região elevada torna as suas terras propícias não apenas aos vários tipos de cultura a que estão habituados os brasileiros do interior, como também ao cultivo de plantas de origem europeia, tais como o trigo[16] e sobretudo o marmeleiro. Entretanto, seria inútil que os colonos plantassem milho, feijão e arroz em maior quantidade do que a necessária para alimentar suas famílias, pois, exceção feita das épocas de escassez — o que ocorreu no ano em que passei por lá — esses produtos não encontram comprador. Os principais artigos que os habitantes de Santa Luzia exportam são peles de animais selvagens, couros e sobretudo marmelos cristalizados, de excelente qualidade, que são enviados ao Rio de Janeiro. É a criação de gado que constitui atualmente a fonte de renda mais segura dos fazendeiros de Santa Luzia, mas nem por isso são grandes os lucros obtidos, não só porque eles precisam dar sal aos animais se quiserem conservá-los,[17] mas principalmente porque as fazendas ficam distantes demais dos mercadores que poderiam

---

(13) Esse talco é encontrado na paróquia de S. José, pertencente à comarca do Norte.

(14) Pizarro e Pohl registram o nome de Antônio Bueno de Azevedo como sendo o fundador de Santa Luzia.

(15) "Santa Luzia começou a decair", diz Matos (Itin., I, 166), "depois que as tropas de burros deixaram de passar pelos registros de Arrependidos e de S. Marcos" (a fim de alcançarem estrada denominada Picada do Correio de Goiás). O arraial já tinha entrado em decadência muito antes de se ter cogitado de abrir esse novo caminho. Mas sua situação deve ter piorado, se isso for possível, agora que as tropas já não passam por ele.

(16) Pohl afirma que o trigo não é cultivado em Santa Luzia. Ele deve ter comido, em Vila Boa, pães feitos com trigo colhido nas terras dessa paróquia.

(17) O mesmo se faz em Minas, quando as terras não salitrosas (ver meus dois relatos de viagem publicados).

comprá-los. O gado é conduzido a Bambuí e a Formiga,(18) muito distantes dali, onde seus proprietários são forçados a vendê-lo pelo preço que lhes é oferecido. É fácil perceber que semelhantes viagens só podem ser empreendidas por fazendeiros que dispõem de alguns recursos.

Na verdade, a terra fornece com abundância tudo o que é necessário à frugal alimentação dos agricultores. Eles se vestem com tecidos grosseiros de algodão ou lã, fabricados em casa. O próprio sal lhes custa pouco, já que o adquirem em S. Romão em troca do açúcar e da cachaça produzidos em suas terras. Eles não conhecem nenhuma das comodidades da vida que, para nós, se tornaram uma necessidade, e suas casas, mesmo as mais cuidadas, têm geralmente como mobiliário apenas alguns bancos de madeira e tamboretes forrados de couro. Entretanto, e apesar de existirem jazidas de ferro nas redondezas, eles são obrigados a comprar tudo o de que necessitam. Não há nenhum homem que não deseje ter um traje apropriado para os dias de festas, nenhuma mulher que não queira ter um vestido de boa qualidade, um colar, um par de brincos, um lenço de musselina, uma capa de lã, um chapéu de feltro. E a compra desses artigos, cujo preço ali é exorbitante, basta para carrear para fora da região o pouco de ouro e de dinheiro que ainda circulam nela. Já não se encontram em Santa Luzia mais do que umas poucas e mal providas lojas. Tudo é comprado a crédito. Os trabalhadores braçais encontram grande dificuldade em receber o seu salário, embora este não passe de 600 réis por semana, e alguns negros me disseram que prefeririam ganhar um vintém por dia catando ouro no córrego de Santa Luzia do que receber quatro vinténs trabalhando nas fazendas, onde o pagamento é feito em mantimentos, os quais eles não conseguem vender. Alguns agricultores chegaram a um tal estado de penúria que passam meses comendo alimentos sem sal, por não poderem comprá-lo. E quando o vigário percorre as fazendas, para a confissão pascal, acontece muitas vezes que todas as mulheres de uma mesma família se apresentam diante dele, uma de cada vez, usando o mesmo vestido.

A indolência contribuiu bastante para levar os fazendeiros da região a essa situação de penúria. Mas a miséria, que os embrutece e desanima, deve necessariamente, por sua vez, aumentar a sua apatia. E esta chegou a tal ponto, em muitos deles, que, dispondo praticamente de toda a terra que lhes convém, eles não chegam a cultivar o suficiente nem mesmo para o seu próprio sustento. Tracei um quadro fiel dos males da região, e no capítulo final do meu relato anterior (*Viagem às Nascentes do S. Francisco*) indiquei as soluções que me pareceram mais eficazes. Espero que meus humildes conselhos sejam ouvidos e que o governo volte finalmente sua atenção, com alguma benevolência, para um povo que só tem sido lembrado, até agora (1819), para ser explorado!

Quando me dispus a partir de Santa Luzia a fim de ir até o Arraial de Meia-Ponte, e de lá até Vila Boa, o amável vigário informou-me que a pousada mais próxima ficava distante cerca de seis léguas e meia. Como isso representasse uma caminhada extremamente longa para ser feita num único dia, ele me convenceu de que devia realizá-la em dois dias e passar a noite em sua chácara, a uma légua e meia dali.[19]

---

(18) Formiga fica situada no termo de Tamanduá, Província de Minas Gerais, distando poucas léguas de Bambuí.
(19) Itinerário aproximado do Arraial de Santa Luzia ao de Meia-ponte:
De Santa Luzia à Chácara S. JOÃO Evangelista..................1 ½ léguas
Até a Fazenda de Ponte Alta ....5 léguas
Até o Arraial de Santo Antônio dos Montes Claros...............3 ½ Léguas
Até a Fazenda dos Macacos..3 Léguas
Até Laje, à beira de um riacho ....4 Léguas
Até o Arraial de Corumbá ....3 Léguas
Até Meia-Ponte..3 Léguas
23 léguas

Depois que deixara a cidade de S. João del Rei eu só havia encontrado fazendas mal cuidadas e sítios ainda mais miseráveis. A Chácara[20] de S. João Evangelista era verdadeiramente uma casa de campo. Localizada numa suave encosta, em região descampada, compunha-se de uma casa confortável e de um vasto quintal cortado por um regato, onde se alinhavam com perfeita regularidade — contra o costume da região principalmente algodoeiros e bananeiras, havendo também uma pequena plantação de cana e alguns cafeeiros. Vi também marmeleiros, um viçoso canteiro de batatas e melões quase tão bons quanto os da França. Seguindo instruções do *Tratado da Cultura das Terras*, de *Duhamel*, o vigário tinha mandado fazer uma charrua para arar as terras que tinham sido invadidas pelo capim-gordura. Todos os agricultores das redondezas tentaram convencê-lo de que a cana-de-açúcar não poderia vingar no terreno descampado onde ele a havia plantado. Mas as terras tinham sido preparadas com o arado e adubadas, e a cana produzida foi excelente. O vigário tinha mandado fazer também uma canga diferente das usadas na região e algumas grades para aplainar a terra. Além disso criava bois, e a lã de um numeroso rebanho de carneiros fabricavam-se chapéus em sua casa, os quais encontravam fácil venda.[21]

Sua família, sustentada por ele, era bastante numerosa. Além de sua mãe, moravam na casa suas irmãs, várias sobrinhas e um irmão aleijado, o que fazia da chácara uma espécie de asilo, que ele pretendia deixar-lhes como herança. Mas seus planos tinham um objetivo mais amplo. Como já tive ocasião de dizer, o número de rapazes na região é bem menor do que o das moças, e estas se acham expostas a todos os perigos da miséria e da sedução. O vigário planejava fazer de sua chácara uma espécie de retiro não apenas para as irmãs e sobrinhas, mas também para moças de boa família que desejassem unir-se a elas. Seria instituída uma vida comunitária, com algumas regras fixas, mas sem o compromisso do voto religioso. Os estudos seriam variados e o trabalho a sua base principal.

Há muito tempo o Dr. Pohl, meu amigo, fez a apologia das virtudes do vigário de Santa Luzia. Eu me sentiria feliz se tivesse podido corroborar mais cedo suas palavras, mas tristes circunstâncias me impediram que o fizesse. Se acaso estas páginas chegarem às mãos de João Teixeira Alvarez, ele verá que os dois estrangeiros aos quais deu abrigo sob o seu teto guardaram a lembrança de suas virtudes, e que em qualquer nação do mundo os homens de boa vontade, unidos pelos laços da fraternidade, são capazes de se compreender, estimar e amar. Se a Divina Providência já tiver afastado do seu rebanho esse digno pastor, que nossos louvores, a par de motivos mais elevados, estimulem seus confrades e seus sucessores a seguirem o seu exemplo!

---

(20) A palavra chácara servia para designar, entre os indígenas, as suas míseras plantações. Por uma singular extensão, os luso-brasileiros passaram a usá-la para indicar elegantes casas de campo.

(21) Se houvesse meios de induzir ao trabalho os mendigos ainda válidos (ver capítulo seguinte) e os vadios, o distrito de Santa Luzia seria o lugar ideal para a instalação de algumas fábricas, pois nos anos normais o preço dos víveres ali é bastante razoável, o que é uma decorrência inevitável da dificuldade de intercâmbio entre essa região e as outras, da fertilidade do solo e da escassez de dinheiro. A farinha, o arroz e o rícino são vendidos ali a 600 réis o alqueire, devendo-se levar em conta que o alqueire, nessa região, mede um terço a mais do que o de Minas, o qual, por sua vez, é maior do que o do Rio de Janeiro. O milho é vendido a 300 réis o alqueire, o açúcar a 1.500 a arroba, o toucinho a 1.800 a arroba, a carne fresca a 600 réis e a carne-seca a 1.500.

CAPÍTULO II

SANTO ANTÔNIO DOS MONTES CLAROS. O ARRAIAL DE CORUMBÁ. OS MONTES PIRENEUS. O ARRAIAL DE MEIA-PONTE

As terras situadas depois de S. João Evangelista. As queimadas. Causa da floração prematura das plantas da região. Fazenda de Ponte Alta. Terras situadas depois dessa fazenda. Uma Vellozia notável. Morro do Tição. O Arraial de Santo Antônio dos Montes Claros. Sua capela. Sua única casa. Terras situadas depois de Santo Antônio. Ribeirão dos Macacos. Miséria. A maneira como saldou sua dívida um comprador. Terras adiante de Macacos. A palmeira denominada indaiá. Vegetação. Uma dormida ao ar livre. Comprimento das léguas. O Arraial de Corumbá. Visita de dois sacerdotes. Excurção aos Montes Pireneus. Descrição pormenorizada desses morros. O autor se perde e volta a Corumbá. Terras situadas entre Corumbá e o Arraial de Meia-Ponte. O arraial. Visita ao comandante e ao vigário. Localização de Meia-ponte. A paróquia da qual o arraial é sede. Suas casas, suas ruas, suas igrejas. Panorama que se avista da praça pública. Escolas. Hospício dos Irmãos da Ordem Terceira de S. Francisco. Salubridade. História do Arraial de Meia-Ponte. Seus habitantes atuais, em sua maioria agricultores. O fumo e o toucinho como produtos de exportação. Cultura do algodoeiro. Uvas excelentes. Mendicância. Calor excessivo. O Abade Luís de Camargo Fleury.

Entre a Chácara de S. João Evangelista e a Fazenda de Ponte Alta, cinco léguas adiante, onde parei, atravessei terras perfeitamente planas, iguais às que se situam entre Garapa e Santa Luzia (ver capítulo precedente), com pequenas montanhas elevando-se à direita e à esquerda. Trata-se dos contrafortes dos Montes Claros, de que falarei mais adiante, assim como estes últimos são, eles próprios, contrafortes dos Montes Pireneus.[1] Em outras palavras, naquela altitude mais ou menos considerável as montanhas à vista só podem fazer parte do grande divisor das águas do norte e do sul — a Serra de Corumbá e do Tocantins.

À exceção de uma casinha que me pareceu abandonada, não encontrei durante todo o dia nenhuma propriedade, nenhum viajante, não vi o menor trato de terra cultivada, nem mesmo um único boi. A região apresenta sempre o mesmo aspecto. Os campos ora são quase que exclusivamente cobertos de capim, ora se mostram salpicados de árvores mirradas e retorcidas (tabuleiros cobertos e tabuleiros descobertos).* Havia muito tempo que eu não encontrava o capim-flecha, uma gramínea que caracteriza as boas pastagens do sul da Província de Minas. Voltei a encontrá-lo ali, verde e viçoso, apesar da prolongada seca. As flores continuavam raras, mas vi um grande número delas num pasto recém-queimado.

Tão logo é queimada uma pastagem natural começam a brotar no meio das cinzas algumas plantas raquíticas, geralmente felpudas, de folhas sésseis e mal desenvolvidas, as quais não tardam a florescer. Por muito tempo acreditei que essas plantas pertenciam a espécies diferentes, típicas das queimadas, assim como outras são exclusivas das capoeiras que substituíram as florestas virgens.

---

(1) Pohl, Reise, I, 285.
(*) Por tabuleiros cobertos e descobertos deve-se entender, respectivamente, cerrados e campos limpos. (M. G. F.)

Entretanto, um exame mais atento convenceu-me de que se tratava simplesmente de espécimes prematuros de outras espécies muito maiores, que florescem numa estação diferente. Durante a seca — em que se ateia fogo aos campos o desenvolvimento da maioria das plantas fica de certa forma interrompido, e suas hastes apresentam-se com aparência ressequida. Não obstante, deve acontecer ali o mesmo que sucede em nosso clima; nesse período de repouso as raízes provavelmente se fortalecem e se enchem de seiva para alimentar os novos rebentos. Temos disso um exemplo marcante no *Colchicum* e nas nossas orquidáceas. Nas queimadas, as hastes calcinadas favorecem o desenvolvimento de gemas, mas como os novos brotos aparecem antes do tempo e os reservatórios de seiva destinados a alimentá-los ainda não estão suficientemente cheios, as folhas se tornam atrofiadas, e a fase da floração chega prematuramente, interrompendo o crescimento do caule. [2] Como já fiz em outro relato, aconselho os botânicos que costumam descrever as plantas do Brasil baseados em herbários a tentarem associar às espécies já existentes os singulares espécimes produzidos pelas queimadas, ao invés de cederem à tola vaidade de registrá-los com outros nomes, como se pertencessem a espécies novas.[3]

A Fazenda de Ponte Alta [4] onde parei, fica situada à beira de um córrego que tem o mesmo nome. Como tantas outras, a propriedade se achava então em ruínas.

As terras que percorri ao sair dali são também despovoadas, mas ao invés de planas passam a ser montanhosas. Eu me achava então nos Montes Claros,[5] a que já me referi ligeiramente.

Foi nesse trecho elevado que vi pela primeira vez, entre as plantas dos cerrados e campos limpos, a monocotiledônea arborescente tão pitoresca e característica que já mencionei no quadro geral da província, a singular *Vellozia*, que se bifurca várias vezes e cujos ramos, recobertos de escamas, terminam numa bela flor envolta num tufo de folhas lineares," flexíveis como os ramos dos salgueiros e que se agitam à mais leve brisa.

Do alto de uma elevação denominada Morro do Tição avistei ao longe os dois picos que encimam os Montes Pireneus. Vi também dali a Capela de Santo Antônio dos Montes Claros, distante cerca de um quarto de légua. Depois de atravessar um rio que tem esse mesmo nome, parei numa casa a pouca distância da capela.

O Rio de Santo Antônio dos Montes Claros tem sua nascente a 8 léguas da capela e se lança no Corumbá, atravessando terrenos auríferos. Outrora extraía-se muito ouro nos arredores de Santo Antônio.[6] Entretanto, devido à falta de braços, o garimpo foi abandonado e o Arraial de Santo Antônio dos Montes Claros praticamente desapareceu, ficando reduzido apenas à capela e à casa que já mencionei.[7]

A capela é muito pequena, no entanto é uma das três que se acham sob a jurisdição da vasta paróquia cuja sede é o Arraial de Santa Luzia. O vigário ia celebrar a missa ali duas vezes por ano: por ocasião da festa do padroeiro e quando percorria a paróquia para confessar os fiéis.

O dono da casa onde passei a noite — casa que era tudo em que consistia o arraial — possuíra outrora uma venda, mas fora forçado a desistir do

---

(2) Ver minha Introduction à l'Histoire des plantes les plus remarquabtes du Brésil et du Paraguay, e meu Tableau géographique de la végétation primitive dans la province de Minas Geraes (Nouvelles annales des voyages, 1837).

(3) Viagem pelas Províncias do Rio de Janeiro, etc.

(4) O nome não é Ponte Alto, como escreveu o Dr. Pohl.

(5) Pohl, Viagem no Interior do Brasil.

(6) Diz Pizarro (Mem., IX, 213) que, segundo os habitantes da região, encontram-se partículas de ouro nas entranhas de todos os animais criados ali. Se isso for verdade, é bem provável que terrenos sejam ao mesmo tempo salitrosos e auríferos, pois o ouro não é absorvido pelas plantas, e todos sabem que o gado gosta de lamber terras impregnadas de sal.

(7) Assim como Santa Luzia (1819), Santo Antonio não tem o título de cidade que lhe deu o Dr. Pohl.

seu comércio porque ninguém pagava o que comprava. Por ocasião da minha viagem ele se limitava a vender milho para as tropas de burros.

Adiante de Santo Antônio dos Montes Claros continuei a atravessar terras montanhosas, incultas e despovoadas, com os riachos orlados por estreitas fileiras de árvores e a mesma *Vellozia* aparecendo nos dois tipos de pastagens naturais que cobriam a região.

Do alto de vários morros bastante elevados, principalmente do que tem o nome de Morro da Pedra Branca, minha vista abarcava vastas extensões de terras.

Depois de descer esse morro atravessei o Ribeirão da Antinha[8] à beira do qual vi alguns casebres em ruínas.

A cerca de uma légua desse lugar parei à beira de outro rio, chamado Ribeirão dos Macacos, que nasce a mais ou menos cinco léguas dali, e é um dos afluentes do Corumbá. Também ali encontrei algumas choças em ruínas, que tinham o pomposo nome de Fazenda dos Macacos e das quais não deve restar hoje, provavelmente, o menor vestígio. José Mariano ofereceu suas mercadorias ao dono da casa, mas este respondeu que não havia dinheiro ali. A maioria dos habitantes da paróquia de Santa Luzia não deveria ter, na verdade, outra resposta a dar.

O proprietário de Macacos foi pelo menos mais honesto do que o de uma outra casa onde me alojei durante essa viagem, o qual me ofereceu seus frangos, almoço e papel para escrever, fazendo questão absoluta de me acompanhar durante uma parte do caminho. Cercou-me de gentilezas, prometendo enviar-me plantas, peles de cobra e não sei o que mais. Tantas amabilidades me deixaram a princípio admirado, mas a causa delas logo se tornou aparente quando fiquei sabendo que o homem tinha conseguido convencer José Mariano a vender-lhe alguns objetos a crédito. Dispondo de tão pouco dinheiro quanto o resto de seus conterrâneos, ele procurara saldar a sua dívida mostrando-se obsequioso. Nunca mais ouvimos falar dele, nem de suas plantas e suas peles de cobra. Estávamos então no mês de junho e numa região de elevada altitude. A noite que passamos em Macacos foi extraordinariamente fria, e às seis da manhã o termômetro ainda marcava cinco graus e meio Réaumur (aproximadamente 7°C).

Adiante da Fazenda dos Macacos as terras ainda continuam montanhosas, despovoadas, incultas e sem sinal de gado.

A cerca de légua e meia dessa insignificante fazenda encontrei alguns casebres semi-arruinados à beira de um ribeirão (Ribeirão da Ponte Alta). A partir dali não encontrei durante o resto do dia o menor vestígio de trabalho feito pela mão do homem.

Da fronteira até ali os capões se tinham mostrado muito mais raros nos descampados do que em terras semelhantes da Província de Minas. Depois de Macacos eles se tornam menos raros, provavelmente porque as grotas onde costumam crescer são mais numerosas, mais profundas, mais abrigadas e mais úmidas. Tive a satisfação de encontrar nessas matas a esbelta palmeira chamada indaiá, que já tinha visto no início de minhas viagens e já descrevi em outro relato.[9] O tronco dessa palmeira, na sua maior parte coberto de escamas, parece alargar-se da base para o alto, e suas longas folhas aladas, verdes de um lado e esbranquiçadas do outro, agitam-se à mais leve brisa. Seus cocos, do tamanho de maçãs, pendem em longos cachos, acompanhados de uma espata de formato semelhante ao de uma canoa.

A não ser nas matas, a vegetação apresenta sempre a mesma alternativa e em vários trechos descampados ainda se encontra a *Vellozia* arborescente,

---

[8] Cunha Matos escreveu Ribeirão das Antinhas (Itin., I, 189).
[9] *Viagem pelos Províncias do Rio de Janeiro*, etc.

que já assinalei como sendo característica das regiões elevadas. Assim, os campos ora apresentam grandes extensões cobertas exclusivamente de capim, ora exibem aqui e ali algumas árvores raquíticas surgindo no meio daquela singular monocotiledônea. De resto, as árvores mal lhe deixam espaço para se desenvolver. É essa planta — como já disse — que estabelece a grande diferença entre os campos dessa região e os da Província de Minas. Encontram-se também ali as mesmas espécies de Qualea que se veem em Minas, a Voquísia n.° 502, a Gencianácea n.° 206, tão comum em os todos os campos, a *Hyptis* n.° 157, a Composta 453, o velame, conhecido por suas qualidades purgativas, o pequi (*Caryocar* brasiliensis, Aug. de S. Hil., Juss., Camb.), [10] o tamboril, ali chamado de vinhático-do-campo, a Auranciácea n.° 632, o pacari (*Lafoensia pacari* Aug. de S. Hil.), a Acantácea n.° 642, a quina-do-campo (*Strychnos pseudoquina*, Aug. de S. Hil.), etc.

A pouca distância de Macacos atravessei um pequeno rio, cujas águas límpidas correm sobre um leito de areia e por essa razão tem o nome de Ribeirão das Areias. Esse rio é um dos afluentes do Corumbá e separa a Paróquia de Santa Luzia da de Meia-Ponte. É provável que o volume das águas do Ribeirão das Areias e dos três outros que atravessei antes aumente de maneira considerável na estação das chuvas, e talvez seja por isso que são chamados de ribeirão.[11]

Como não existisse uma única habitação entre o Ribeirão da Ponte Alta, a que já me referi, e o Arraial de Corumbá, numa distância de aproximadamente 7 léguas, tomei a depois de andar 4 léguas, de parar numa mata à beira de um riacho, no lugar denominado Laje. Minha bagagem foi colocada numa pequena clareira coberta de relva, e nem mesmo armamos barracas para nos proteger durante a noite.

Consta que Laje dista apenas 3 léguas do Arraial de Corumbá, onde parei, mas pelo tempo que levei para percorrer essa distância ela deve ser bem maior. Em geral, as léguas nessa região são muito extensas, como sempre acontece em lugares pouco povoados, onde as pessoas estão acostumadas a percorrer grandes distâncias quando têm de fazer as menores coisas.

Entre Laje e Corumbá a região não muda, a não ser que se vê nas encostas dos morros um grande número de capoeiras. Em parte alguma se avista um de milho, de arroz ou de algodão, e as terras ao redor de Corumbá não parecem mais cultivadas do que os lugares mais distantes de qualquer povoação. O caminho é tão pouco transitado que à beira dos riachos o capim-gordura fez desaparecer qualquer traço dele.

Antes de chegar a Corumbá mandei José Mariano pedir pousada ao padre, que lhe cedeu uma das várias casas vazias existentes em todos os arraiais que foram habitados por mineradores. Mal acabei de tomar o chá recebi a visita do vigário de Meia-Ponte e de outro padre que se achava a passeio em Corumbá. Como o resto dos moradores da região, eles se queixaram amargamente da falsificação do ouro, do dízimo e do abandono a que o governo relegava a infortunada província.

O pequeno Arraial de Corumbá tem o formato de um triângulo, achando-se situado na encosta de um morro, tendo a seus pés o rio que lhe dá o nome. Suas ruas largas, e as casas pequenas e extremamente baixas.

---

(10) Dou aqui o nome vulgar dessa pequena árvore como foi registrado, de acordo com minhas notas, na *Flora Brasiliae meridionalis,* mas talvez o mais certo seria escrever *piqui*, de conformidade com a pronúncia. Trata-se evidentemente da mesma árvore que Casal registrou com o nome de *piquiá* (Cor., 114).

(11) Pohl, que atravessou essa região na época das chuva, diz explicitamente (Reise, I. 286) que muitas vezes as águas do Ribeirão das Areias crescem de repente de tal maneira que se torna impossível atravessá-lo. Aliás, os nomes de *Rio de Areias e Rio Areas,* que o mesmo autor dá a esse rio, são evidentemente inexatos, já que não estão de acordo com a língua portuguesa.

Um grupo de mineradores tinha-se estabelecido no local para explorar as margens auríferas do Corumbá. Quando eles e seus escravos morreram, o trabalho de mineração, que provavelmente se tornara mais difícil, foi totalmente abandonado, e a miséria tomou conta do arraial. A maioria de seus habitantes ganha a vida hoje trabalhando para os agricultores das redondezas, sendo em geral pagos com os produtos da terra. As mulheres fiam o algodão e recebem também o seu salário sob a forma de mercadorias. Corumbá goza, entretanto, de uma grande vantagem, já que o fumo produzido em suas terras, que são muito elevadas, tem muita saída e é exportado para vários arraiais da província.

Corumbá é uma sucursal (capela) da paróquia de Meia-Ponte, de cuja sede dista três léguas. Dou aqui a essa humilde povoação o seu título oficial, mas na região ela é conhecida exclusivamente pelo nome de Capela, sendo o de Arraial reservado a Meia-Ponte.

O Rio Corumbá nasce ali nas proximidades, e pode ser atravessado a pé. Logo, porém, torna-se um dos rios mais volumosos da província, indo engrossar as águas do Paranaíba depois de correr do norte para o sudoeste.

Já disse antes que do Morro do Tição eu tinha avistado os dois cumes dos Montes Pireneus, [12] que formam a parte mais elevada da Serra do Corumbá e do Tocantins e onde nascem vários rios importantes, entre outros o Corumbá e os primeiros afluentes do majestoso Tocantins. A partir do Morro do Tição eu me fui aproximando cada vez mais desses montes, e em Corumbá achei-me a apenas duas léguas deles. Desejando ir colher plantas ali, contratei no arraial um negro para me servir de guia e me pus a caminho, acompanhado de Marcelino, o meu tocador.

As terras que atravessamos até alcançar os Pireneus são montanhosas e sua vegetação pouco difere da que eu havia visto nos dias precedentes.

Andamos cerca de 2 léguas e, depois de atravessarmos vários riachos, chegamos finalmente ao pé dos montes.

Não se deve imaginar que eles se assemelhem aos majestosos picos tão comuns em algumas partes da Europa, nem mesmo ao Itacolomi, ao Papagaio ou à Serra da Caraça. É bem verdade que são elevados, mas isso se deve em grande parte a própria altitude da região em que se acham situados, já que da base até o cume sua elevação é realmente pouco considerável.

Vistos de perto, por quem vem de Corumbá, eles apresentam duas plataformas que se elevam uma acima da outra, sendo que a mais alta parece sustentada por algumas rochas. Subimos até a primeira e ali, num terreno arenoso e coberto de relva, recolhi algumas plantas interessantes. Logo avistamos os dois picos que tínhamos visto do alto do Morro do Tição e que por algum tempo se tinham tornado invisíveis. Atravessamos alguns capinzais, onde o terreno ora é arenoso, ora de muita boa qualidade, com algumas árvores mirradas surgindo entre as rochas, nos lugares elevados, e o imponente buriti, fiel aos seus locais favoritos, enfeitando ainda as baixadas pantanosas.

Em breve atravessamos o Rio Corumbá, que nesse ponto tem pouca largura, e encontramos à beira dele as ruínas de uma casa, que tinha pertencido a um minerador cujos escravos se ocupavam em procurar ouro no leito do rio. Mais tarde a casa foi abandonada. No meio de suas ruínas vicejava o capim-gordura, que pode ser incluído entre as plantas que seguem os rastros do homem.

---

(12) Sigo aqui a grafia usada melhor por três autores que merecem crédito — Casal, Martius e Matos. Creio porém, que seria melhor escrever *Pirineus,* como Pizarro, ou *Perineus,* como Luis Antônio da Silva e Sousa, pois são essas as pronúncias usadas na região. Acho que o viajante deve, acima de tudo, acompanhar os usos quando registra os nomes que até então ainda não tinham sido escritos por ninguém. Seria possível, com efeito, que os antigos paulistas, os quais tinham no máximo uma ligeira ideia da geografia de Portugal, tenham querido dar a essas montanhas de Goiás o nome *Pireneus* da Europa? Em todo caso, é evidente que não se deve escrever. Como Pohl, *Pyrenaeos.*

Entre Macacos e Laje eu o havia encontrado à beira dos córregos e em toda parte onde os viajantes se detinham.

Depois de atravessarmos o Corumbá encontramos um pequeno córrego que se lança nesse rio e tem o nome de Cocá. Seu leito se achava obstruído por pedregulhos, triste vestígio dos primeiros caçadores de ouro.

Meu guia advertiu-me de que havia ali uma grande quantidade de carrapatos, aconselhando-me a atravessar aquele trecho a cavalo a fim de evitá-los. Apesar dessa precaução, minhas calças ficaram em poucos instantes cobertas desses odiosos insetos.* Contudo, logo desembaracei-me deles golpeando as pernas com um ramo de árvore. [13] Provavelmente costumavam pastar ali burros ou cavalos, em outras épocas, pois é principalmente nos lugares onde vivem esses animais e nas vizinhanças das fazendas que os carrapatos proliferam.

Do outro lado do Cocá encontramos uma modesta habitação, e foi ali que resolvi passar a noite, a fim de dispor no dia seguinte de tempo suficiente para subir até o ponto mais elevado da montanha. A casa era habitada por um velho negro liberto, que morava sozinho e provinha ao seu sustento catando um pouco de ouro em pó no córrego próximo. Disse-me ele que as terras ali eram excelentes, e que vários trechos descampados se prestavam mesmo à cultura da mandioca. Contudo, ele já não se sentia com forças para se dedicar à lavoura. Sua humilde morada testemunha sua extrema indigência.

Meu guia me tinha deixado quando chegamos à casa do velho negro, prometendo voltar no dia seguinte. De fato voltou, embora com bastante atraso, e pudemos reiniciar a nossa caminhada. Não tardei a perceber, porém, que o homem não conhecia aquela parte da montanha, obrigando-me a passar por todos os pontos mais elevados, sem seguir uma rota determinada.

Por muito tempo acompanhamos o córrego de Cocá, cujas margens tinham sido cavoucadas pelos mineradores. Por toda a parte viam-se montes de pedras resíduos das lavagens.

A exceção de alguns picos formados por rochas angulosas, que pareciam talhadas pela mão do homem e amontoadas desordenadamente, a parte dos Montes Pireneus que percorri apresenta um terreno bastante regular. Ora veem-se campos arenosos cobertos de capim, ora pequenas capoeiras, e nas grotas, que são sempre pantanosas, o esbelto buriti.

Alcançamos finalmente a base dos picos mais elevados. Os principais são dois, que eu já tinha avistado do alto do Morro do Tição. De altura quase igual, eles formam dois cones cuja aresta é bastante oblíqua, e são inteiramente eriçados de pedras pontudas e irregulares, no meio das quais cresce uma grande quantidade de arbustos e árvores raquíticas. Gastei quase um quarto de hora para alcançar o cume de um deles. Tive então diante dos olhos uma imensa extensão de terras despovoadas e incultas. Infelizmente o meu guia era ignorante demais para que me pudesse informar o nome dos morros que se estendiam diante de mim, bem como dos lugares dignos de nota. Rochas estreitas formam a ponta do pico, e de suas fendas brotam canelas-de-ema (*Vellozia*) semi-ressequidas e cobertas de líquens.

Durante toda a excursão consegui recolher apenas uma pequena quantidade de plantas que ainda não possuía. Não vi nenhum pássaro, à exceção de

---

(*) Carrapatos não são insetos, mas ácaros (M.G.F.)

(13) É esse o recurso a que já me referi quando mencionei pela primeira vez os carrapatos, cuja picada é extremamente dolorosa (*Viagem pelas Províncias* do Rio de Janeiro, etc.).

Nesse trabalho acrescentei que os carrapatos grandes e os carrapatos miúdos do Brasil me pareceram pertencer a uma única espécie em duas fases distintas. Pohl registrou dois tipos de carrapatos, o *Ixiodes americanus* e o *Ixiodes collar*. O primeiro corresponderia aos grandes e o segundo aos miúdos. Ou haveriam realmente duas espécies diferentes, ambas apresentando indivíduos grandes e pequenos conforme a fase de seu desenvolvimento? Eis uma coisa que talvez não cheguemos a saber estudando unicamente os espécimes das coleções. Os pesquisadores que se dedicarem a fundo a essa questão talvez possam esclarecer um dia ponto da História Natural. De qualquer forma, Gardner, que é bom observador, acredita como eu que existe apenas uma espécie de carrapatos. (Travels, 293)

dois de grande porte que planavam acima das rochas, como à procura de uma presa.

Depois de descermos da montanha[14] iniciamos o caminho de volta a Corumbá passando por um terreno bastante regular, coberto de capim, no meio do qual via-se em grande abundância uma Mimosácea (n.º 715), cuja haste, um pouco esfarinhenta e de uma tonalidade ruço-esbranquiçada, tem de 4 a 5 pés de altura. Seus numerosos ramos, carregados de flores cor-de-rosa, formam uma copa hemisférica.

Ocupado em procurar plantas, não percebi que nos desviávamos da direção do arraial. Entretanto, como a tarde começasse a cair, achei conveniente perguntar ao meu guia se ainda estávamos longe de Corumbá. Ele me respondeu que ainda faltavam 3 léguas, provavelmente, mas que em breve encontraríamos uma casa. Não pude evitar de fazer-lhe algumas censuras, pois era evidente que nos tínhamos extraviado do caminho. Continuamos a andar e logo encontramos o casebre a que ele se referira. Uma mulher negra estava à porta, mas como não desejasse receber-nos ela nos garantiu que faltava apenas uma légua para chegarmos ao arraial. Envergonhado por ter perdido a rota, o meu guia, com essa inconsistência característica dos homens de sua raça, concordou imediatamente com a mulher, renegando o que tinha dito antes. Estabeleceu-se uma discussão entre nós dois, à qual logo pus fim dizendo ao negro que me achava disposto a admitir que faltava apenas uma légua e que para percorrer essa distância não precisaríamos de mais de duas horas. Por conseguinte, concordava em me pôr a caminho, mas se não chegássemos a Corumbá dentro desse prazo eu não iria pagar-lhe um vintém. O homem voltou atrás mais uma vez, admitindo que talvez o arraial distasse mais de uma légua dali. Resolvi então não tentar ir mais adiante. A mulher, a quem pedi licença para dormir em sua casa, respondeu-me que não tinha permissão do dono para isso. "Pois bem", retruquei, "eu mesmo me dou essa permissão", e fui entrando sem cerimônias. "Ele é um homem mandado!" (um emissário do governo), bradou o negro, e essas palavras, como de hábito, tiveram um efeito mágico. Fui aceito sem a menor objeção.

No dia seguinte pusemo-nos de novo a caminho e dentro de pouco tempo avistamos Meia-Ponte, o que veio provar que nos achávamos muito longe de Corumbá, pois a distância entre os dois arraiais é de 3 léguas. Isso veio demonstrar que eu agira sensatamente na véspera, ao me recusar a continuar a viagem quando já caía a noite. Atravessamos uma região montanhosa e, descendo sempre, chegamos a Corumbá.

Entre esse arraial e o de Meia-Ponte andei sempre paralelamente aos Pireneus, que ficavam à minha direita. A região era ainda montanhosa e mais cheia de matas do que a que eu percorrera antes de chegar a Corumbá. Moitas de capim ressequido surgiam por entre as pedras que cobriam o solo, e não se viam flores em parte alguma. Nas matas muitas árvores ainda conservavam suas folhas, enquanto outras se mostravam inteiramente nuas. O chão estava juncado dos delicados folíolos de vários exemplares de *Mimosas*.

Caminhei por algum tempo através de um planalto que encima um morro bastante elevado. É ali que a estrada da Bahia se junta à de Minas e do Rio de Janeiro, que eu seguira até então. O caminho de descida do morro é pavimentado, o que na região constitui uma verdadeira raridade. Descemos sempre, durante o dia todo, e o calor se mostrou mais forte do que nos dias anteriores, principalmente no sopé do morro que acabo de mencionar.

---

(14) De acordo com tudo o que acabo de dizer, sobre os Montes Pireneus. Vê-se que o Dr. Pohl foi inteiramente enganado pelos que o persuadiram de que as matas virgens tornavam inacessíveis essas montanhas. Estou certo também de que se o General Cunha Matos tivesse tido de oportunidade de escalá-las, não teria escrito (Itin., I. 170) que elas são cobertas por uma exuberante vegetação até o seu cume.

Antes de chegar a Meia-Ponte mandei José Mariano à casa do vigário, a fim de que me arranjasse uma casa desocupada onde pudesse alojar-me. O vigário atendeu ao meu pedido, indicando-me uma casa bastante confortável.

Depois de instalar-me nela, fui apresentar a minha portaria ao comandante do arraial, de quem falarei mais tarde. Ele morava numa casa muito bonita e me recebeu numa sala bem mobiliada, imaculadamente limpa. Havia quadros nas paredes, que eram pintadas até certa altura, depois caiadas até o teto. Um espelho pequeno, algumas mesas e um gupo de cadeiras dispostas caprichosamente compunham o mobiliário da sala.

Feita a visita, fui apresentar meus agradecimentos ao vigário, cuja casa era tão bonita e tão bem mobiliada quanto a do comandante. O que a tomava realmente notável era o asseio tipicamente holandês que se via nela. De um modo geral, essa é uma das qualidades que distinguem os brasileiros. Por mais pobres que sejam, suas casas quase nunca são sujas, e se eles possuem apenas duas camisas, a que trazem no corpo é sempre limpa.

O encantador Arraial de Meia-Ponte é ao mesmo tempo sede de um julgado e de uma paróquia.[15] Situado a 15° 30' de latitude S., numa região de grande salubridade, na interseção das estradas do Rio de Janeiro, Bahia. Mato Grosso e S. Paulo, distante de Vila Boa no máximo 27 léguas e rodeado de terras extraordinariamente férteis, o arraial era um dos mais bem aquinhoados da província e o de maior população.

A extensão da paróquia de Meia-Ponte é de cerca de 32 léguas no sentido norte-sul e de 20 de leste a oeste. Embora menos extensa que a de Santa Luzia, sua população é bem mais numerosa, contando com 7.000 habitantes. Dela dependem duas capelas (1819), a de Corumbá, de que já falei, e a de Córrego do Jaraguá, que descreverei mais adiante.

O arraial foi construído numa pequena planície rodeada de montanhas e coberta de árvores de pequeno porte. Estende-se ao longo da margem esquerda do Rio das Almas, numa encosta suave, e defronta o prolongamento dos Montes Pireneus. Tem praticamente o formato de um quadrado e conta com mais de trezentas casas, todas muito limpas, caprichosamente caiadas, cobertas de telhas e bastante altas para a região. Cada uma delas, conforme o uso em todos os arraiais do interior, tem um quintal onde se veem bananeiras, laranjeiras e cafeeiros plantados desordenadamente. As ruas são largas, perfeitamente retas e com calçadas dos dois lados. Cinco igrejas[16] contribuem para enfeitar o arraial. A igreja paroquial, dedicada a Nossa Senhora do Rosário, é bastante ampla e fica localizada numa praça quadrangular. Suas paredes, feitas de adobe, têm 12 palmos de espessura[17] e são assentadas sobre alicerces de pedra. O interior da igreja é razoavelmente ornamentado, mas o teto não tem forro.

Da praça onde fica situada essa igreja descortina-se um panorama que talvez seja o mais bonito que já me foi dado apreciar em minhas viagens pelo interior do Brasil. A praça foi construída um plano inclinado; abaixo dela veem-se os quintais das casas, com os seus cafeeiros, laranjeiras e bananeiras de largas folhas; uma igreja que se ergue um pouco mais longe contrasta, pela brancura de suas paredes, com o verde-escuro da vegetação; à direita há também casas e quintais, e ao fundo outra igreja; à esquerda vê-se uma ponte semidesmantelada, com um trecho do Rio das Almas coleando por entre as

---

(15) Meia-Ponte foi elevado a cidade pelo alvará de 10 de Julho de 1832 (Matos, Itin., II, 337). Diz Luís d'Alincourt que em 1731 surgiu a ideia de se fazer do arraial sede da província (Mem., 85), mas creio que ele se engana quanto ao nome do governador a quem atribui esse projeto. Seja como for, é incontestável que, sob todos os aspectos, Meia-Ponte merecia muito mais que Vila Boa tornar-se a capital de Goiás.

(16) Em 1832 Cunha Matos registrou também cinco igrejas (Itin., I, 151). Segundo Luís Antônio da Silva e Sousa havia uma a mais em 1832 (Mem. Est., 27).

(17) Silva e Sousa registra a sua espessura como sendo de apenas 7 palmos (Mem.. Est., 27). Não posso afirmar com certeza qual das duas medidas é exata.

árvores; do outro lado do rio avista-se uma igrejinha rodeada por uma pequena mata, com grupos de árvores raquíticas mais além, confundindo-se com ela. Finalmente, a cerca de légua e meia do arraial o horizonte é limitado ao norte por uma cadeia pouco elevada, que constitui um prolongamento dos Montes Pireneus. Nela se vê um pico arredondado a que dão o nome de Frota, o qual se projeta acima dos morros vizinhos.[18]

Enquanto que os outros arraiais contavam, no máximo, com um professor de primeira letras, Meia-Ponte tinha (1819) um professor de Gramática Latina pago pelo governo. Tenho minhas dúvidas, porém, de que fosse grande o número de seus alunos e de que seus ensinamentos dessem resultados práticos.

Assim como em Tijuco, no distrito dos diamantes,[19] existe em Meia-Ponte um asilo dos Irmãos da Ordem Terceira de S. Francisco, os quais se encarregam de recolher as esmolas dos fiéis para manutenção do Santo Sepulcro. Por ocasião da minha viagem esse asilo contava apenas com um Irmão. A quantia reunida por ele era entregue a um tesoureiro leigo do próprio lugar, o qual por sua vez a enviava ao tesoureiro geral, no Rio de Janeiro, que também era leigo. É bem difícil acreditar que, passar por tantas mãos, entre Meia-Ponte e Jerusalém, esse dinheiro chegasse intato ao seu destino.

Como já disse, o clima de Meia-Ponte parece muito salubre.[20] À época do calor mais forte todos os habitantes do lugar — homens e mulheres — banham-se regularmente no Rio das Almas, o que contribui para mantê-los em boa saúde. A doença mais comum ali é a hidropisia, não sendo rara também uma forma de elefantíase a que eles dão o nome de morfeia.

O local onde hoje está situado o arraial foi descoberto em 1731 por um certo Manoel Rodrigues Tomaz.[21] Os primeiros que se estabeleceram ali foram os caçadores de ouro, que queriam explorar as margens do Rio das Almas. Entretanto, como o povoado que então se formou ficasse situado na junção das principais estradas da província e por ali passasse antigamente um grande número de tropas, os seus habitantes, certos de que poderiam vender proveitosamente os produtos da terra, logo desistiram dos trabalhos de garimpagem, da qual atualmente restam poucos vestígios. Foram eles, ao que parece, os primeiros em toda a capitania que tiveram a glória de se dedicar ao cultivo da terra. As matas, abundantes nos arredores do arraial, favoreceram o trabalho dos agricultores. Foram derrubadas pelos antigos colonos e substituídas por plantações de feijão e milho. Atualmente abandonadas, essas lavouras cederam lugar às capoeiras.

Ainda hoje a maioria dos habitantes de Meia-Ponte se dedica à agricultura e como só vão ao arraial aos domingos, as casas permanecem vazias durante toda a semana. As terras da paróquia são apropriadas a todo tipo de cultura, até mesmo à do trigo, mas é principalmente com a criação de porcos e a cultura do fumo que se ocupam os colonos da região. Os rolos de fumo e o toucinho são enviados não somente para Vila Boa, mas também para vários arraiais do norte da província.

---

(18) Desnecessário é dizer que essas montanhas ainda pertencem à Serra do Corumbá e do Tocantins. O Morro do Frota, de acordo com Silva e Sousa (Mem. Est., 18). seria composto de vários morros pequenos e se prolongaria na direção do ocidente, não tendo mais de 2 léguas de comprimento.

(19) *Viagem ao Distrito das Diamantes, etc.*

(20) Silva e Sousa diz (Mem. Est., 14) que o vento leste sopra constantemente ali das 4 da manhã até as 11, nos meses de maio a setembro...

(21) Pizarro diz que primitivamente fora armada sobre o rio uma ponte feita com duas peças de madeira, tendo sido uma delas arrastada pelas águas. Os moradores do lugar acostumaram-se, então, a se servir da única tábua que restara, razão por que deram ao povoado o nome de Meia-Ponte (Mem., IX, 212). Cunha Matos refuta essa versão, afirmando que o arraial deve o seu nome a uma pedra que é encontrada nos seus arredores no Rio de Meia Ponte, a qual tem o formato de uma metade de arco (Itin., I, 153) . Já Luis d'Alincourt diz que Bartolomeu Bueno, impossibilitado de atravessar a vau uma corrente caudalosa, lançou uma ponte sobre uma pedra chata e de considerável tamanho que avançava até o meio do rio, originando-se daí o nome do arraial construído nas proximidades (Mem., 82). Não posso dizer com certeza qual das três versões é a verdadeira, nem mesmo se qualquer delas merece crédito.

Como já tive ocasião de dizer, o algodão produzido ali é de excelente qualidade. Um homem sozinho é capaz de cultivar um algodoal numa extensão de terra que comportaria a semeadura de um alqueire de milho. Os algodoeiros começam a produzir suas cápsulas desde o primeiro ano, e é suficiente capinar a terra uma vez, anualmente. Durante o prazo de cinco anos não é feita nenhuma poda nos seus ramos, mas passado esse tempo cortam-se os que ficam um pouco abaixo do pé e tira-se uma parte dos rebentos. Passados mais cinco anos é feita uma segunda poda. Tratados dessa maneira, os algodoeiros conseguem dar uma longa série de safras.(22) Um alqueire plantado de algodoeiros rende 100 arrobas de algodão bruto, quantidade essa que, depois de retiradas as sementes, fornece um líquido de 8 libras.

É bem provável que os arredores de Meia-Ponte pudessem produzir também um vinho excelente, pois durante a minha permanência no arraial saboreei uvas deliciosas, presenteadas pelo vigário. Pertencem à variedade que os portugueses chamam de ferral.* Desnecessário é dizer que ali, como em Minas e provavelmente em todo o Brasil, as mudas de videira são importadas.

Ainda que existam ao redor de Meia-Ponte mais terras do que seria possível cultivar e inumeráveis córregos auríferos dos quais é fácil recolher um pouco de ouro, e embora haja escassez de braços para a lavoura e, em consequência, qualquer homem válido tenha possibilidade de encontrar trabalho, ao menos para prover ao seu sustento, não se consegue dar um passo no arraial sem esbarrar com mendigos. Vários deles, atacados de elefantíase, necessitam evidentemente de assistência. Outros são filhos naturais que poderiam trabalhar. Os fazendeiros mais prósperos de Meia-Ponte queixaram-se a mim do prodigioso número de mendigos que vagueiam pelas ruas do povoado. A maioria desses homens — disseram eles — poderiam ganhar a vida fazendo um trabalho útil. Mas como pedem esmolas dizendo pelo amor de Deus, ninguém tem coragem de negar, e assim se arraiga neles o hábito da indolência. Não há dúvida de que esse sentimento tem algo de comovente e só poderia merecer louvores se fosse inspirado unicamente pelos infelizes que se acham atacados de uma moléstia repelente, a qual os afasta do convívio de seus semelhantes. Mas como podiam as bondosas pessoas que conversaram comigo sobre essas coisas acreditar que, ao darem a Deus uma prova de seu amor, estavam encorajando o vício?

Já disse que para chegar ao Arraial de Meia-Ponte eu havia descido durante longo tempo. Enquanto permaneci ali o calor se tornou insuportável, o que me deixou em estado de grande irritação, aumentada pela fome que passei durante minhas várias caminhadas pelos arredores. O calor excessivo, ao que parece, teve também efeito negativo sobre os meus acompanhantes, pois eles se mostravam de um mau humor intolerável.

Antes de deixar o arraial (17 de junho) fui apresentar minhas despedidas ao vigário e ao jovem Padre Luís Gonzaga de Camargo Fleury,(23) que eu já havia visto em sua companhia em Corumbá. Durante minha permanência em Meia-Ponte ambos me tinham cumulado de gentilezas. Fizeram-me várias visitas, durante as quais conversamos demoradamente. Luís Gonzaga era de origem francesa, como indicava o seu nome de família. Tinha perfeita noção dos deveres que o sacerdócio lhe impunha, e de um modo geral achei-o bastante culto. Conhecia nossos bons autores franceses, lia muito uma de nossas histórias eclesiásticas e tinha algumas noções da língua inglesa. O vigário, que era ao mesmo

---

(22) Devo dados sobre a cultura do algodão nos arredores de Meia-ponte a Joaquim Alves de Oliveira, um dos maiores agricultores do Brasil. Em meus dois relatos anteriores poderão ser encontradas informações mais pormenorizadas sobre o cultivo desse valioso arbusto em Minas Novas e em vários outros lugares (Ver o quadro incluído em *Viagem pelas Províncias do Rio de Janeiro*, etc., e outro em *Viagem ao Distrito dos Diamantes,* etc.).

* Trata-se de uva de mesa, que não é usada para vinho (M. G. F.).

(23) Deve-se a ele um pequeno itinerário de Porto Real a Carolina, inserido na obra de Cunha Itin. (II, 248).

tempo vigário da vara, ⁽²⁴⁾ reservara para si unicamente esta última função, dividindo a missão de conduzir suas ovelhas com o Capelão de Corumbá, com o do Córrego de Jaraguá e, finalmente, com Luís Gonzaga, a cujo cargo ficava Meia-Ponte. Cada um dos três padres lhe entregava uma parte das rendas. Esse arranjo não era provavelmente muito legal, mas no que se refere à religião o Brasil, em geral, e a Província de Goiás, em particular, estão fora de todas as regras.

---

(24) Ver o que digo a respeito dessa função em meu primeiro relato (*Viagem pelas Províncias do Rio de Janeiro e Minas Gerais*).

CAPÍTULO III

OS ARRAIAIS DE JARAGUÁ, OURO FINO E FERREIRO

Terras situadas adiante de Meia-ponte. Fazenda de Santo Antônio. Discussão com o seu proprietário. O interior das casas é interdito a estranhos. Época em que viajam as tropas de burros. Região situada adiante de Santo Antônio. Grandes Matas. O Arraial do Córrego de Jaraguá. Sua localização, sua história, suas minas. Cultura das terras circunvizinhas. Doenças. Caso médico interessante. Serra de Jaraguá; sua vegetação. Retrato do capelão de Jaraguá. Os mulatos. Polidez dos habitantes do interior no trato mm forasteiros. Igreja de Jaraguá. Singular costume das mulheres. Bom gosto e habilidade dos goianos. O Mato Grosso. A região se torna menos deserta nas proximidades da capital da província. Rancho da Goiabeira. Encontro com uma tropa. Rancho das Areias. Seus moradores. Dissabores causados ao autor pelo seu arrieiro. Os arrieiros do Brasil. Tédio causado pela companhia constante das mesmas pessoas nas viagens. Sítio da Laje. O missionário capuchinho. Os ladrões não constituem uma ameaça. Cortesia dos brasileiros do interior. Mandinga. A festa de S. João. O Rio Uruguai. O Arraial de Ouro Fino. Seu rancho; sua localização; sua pobreza. Estradas ruins. Pouso Alto. O Arraial de Ferreiro. Recomendações do Coronel Francisco Leite.

    Para ir de Meia-Ponte[1] a Santo Antônio, onde parei, atravessei um vale bastante vasto, margeado por duas cadeias de montanhas pouco elevadas. A mais setentrional não passa de um prolongamento dos Pireneus e tem o nome de Serra de Santo Antônio. Subarbustos e árvores mirradas crescem muito próximas umas das outras no meio do capinzal que cobre o vale e as montanhas, pertencendo às mesmas espécies que encontrei em todos os pastos. O capim se mostrava uniformemente ressequido, e não vi nenhuma flor. Atravessei no correr do dia vários córregos orlados por uma estreita fileira de árvores. Nesses lugares o frescor era delicioso, mas nos outros trechos do percurso o calor se fazia sentir intoleravelmente.

    A Fazenda de Santo Antônio, onde parei, foi outrora muito próspera. Naqueles tempos extraía-se ouro da serra do mesmo nome, mas a mina esgotou-se, os prédios da fazenda não foram conservados e atualmente quase tudo se acha em ruínas. Foi a duras penas que a propriedade conseguiu subsistir até uma terceira geração. São esses os tristes resultados da busca do ouro e da prodigalidade dos mineradores. Achando-me ainda em Meia-Ponte, avistei do outro lado do Rio das Almas uma casa que ressaltava agradavelmente no meio da paisagem e me pareceu ter sido muito bonita em outros tempos. Fora construída por um homem de grande fortuna e dono de numerosos escravos. Tratava-se de um minerador, e suas filhas, quando por lá passei, viviam à custa de esmolas.

---

1 Itinerário aproximado de Meia-Ponte a Vila Boa:
    De Meia-Ponte à Fazenda de Santo Antônio .... 3 léguas
    De S. Antônio ao Arraial de Jaraguá .... 3 ½ léguas
    De Jaraguá ao Rancho da Goiabeira .... 3 léguas
    De Goiabeira ao Rancho das Areias (Fazenda) .... 3 léguas
    De Areias ao Sítio da Laje .... 5 léguas
    De Laje a Mandinga (pequena propriedade) .... 3 léguas
    De Mandinga ao Arraial de Ouro Fino .... 4 léguas
    De Ouro Fino ao Rancho Pouso Novo .... 1 ½ léguas
    De Pouso Novo a Vila Boa .... 1 ½ léguas

                              27 ½ léguas

José Mariano, que me tinha precedido, foi bater à porta da Fazenda de Santo Antônio, pedindo hospedagem. Uma mulher negra indicou-lhe um casebre desocupado. Quando cheguei, encontrei meu ajudante muito irritado, porque — disse-me ele — pretendiam alojar-nos num lugar infestado de pulgas e bichos-de-pé. Aborrecia-me tanto ver o descontentamento estampado no rosto dos que me acompanhavam que resolvi tentar conseguir um melhor abrigo. Uma mulata garantiu-me que não havia outro disponível, e eu, atiçado por José Mariano, já começava a me esquentar quando chegou o dono da propriedade. Seu ar amável e cordato me desarmou. Ele mandou varrer a choça que nos tinham reservado e eu ali me instalei.

No meio da ligeira discussão que tivemos inicialmente, o bondoso homem tinha exclamado: "Só se passarem por cima do meu cadáver os senhores porão os pés no quarto ocupado por minhas filhas!" Nessa província, onde tantas moças se prostituem, é natural que um pai de família decente use uma linguagem desse tipo, pois os costumes da região exigem que uma mulher que se preze permaneça afastada do convívio de homens estranhos.

Perguntei ao meu hospedeiro se naquele ano haviam passado por ali muitas tropas de burros vindas do Rio de Janeiro, da Bahia ou de S. Paulo. Ele me respondeu que ainda não vira nenhuma e que, em geral, elas só começam a chegar depois da festa de S. João, pois, compreensivelmente, nunca se podem pôr a caminho antes do final da estação das águas.

Até o Rio das Almas, distante cerca de uma légua de Santo Antônio, continuei o caminho através do mesmo vale da véspera, que às vezes se estreita bastante. Depois do rio, porém, só vi montanhas à esquerda. Antigamente havia ali uma ponte, que agora já tinha caído. Em consequência, passa-se atualmente por outro caminho. Contudo, a seca nessa época era tão grande que o rio se tornara vadeável, e eu não precisei desviar-me do meu rumo. Vê-se que ali, como em Minas, cuida-se da construção de pontes mas não da sua conservação. [2]

Entre o Rio das Almas e o Córrego de Jaraguá, ou seja, num percurso de duas léguas e meia, encontram-se ainda a intervalos algumas árvores mirradas. O restante é composto de extensas matas. A vegetação destas é muito menos exuberante que a das florestas primitivas de Minas e do Rio de Janeiro. Não obstante, encontrei ali várias árvores de grande beleza. As lianas não são raras, mas não causam o mesmo e belo efeito das que encontrei nas vizinhanças da capital do Brasil. Os bambus que crescem ali não se projetam, como os do litoral, a alturas prodigiosas, formando elegantes arcadas. Suas hastes são finas e bastante curtas. As únicas árvores em flor que notei no meio das matas foram as Acantáceas, que na região são encontradas exclusivamente nas florestas.

Depois de ter atravessado o Córrego de Jaraguá, cheguei ao arraial do mesmo nome. [3]

Mandei José Mariano na frente, com duas cartas de recomendação endereçadas ao capelão do arraial. Este me deu boa acolhida, alojando-me numa casa bastante confortável. Mandou que seus escravos fossem buscar água e lenha para mim e me convidou para jantar com ele.

Córrego de Jaraguá, ou simplesmente Jaraguá, como se diz habitualmente na região, é uma capela filial de Meia-Ponte, contando com cerca de 2.000 fiéis. O arraial, situado numa vasta planície coberta de matas, é cercado de

---

(2) Essa a que me refiro, embora de grande utilidade, ainda não tinha sido consertada em 1823 (Matos, Itin., I, 150).

(3) Não se deve escrever, como Pohl, *Corgo* do Jaraguá, e muito menos Córrego da Jaraguay, como Luís d'Alincourt. As grafias *Córrego de Jeraguá* e Jaguará, encontradas no *Pluto brasilienses* de von Eschwege, são tão errôneas quanto as precedentes. Gardner menciona um lugar também chamado Jaraguá, no norte do Brasil. Esse palavra, em guarani, significa água que *murmura*.

montanhas mais ou menos altas, sendo que as mais próximas se erguem quase a pique acima dele, produzindo um belo efeito na paisagem. Jaraguá pareceu-me quase tão grande quanto Meia-Ponte, mas suas ruas são menos regulares, suas casas menores e menos bonitas.[4] Além do mais, há ali apenas duas igrejas.

Alguns negros que tinham ido procurar ouro nos córregos descobriram, em 1736,[5] a região onde hoje está situado o Arraial de Jaraguá. As riquezas encontradas ali não tardaram a atrair gente para o local, e em breve se formou um povoado onde, pouco tempo antes, só existia uma região desértica.

Ali as minas ainda não se esgotaram inteiramente (1819). Cerca de quarenta pessoas, entre homens livres e escravos, trabalhavam ainda na extração do ouro, e o arraial é menos deserto que o de Meia-Ponte. Vários habitantes do lugar se ocupam também de agricultura, dedicando-se alguns deles especialmente à criação de gado. Existem nos arredores do arraial vários engenhos de açúcar, onde trabalham de trinta a quarenta escravos, sendo o produto vendido principalmente para a capital da província.[6]

A doença mais comum em Jaraguá, assim como em Meia-Ponte, é a hidropisia. A morféia também não é rara. Em 1795 houve no arraial uma epidemia cuja lembrança ainda não se tinha apagado à época de minha viagem, e que foi atribuída aos numerosos reservatórios que os mineradores tinham construído. Parece que na estação das chuvas, segundo diz o Dr. Pohl,[7] as águas do córrego, poluídas sem dúvida pelas lavagens, deixam de ser potáveis, o que deve necessariamente prejudicar a saúde dos habitantes do lugar.

Registrarei aqui um caso médico que é sem dúvida digno de nota. Quando me encontrava em Jaraguá havia no arraial uma mulher branca que, embora atacada de morféia, uma das doenças mais repelentes que existem, ficara grávida e dera à luz uma criança perfeitamente sadia.

Aproveitei minha estada em Jaraguá para ir colher plantas numa montanha talhada quase a pique, muito próxima do arraial e que tem o nome de Serra de Jaraguá. É pouco elevada e encimada por um planalto estreito e comprido, de solo pedregoso mas bastante regular. A vegetação ali é quase a mesma que se encontra nos campos. Não obstante, vi vários pés de uma espécie de caju (*Anacardium curatellifolium*, Aug. de S. Hil.)[8] que não me lembrava de ter visto antes. Seu fruto tem um sabor agradável e se torna maduro na época das chuvas, atraindo para a serra dezenas de pessoas pobres, que ali encontram também uma grande quantidade de bacuparis,* uma Sapotácea de fruto igualmente comestível.

Durante o tempo que passei em Jaraguá o capelão insistiu para que eu fizesse as refeições em sua casa e me cumulou de atenções e gentilezas. Eu já tinha ouvido falar dele no Rio de Janeiro, onde era conhecido por seu pendor pela matemática. Fizera seus estudos nessa cidade, e além de sua ciência favorita aprendera um pouco de grego e de Filosofia. Sabia também francês e tinha em sua biblioteca alguns livros de nossos autores. Em geral, as do interior que nessa época tinham alguma instrução haviam-na adquirido através de obras francesas, e a maioria referia-se à minha pátria com entusiasmo. Não ocorria o mesmo no Rio de Janeiro, onde se tinha um melhor conhecimento do que acontecera na Europa nos últimos vinte e cinco anos, e onde vários

---

(4) Em 1823, segundo Cunha Matos, elas eram duzentas (Itin., I, 147).

(5) Essa é a data registrada por Pizarro. Cunha Matos e d'Alincourt mencionam o ano de 1737.

(6) Cunha Matos acha que a abertura de um novo caminho, denominado Picada do Correio de Goiás, irá prejudicar comercialmente o Arraial de Jaraguá, mas que, por outro lado, livre dos vícios trazidos pelos tropeiros, o lugar sairá ganhando no que se refere à moralidade. O arraial foi elevado a cidade por um decreto de 10 de Julho de 1833 (Itin., I. 149: II, 337).

(7) *Reise*, I, 293.

(8) Ver minhas "Observations sur le genre Anacardium", etc. (nos Annales des sciences naturelles, vol. XXIV).

(*) Com este nome designam-se plantas de diversas espécies, gêneros e até famílias (M. G. F.)

de nossos compatriotas, miseráveis aventureiros, se haviam encarregado de destruir o que restava de nossa antiga fama.

Seja como for, as pessoas que naquelas regiões têm algum estudo, como o capelão de Jaraguá, acabam por reverter à ignorância, por constituírem uma minoria insignificante. Quando um homem instruído se vê atirado a um dos arraiais da Província de Goiás, não encontra ninguém com quem possa compartilhar seus gostos e suas ocupações favoritas. Se encontra alguma dificuldade, não achará ninguém que o ajude a sobrepujá-la, e não terá nunca a emulação para sustentar-lhe o ânimo. Pouco a pouco irá perdendo o gosto pelos estudos, que tanto apreciava, e acabará por abandoná-los inteiramente, passando a levar uma vida tão vegetativa quanto a das pessoas que o cercam.

O capelão de Jaraguá era mulato. Já elogiei a sua cortesia, mas havia nela uns laivos de humildade cuja origem é a situação de inferioridade em que são mantidas as pessoas mestiças na sociedade brasileira (1819) e que elas nunca esquecem quando se acham no meio de brancos. Essa inferioridade não existe realmente, se se comparar a inteligência de uns e de outros. Poderíamos mesmo afirmar que os mulatos têm mais vivacidade de espírito e mais facilidade para apreender as coisas que as pessoas da raça caucásica pura. Contudo, mostram a inata inconstância da raça africana e todos eles, filhos ou netos de escravos, têm sentimentos menos elevados que os brancos, sobre os quais, entretanto, não deixam de se refletir fortemente os vícios da escravidão.

O capelão não foi a única pessoa notável que encontrei em Jaraguá. Recebi a visita de um sacerdote que tinha sido o capelão antes dele, e a de um antigo comandante do arraial. Nessa região, como em Minas, é costume ir cumprimentar o forasteiro à sua chegada, limitando-se este a retribuir as visitas que lhe foram feitas.

Antes de deixar Jaraguá fui assistir à missa na matriz, que achei bonita e ornamentada com bom gosto. De acordo com o costume, as mulheres ficavam agrupadas na nave, envoltas em suas grossas capas de lã e a cabeça coberta com uma mantilha. Observei que, depois de acomodadas em seus lugares, muitas delas tiravam os sapatos e ficavam de pés no chão. Provavelmente se desembaraçavam deles porque estavam habituadas a andar descalças no interior de suas casas.

Não é unicamente a igreja de Jaraguá que demonstra o bom gosto e a habilidade dos goianos. Vi em Santa Luzia e em Meia-Ponte móveis e pratarias muito bem trabalhados, que haviam sido feitos na província. E vários quadros com desenhos de flores, que ornavam as paredes da sala do vigário de Meia-Ponte, teriam sido abonados por nossos melhores desenhistas de História Natural. Esses quadros tinham sido feitos por um homem que jamais se afastara de Vila Boa.

Depois de deixar Jaraguá atravessei um pequeno trecho salpicado de árvores raquíticas e em seguida penetrei numa mata fechada. Trata-se do célebre Mato Grosso, que já mencionei no Quadro Geral da província (Viagem às Nascentes do Rio S. Francisco), que é cortado de leste a oeste pela estrada, num trecho de 9 léguas. Ao percorrer as seis primeiras léguas, a mata me pareceu bastante semelhante à que eu havia visto antes de chegar a Jaraguá. Os grandes arbustos são aí mais numerosos e mais compactos do que nas florestas virgens propriamente ditas. Dir-se-ia tratar-se de uma vasta e antiga capoeira, no meio da qual tivessem sido deixadas de reserva algumas árvores primitivas. Algumas Acantáceas e duas Amarantáceas foram praticamente as únicas plantas que encontrei em floração ao percorrer as seis primeiras léguas. A parte final da mata apresenta uma vegetação muito mais bela que o resto. Ali as árvores, quase todas vigorosas e muito próximas umas das outras, se entrelaçam com arbustos e lianas formando um denso emaranhado de ramos, e em certos trechos os bambus, muito diferentes dos que vi antes de Jaraguá, de hastes mais altas e mais grossas, formam no alto uma espessa cobertura. No meio da mata existem amplas clareiras onde nasce unicamente o capim-gordura, gramínea que, devido ao seu odor fétido, é chamado ali de capim-catingueiro ou simplesmente catingueiro. Essas clareiras tinham sido outrora cobertas de matas, que foram derrubadas para o cultivo da terra. Por fim foram invadidas pelo capim-gordura.

Apesar da seca, a vegetação ainda se mostrava verde e viçosa em Mato Grosso (20 de junho), e uma densa folhagem cobria a maioria das árvores, que nesse ponto diferiam bastante das que vi na mesma época do ano nas caatingas de Minas Novas, [9] as quais ficavam quase tão desfolhadas quanto as árvores da Europa no rigor do inverno. Estou convencido de que, quando se fizer um estudo cuidadoso das árvores do Mato Grosso, serão encontradas muito poucas espécies que também floresçam nas matas vizinhas da capital do Brasil. Vi só duas espécies em flor, e seria inútil procurá-las nas florestas virgens do litoral. A primeira tem o nome de *Matomba* ou *mutombo* (*Guazuma ulmifolia*, Aug. de S. Hil.) [10] e o seu fruto, embora lenhoso, tem um sumo que lembra o sabor do figo maduro; a segunda é o *chichá* (*Sterculia chichá*, Aug. de S. Hil.), cujas sementes são muito saborosas e que deveria ser cultivado nos pomares do litoral.

Retorno, porém, à descrição de minha viagem.

Pouco depois de ter deixado Jaraguá comecei a perceber que já me encontrava próximo da capital da província. A região era menos deserta e encontrei várias pessoas pelo caminho. Passei por três casas habitadas, uma das quais tinha um rancho destinado aos viajantes e aberto de todos os lados, como os que se veem na estrada Rio de Janeiro -Minas.

A casa onde parei tinha também um rancho (Rancho das Goiabeiras), e foi nele que passei a noite.

No dia seguinte continuei a viagem, felizmente à sombra acolhedora do Mato Grosso. Em todos os trechos por onde penetravam os raios do sol o calor era sufocante e me atacava terrivelmente os nervos.[11] As noites, pelo contrário, eram sempre frescas, e o orvalho caía abundantemente.

Depois de Goiabeira encontrei uma numerosa tropa de burros. Era a segunda que eu via desde que deixara Formiga, o que demonstra a pouca atividade do comércio na região. Essa tropa tinha partido de S. Paulo e, depois de passar por Cuiabá, viera até Goiás com destino à Bahia. O seu proprietário, porém, ao saber que os sertões da Bahia estavam inteiramente secos, não podendo oferecer, em consequência, alimentação para os seus burros, tomara a decisão de retornar a S. Paulo. Viagens como essas, de tamanha extensão, nos deixam assombrados quando sabemos que por dia são percorridas no máximo 4 léguas, que muitas vezes o viajante é forçado a dormir ao relento ou num rancho miserável e sofre as mais duras privações, atravessando quase sempre regiões desérticas.

A propriedade onde parei, a 3 léguas de Goiabeira, tem o nome de Rancho das Areias e me pareceu de tamanho considerável, tendo em vista não a casa do dono mas as terras cultivadas que vi nos arredores e o grande número de bois que pastava perto da casa.

---

(9) As caatingas são matas cujas árvores perdem as folhas todos os anos, sendo menos vigorosas que as florestas virgens propriamente ditas (ver minha *Viagem pelas Províncias do Rio de Janeiro*, etc., II, e meu "Tableau géographique de la végétation primitive", etc., em *Nouvelles* Annales *des Voyages,* vol. III). Tomado nesse sentido, o termo *caatinga* não pertence à língua portuguesa, derivando das palavras indígenas *caa* e *tinga*, que significam *mata branca* (Viagem ao Distrito dos Diamantes, etc.)

* Realmente, a palavra *caatinga* é de origem indígena e significa mata branca. Trata-se de uma floresta decídua, comum no Nordeste brasileiro, que durante a seca perde todas as folhas. A vista pode, então, penetrar a grande distância. Sobressaem os troncos esbranquiçados das plantas. Esse é o aspecto predominante a maior parte do ano. (M.G. F.)

(10) *Flora Brasiliae meridionalis*, I, 148; "Revue de la flore du Brésil meridional", de Aug. de S. Hilaire e Ch. Naudin, nos *Annales des sciences naturelles*, julho de 1842.

(11) Em Goiabeira o termômetro indicava, às três da tarde. 24 graus Réamur (30°C), e 18 (22,5°C) ao cair da noite (6 horas).

Instalei-me num rancho espaçoso e bem cuidado, pertencente à propriedade. Era todo cercado por paus dispostos bem juntos uns dos outros, os quais, embora não chegassem até o teto, serviam perfeitamente para proteger nossos objetos dos ataques dos porcos.

Tão logo minhas malas foram descarregadas o pessoal da casa veio até ao rancho para admirar as mercadorias de José Mariano, e me causou espanto ver um grupo de mulheres no meio dos curiosos. Todas elas, brancas e mulatas, tinham maneiras bastante rudes. Entraram sem cumprimentar ninguém e foram embora sem se despedir. Os homens mostraram-se bem mais corteses. Tinham um ar simplório e rústico. De um modo geral, entretanto, devo dizer que encontrei muito mais polidez e bondade entre os habitantes da Província de Goiás do que em toda a parte ocidental de Minas Gerais, tão diferente da população de Tijuco e de Vila Rica (Diamantina, Ouro Preto).

Antes de deixar o Rancho das Areias não consegui escapar a uma discussão com José Mariano, o que já tinha acontecido várias vezes. Esse homem, tão correto no início da viagem, deixava-se dominar agora pelas esquisitices do seu temperamento. Ele sabia que eu não conseguiria substituí-lo, e embora eu lhe pagasse muito mais do que o teria feito qualquer brasileiro e o tratasse com grande consideração, ele deixava frequentemente de cumprir suas obrigações e o seu comportamento se tornara insuportável. Tinha uma habilidade fora do comum, e bastante inteligência, o que me permitia manter ligeiras conversas com ele. E isso, naqueles monótonos sertões que eu tinha de percorrer sozinho, fazia com que eu lhe desse grande valor. Criara amizade a ele, e me era penoso rompê-la. Contudo, talvez seja impossível encontrar no Brasil um arrieiro que se apegue ao seu patrão. Esses homens, geralmente mestiços, têm a inconstância inata dos negros e dos índios. Faltam-lhes princípios morais básicos, e a maioria não tem família. Habituados a uma vida nômade, não conseguem sujeitar-se a imposições, preferindo mudar constantemente de tipo de trabalho, ainda que seja para pior. Além do mais, nas viagens muito longas, o subalterno se encontra, em todos os momentos do dia, sob os olhos do patrão. E como lhe agradem as mudanças e as situações novas, ele geralmente se cansa de estar sempre com a mesma pessoa, principalmente quando se trata de alguém cuja presença lhe lembre sempre as obrigações de que ele gostaria de se livrar. É raro que numa viagem marítima de longa duração os passageiros não briguem, seja entre si, seja com o capitão. E uma mulher famosa[12] já disse que para curar a paixão de dois amantes basta fazê-los viajarem juntos numa liteira.

Seja como for, as atribuições que sofri intimamente, e das quais nada conseguia distrair-me, tornaram insuportável essa viagem, já de si tão tediosa e, por causa da seca, tão infrutífera para a História Natural.

Depois de deixar o Rancho das Areias andei ainda 3 léguas através de Mato Grosso, e de repente me vi a céu aberto, num campo salpicado de árvores raquíticas. A mudança se fez bruscamente, sem transição, como se fosse um cenário de teatro. E no entanto não me parecera que tivesse havido a menor alteração, nem na natureza do solo nem na altitude da região.

Passei a noite numa pequena casa denominada Sítio da Laje, que era habitada unicamente por mulheres. A dona da casa não se escondeu à minha chegada. Pelo contrário, recebeu-me muito bem e conversou comigo longamente. Ela conhecera o missionário capuchinho a que já me referi e me contou que recebera dele muitos ensinamentos e conselhos, parecendo ter ficado encantada com a sua devoção e a sua caridade.

As mulheres que moravam na Laje não viviam na miséria. A mais graduada delas usava até mesmo joias de ouro. No entanto, nem porta tinha a sua

---

(12) Mme. de Sévigné.

casa. Nessa região, como já foi explicado, nem sempre impera a honestidade nas transações, mas não há exemplo de que alguém tenha entrado numa casa para roubar alguma coisa (1819).

Depois de Laje a região é plana. Os campos continuam salpicados de árvores enfezadas, mas veem-se fileiras de árvores margeando todos os riachos. A seca ainda era total e não havia nenhuma planta em flor.

Como me tivessem avisado de que, se seguisse a estrada principal, teria de atravessar o Rio Urubu sobre uma ponte que ameaçava cair, resolvi desviar-me da minha rota e atravessar o rio em outro lugar. A proprietária de uma fazendola ofereceu-me gentilmente o seu filho como guia. Aceitei o seu oferecimento, e sem a ajuda do rapaz eu provavelmente me teria perdido. Merece menção o fato de que, no interior do Brasil, onde se veem poucos estrangeiros e onde as pessoas são naturalmente prestimosas, esses pequenos serviços são prestados sem que haja a menor esperança de retribuição.

A 3 léguas de Laje parei na Fazenda de Mandiga,[13] uma modesta propriedade, como o são comumente as de toda a região.

Nessa noite (23 de junho) celebrava-se uma grande festa, a de S. João. Todos os anos os agricultores das redondezas tiram a sorte para saberem quem faz a festa. Nesse dia era a vez do meu hospedeiro. Como primeira providência, fincou-se no chão um grande mastro, em cujo topo tremulava uma pequena bandeira com a imagem do santo. O pátio da fazenda foi iluminado, armou-se uma grande fogueira e as pessoas davam tiros para o ar gritando: "Viva S. João!" Nesse meio-tempo, um violeiro cantava fanhosamente algumas modinhas bem tolas num tom plangente, acompanhando-se ao violão. Em geral, é a gente do povo que canta modinhas. As letras dessas canções são muito jocosas, mas ouvindo-se apenas a música dir-se-ia que se trata de um lamento. Todavia, logo começaram os batuques, uma dança obscena que os brasileiros aprenderam com os africanos. Só os homens dançaram, e quase todos eram brancos. Eles se recusariam a ir buscar água ou apanhar lenha, por ser isso atribuição dos seus escravos, e no entanto não se envergonhavam de imitar suas ridículas e bárbaras contorsões. Os brasileiros devem, sem dúvida, alguma coisa aos seus escravos, aos quais se misturam tão frequentemente, e que talvez lhes tenham ensinado o sistema de agricultura que adotam e a maneira de extrair o ouro dos córregos. Além do mais, foram os seus mestres de dança. Depois da batucada meus hospedeiros, sem nenhuma transição, ajoelharam-se diante de um desses pequenos oratórios portáteis que se veem em todas as casas e entoaram as preces da noite. Esse ato de devoção foi demorado, e quando terminou, a mesa foi posta e brindou-se à saúde dos presentes. A cantoria e os batuques se prolongaram por toda a noite, e as mulheres acabaram por participar deles. No dia seguinte, quando parti, a dança continuava. Assim foi celebrada na Mandinga a festa de S. João, e em toda parte os festejos eram idênticos. Diante da porta da maioria dos sítios via-se uma grande árvore seca, fincada no chão para a festa e exibindo no topo uma pequena bandeira branca com a imagem do santo.

Logo depois que deixei Mandinga atravessei uma ponte de madeira sobre o Rio Urubu. Esse rio, que é considerado na região como sendo a origem do Tocantins e forma, de fato, o mais meridional dos seus braços e, por conseguinte, o mais distante de sua foz, não passa ali de um riacho. Sua nascente fica na Serra Dourada, de que falarei mais tarde, e após um curso de cerca de 20 léguas vai desaguar no Rio das Almas.[14]

Depois de atravessar o Urubu percorri durante longo tempo uma região de campos de vegetação sempre igual, em seguida penetrei numa mata fechada, que se assemelha a nossos bosques de doze ou quinze anos pela pouca altura

---

(13) O termo *mandinga* é de origem africana.
(14) Casal, Corog., I, 323.

das árvores. Antes de chegar à mata eu via ao longe apenas montanhas baixas, mas depois de atravessá-la encontrei uma região totalmente montanhosa. O caminho tornou-se então pedregoso, e logo após ter atravessado o Rio Vermelho[15] cheguei ao Arraial de Ouro Fino.

Parei num rancho aberto, onde já se acham alojados outros viajantes. Espalhados pelo chão viam-se malas, couros crus, cangalhas e arreamentos dos burros. Havia redes suspensas dos mourões que sustentavam o rancho, e os tropeiros se achavam acocorados ao redor do fogo que servira para cozinhar o seu feijão.

Ouro Fino fica situado acima do Rio Vermelho, numa elevação, e defronta uns morros baixos que têm a denominação geral de Morro do Sol e ficam do outro lado do rio. O arraial, que nunca teve importância, deve sua origem ao ouro que era extraído outrora do Rio Vermelho, e o seu nome à boa qualidade desse ouro.[16] Como atualmente só existam minas nos morros vizinhos e, devido à falta de água, sua exploração se torne impraticável, [17] Ouro Fino apresenta agora um aspecto de triste decadência. Todas as casas estão semi-arruinadas, e várias delas se acham desabitadas. Sua igreja, filiada à paróquia de Vila Boa, não tem melhor aparência que as casas. As poucas pessoas que ainda se vêm nesse pobre arraial[18] vivem de um modesto comércio de porcos e da magra renda de algumas vendinhas miseráveis.

No dia seguinte ao de minha passagem por Ouro Fino andei apenas uma légua e meia, a fim de poder enviar José Mariano a Vila Boa com uma carta de recomendação que me tinha sido dada pelo vigário de S. João del Rei e endereçada a um coronel da milícia, seu parente. Parei no lugar chamado Pouso Novo, alojando-me num rancho em péssimo estado que pertencia a uma casa praticamente em ruínas, habitada por uns pobres negros.

Entre Ouro Fino e Pouso Novo a estrada, que passa através de uma mata, encontrava-se em péssimas condições, devendo tornar-se impraticável na estação das chuvas. As estradas jamais são reparadas, e evidentemente tornam-se piores nas vizinhanças das cidades, onde o trânsito é maior.

Chegamos cedo a Pouso Novo, e aproveitei o tempo de que dispunha para fazer uma demorada coleta de plantas. Continuando o caminho, com destino a Vila Boa, cheguei a um lugarejo composto de uma capela e algumas casas semi-arruinadas.

Esse lugarejo tem o nome de Ferreiro[19] e é famoso na história de Goiás, pois foi ali que se estabeleceram inicialmente os paulistas que descobriram a região. Os primeiros colonos que se fixaram no lugar acabaram por ir procurar fortuna em outra parte. Um ferreiro, que acompanhou esses aventureiros, não quis seguir o seu exemplo, e o arraial recebeu o nome do seu ofício.[20]

José Mariano voltou de Vila Boa encantado com a acolhida que lhe tinha dado o Coronel Francisco Leite, a quem eu fora recomendado. O coronel mandou-me um recado em que me aconselhava a não chegar à cidade antes do dia seguinte à tarde, a fim de lhe dar tempo de me arranjar uma casa. Recomendou-me também que me dirigisse ao palácio do general e aceitasse todos os oferecimentos que ele por acaso me fizesse.

Segui religiosamente as recomendações do coronel e parti (26 de junho) já bem tarde de Pouso Novo com destino a Vila Boa.

---

(15) Ver o que digo sobre esse rio no capítulo seguinte.
(16) Piz., Mem. Hist., IX, 211.
(17) Ob. Cit.
(18) Ouro Fino jamais teve o título de Cidade, que lhe dá Pohl.
(19) Cunha Matos diz que os arraiais de ouro Fino e de Ferreiro perderam a sua importância depois que os tropeiros passaram a usar o caminho chamado Picada do Correio de Goiás (Itin., II, 87). É evidente que com isso eles tiveram muito pouca coisa a perder.
(20) Adoto aqui a versão de casal, de preferência à de Pizarro, que nesse particular parece contradizer-se.

CAPÍTULO IV

VILA BOA, OU A CIDADE DE GOIÁS

História de Vila Boa. Vantagens e desvantagens de sua localização. É banhada pelo Rio Vermelho; suas pontes. Igrejas. Ruas e casas. Praças Públicas. Palácio do Governador. Casa da Contadoria. Câmara Municipal, Casa de fundição do ouro. População. Doenças; papeira. Ausência de recursos médicos. Ocupações dos habitantes de Vila Boa. Lojas. Artesãos. Alimentação. Falta de recursos para o desenvolvimento da sociabilidade. Os casamentos são raros. As razões disso. Maus exemplos dados ao povo por aqueles que deveriam orientá-lo e esclarecê-lo. As mulheres de Goiás. O gosto pela cachaça. Falta de escrúpulos. Um jantar no palácio. Descrição do interior do prédio. Retrato e dados sobre a vida do Capitão-geral Fernando Delgado Freire de Castilho. Retrato de Raimundo Nonato Hiacinto. Descrição de sua casa. O Padre Joseph, missionário.

Bartolomeu Bueno, que descobriu a Província de Goiás, lançou também os alicerces de sua capital. Após ter deixado o lugar denominado Ferreiro ele construiu uma casa à beira do Rio Vermelho, e esta constituiu o núcleo de um arraial que recebeu o nome de Santana. As autoridades da região estabeleceram aí sua residência, e o arraial logo adquiriu grande importância. Santana foi elevada a vila por um decreto régio de fevereiro de 1736. A região não constituía ainda uma província separada, e o Governador de S. Paulo, D. Luís de Mascarenhas, Conde de Sarzedas, ao qual estava subordinada, só fez entrar em vigor o decreto em julho de 1739, dando à nova vila o nome de Vila Boa de Goiás em honra de Bartolomeu Bueno, seu fundador.[1] Um decreto promulgado por D. João VI e datado de 18 de setembro de 1818[2] deu o título de cidade à capital da província. Ao invés, porém, de receber o nome de Cidade Boa, o que seria mais lógico, ela passou a ser chamada de Cidade de Goiás, o que tem o grande inconveniente de repetir o mesmo nome que designa a província inteira. Parece ter sido escolhido a propósito a fim de relegar ao esquecimento um homem a cuja intrepidez e perseverança deve a monarquia portuguesa uma província maior do que a França, e que terminara os seus dias na miséria.[3]

---

(1) Casal, Corog., I, 333; Piz., Mem. Hist., IX, 152 e seg.; Pohl, Reise, I, 332.

(2) Tomei essa data a Pizarro, necessariamente mais bem informado do que o Dr. Pohl e que, além do mais, é mais preciso em suas indicações.

(3) Bartolomeu Bueno não soube conservar as imensas riquezas que chegou a possuir, entregando mesmo a seu filho os diversos postos de pedágio com que tinha sido recompensado. Quando ficou na miséria, o Governador de São Paulo veio em seu auxílio e lhe deu uma arroba de ouro do Tesouro Real. A doação não foi, porém, ratificada pelo Rei. Em vista disso, para poder repor o que tinha recebido, Bartolomeu Bueno foi obrigado a vender em hasta pública sua casa, seus escravos e as joias de sua mulher (Pohl, Reise, I, 332). O General Raimundo José da Cunha Matos relata que, ao cruzar o Rio Corumbá, nas proximidades do Arraial de Santa Cruz, em 1823, foi recebido pelos bisnetos de Bartolomeu Bueno — duas moças, às quais faz grandes elogios, e um rapaz de 17 anos, que nunca recebera instrução mas se comportava de maneira decente, honrando a sua origem. Essa família morava numa casa humilde e mal mobiliada, e estava praticamente reduzida à indigência. "Qual não foi a minha tristeza", diz Matos, "ao ver o príncipe da nobreza goiana obrigado a se ocupar de trabalhos manuais, e suas irmãs condenadas a todo tipo de privação. (...) Essa é a sorte que tiveram os descendentes de Bartolomeu Bueno, apelidado de Anhanguera, o primeiro a desbravar Goiás e um dos mais ilustres aventureiros da província de S. Paulo. E essa é a sorte dos bisnetos do segundo Bartolomeu Bueno, que depois de ter conquistado e povoado a mesma província chegou a possuir, em certa época, verdadeiros montões de ouro" (Itin., I, 114). Dois anos mais tarde Matos tornou passar pelo mesmo local e encontrou novamente família Bueno. O Governador da província, tentando ajudá-los para que não morressem de fome, dera-lhes a renda do posto de pedágio de Corumbá, que outrora pertencera ao seu pai (ob cit., II, 70). Não há ninguém que, ao ler

Unicamente a presença do ouro em suas terras determinou a fundação de Vila Boa, pois essa vila, localizada a 16° 10' de lat. e a 200 léguas do litoral, numa região estéril e afastada de todos os rios atualmente navegáveis, dificilmente estabelece comunicação com outras partes do império brasileiro. Não tem nem mesmo muita salubridade, e não tardaria a ser abandonada se nela não ficasse localizada a residência de todo o corpo administrativo da província.

A vila foi construída no fundo de uma espécie de funil, sendo inteiramente rodeada de morros de altura desigual, que fazem parte da Serra do Corumbá e do Tocantins. No entanto, a paisagem que a cerca nada tem de melancólica. Os morros não são altos, e as matas que os cobrem mantêm-se permanentemente verdes. Não sendo muito fechadas, elas não dão ao lugar a aparência tristonha e severa das regiões das florestas virgens. Além do mais, a cor do céu, mesmo no mês de junho, quando geralmente não é tão bonita em outros lugares, mostrava-se ali de um azul luminoso. Para os lados do sul os morros são mais baixos, deixando ver no horizonte a Serra Dourada. Seu cume, por assim dizer nivelado, e suas encostas nuas e acinzentadas dão uma pitoresca aparência à paisagem.

A cidade de Goiás tem um formato alongado e é cortada praticamente ao meio pelo Rio Vermelho, que nasce nas montanhas vizinhas do Arraial de Ouro Fino e desce de leste a oeste para ir lançar-se no Araguaia.[5] Três pequenas pontes de madeira fazem a comunicação entre as duas partes da cidade.

Há em Vila Boa um grande número de igrejas[6] mas são pequenas e nenhuma delas tem ornamentos na parte externa. A igreja paroquial, a única que visitei, é consagrada a Santana. Seu teto não tem forro, mas o altar-mor e outros que se veem de cada lado da nave são decorados com douraduras e enfeitados com certo bom gosto. A cerca de meia légua de Vila Boa, para os lados do norte, ergue-se no alto de um outeiro uma capelinha dedicada a Santa Bárbara. De lá pode-se avistar a cidade e os campos ao redor, e mais ao longe a Serra Dourada. Um caminho largo e bem batido dá acesso à capela, constituindo um local de passeio para os moradores do lugar.

As ruas da cidade são largas e bastante retas, sendo quase todas calçadas, mas sua pavimentação não é bem feita. A cidade conta com cerca de 900 casas,[7] feitas de barro e madeira, sendo pequenas mas bastante altas para a região. Várias delas são sobrados, e algumas janelas têm vidraças feitas de lâminas de talco. A maioria é bem cuidada, tendo eu notado que as principais são razoavelmente bem mobiliadas e imaculadamente limpas. Não ocorre em Vila Boa o que se vê na capital da Província de Minas, onde muitas ruas se acham inteiramente abandonadas.[8] Ali os trabalhos de extração do ouro foram

---

o que está escrito acima, não considere constituir para o Governador de Goiás uma questão de honra não permitir ele que os viajantes em visita à província tenham diante dos olhos um exemplo tão doloroso da precariedade das coisas deste mundo e sobretudo da ingratidão dos homens. Esperamos que alguma pessoa de bons sentimentos leve ao conhecimento de S. M. o Imperador do Brasil a deplorável situação em que se encontram os Anhangueras, rebentos de uma família que acrescentou ao império que ele governa uma província de dimensões tão vastas quanto as da Alemanha.

(4) Essa posição foi determinada pelos jesuítas Diogo Soares e Domingos Chapaci, hábeis matemáticos, que foram encarregados pelo Rei D. João VI do levantamento cartográfico do Brasil (Piz., Mem., IX, 152). É provavelmente a eles que se deve a indicação das posições registradas por Pizarro, Eschwege e outros, ou pelo menos de algumas delas. Eschwege anotou, para Vila Boa, a posição de 16° e 19°. Deve haver aí um erro de transcrição, seja no seu manuscrito, seja no de Pizarro.

(5) Ao passar pela região não tomei nenhuma nota sobre o curso do Rio Vermelho, e as indicações que dou aqui foram fornecidas pelo Dr. Pohl. Pizarro nem chega a mencionar o rio.

(6) Luís d'Alincourt registrou oito em 1818, e Silva e Sousa indica o mesmo número em 1832, a saber: a igreja de Santana, que nessa época tinha o título de catedral e da qual falarei mais adiante, e as do Rosário, Boa Morte, Carmo, São Francisco de Paula, Senhora da Abadia, Senhora da Lapa e Santa Bárbara, das quais também me ocuparei mais tarde.

(7) Pohl registra 700, Luís d'Alincourt um pouco mais do que isso e Pizarro 690 ou pouco acima de 720. De acordo com o General Raimundo José da Cunha Matos, havia ali 740 casas em 1823. O mesmo autor acrescenta que a população da cidade chegava a 4.000 habitantes, na mesma época, mas não posso deixar de considerar esse número muito inferior à realidade.

(8) Ver minha *Viagem pelas* Províncias do Rio de Janeiro e de Minas Gerais.

interrompidos mais cedo e o número de casas está diretamente relacionado com o de funcionários civis, de militares de comerciantes, e dos artesãos cujos serviços são necessários.

Existem em Vila Boa duas praças bastante amplas, cujo formato é o de um triângulo irregular. Vários prédios públicos, o palácio do governador, a Casa da Contadoria, a da Fundição, a igreja paroquial e uma outra igreja menor situam-se em uma dessas praças, que é chamada de terreiro do paço. A outra, que é maior, fica localizada numa das extremidades da cidade. Nela se encontram a Casa da Câmara e o quartel, e no seu centro há um chafariz. A arquitetura deste me pareceu bastante medíocre, mas pelo menos não é grotesca.

Quando falo de prédios públicos não se deve imaginar que se trata dos enormes edifícios que se veem na Europa. Ali tudo é pequeno, tudo é mesquinho, sem beleza e até mesmo, segundo dizem, sem solidez.[9]

Quanto ao tamanho, o palácio do Capitão-geral talvez seja uma exceção, pelo menos pelos padrões da região. Entretanto, é um prédio de um pavimento só e sem ornamentos externos. Achando-se situado um pouco acima do nível da rua, para chegar a ele sobe-se uma ridícula escada de uns poucos degraus, mas não sem que se passe antes por um portão que avança inesteticamente sobre a praça e serve de posto da sentinela.

A Casa da Contadoria fica num sobrado. Os funcionários se reúnem numa sala comprida, com duas fileiras de mesas ao longo das paredes e voltadas uma para a outra, ficando a mesa do chefe colocada numa das extremidades, sobre uma plataforma. Esse arranjo me fez lembrar exatamente o que se vê na maioria de nossos colégios. A sala onde se reúne a junta da Fazenda Real exibe poltronas e cortinas de damasco vermelho. Ali é pesado o ouro que entra nos cofres, bem como o que sai, mas as balanças empregadas nesse trabalho ficam habitualmente escondidas por trás de cortinas vermelhas, iguais às outras.

A Casa da Câmara e a da Fundição têm também dois pavimentos. Segundo o costume em todas as cidades do interior, o andar térreo do primeiro desses prédios é reservado à cadeia.

Sob o pórtico do quartel veem-se dois canhões pequenos,[10] fato esse que, considerando-se a distância que separa Goiás do litoral e a enorme dificuldade de transporte, é realmente de causar assombro.

Os negros e os mulatos formam a maior parte da população de Goiás.[11] A cidade, construída numa baixada, onde o ar não circula como nas montanhas e nas planícies; onde a água parece pouco salubre e o calor é quase sempre sufocante durante a seca; onde, enfim, a umidade deve ser muito grande na estação das chuvas, essa cidade, repito, não pode ser propícia aos homens de nossa raça. Essa é uma razão por que os habitantes de Vila Boa estão longe de apresentar uma aparência de saúde, vigor e energia.[12]

As doenças que atacam o maior número de pessoas em Goiás são constituídas pelos diferentes tipos de hidropisia, principalmente a do peito. Quase todos os habitantes da cidade e de suas redondezas têm bócio, e muitas vezes essa deformidade, quando muito acentuada, dificulta a fala de seus portadores.

---

(9) Ver Casal, Corog. Braz., I, 334.
(10) É isso, sem dúvida, que Casal chama de pequeno forte.
(11) "Proporcionalmente ao número de negros e mulatos vejo aqui muitas pessoas brancas." Raimundo José da Cunha Matos escreveu essa frase no dia em que chegou à capital da Província de Goiás, 15 de junho de 1823 (Itin., I, 136). Ele era uma pessoa que merecia consideração, e naturalmente todos os homens brancos do lugar se apressaram a visitá-lo. Talvez tenha vindo gente até mesmo das localidades vizinhas para prestar-lhe homenagem, ou simplesmente por curiosidade. Mais tarde ele já não estaria tão certo de que os brancos fossem tão numerosos como havia acreditado a princípio.
(12) Pohl diz que as pessoas brancas da cidade de Goiás têm uma constituição delicada. ao passo que os negros e os mulatos são muito robustos (Reise, I. 362). Essa observação viria confirmar o que já dei a entender em outro relato *Viagem pelas Províncias do Rio de Janeiro*, etc..), ou seja que a raça caucásica tende a se enfraquecer na América do sul e a raça africana a se fortalecer.

À época de minha viagem não havia em Vila Boa nenhum médico. O único cirurgião disponível pertencia à Companhia de Dragões e era, segundo diziam, de uma displicência total, aliada a uma absoluta ignorância. Os comerciantes de tecidos e de miudezas costumavam vender alguns remédios que recebiam do Rio de Janeiro, mas ninguém tinha a menor noção do que fosse uma farmácia. O capitão-geral reclamara várias vezes ao governo central sobre a absoluta falta de recursos médicos na região, mas suas palavras não foram ouvidas. A administração geral, no Rio de Janeiro, era na época quase tão negligente quanto a de Goiás.[13]

A alimentação dos habitantes de Vila Boa é a de todos os brasileiros do interior, constituindo a sua base a farinha de mandioca ou de milho.[14] Não obstante, encontram-se na cidade algumas especialidades que não há nas fazendas. Menciono, em particular, um excelente pão que é feito com a farinha de trigo de Santa Luzia, de Meia-Ponte e de Cavalcante, um arraial situado ao norte de Vila Boa, cujas terras são provavelmente mais elevadas e, segundo dizem, muito propícias à cultura do trigo.

Os empregos públicos ocupam a maior parte dos habitantes da cidade, pelo menos na medida em que estes se ocupam de alguma coisa. Outros são comerciantes, e alguns vivem do produto de suas terras. Um pequeno número deles, como já disse no Quadro Geral da Província ("Viagem às Nascentes do Rio S. Francisco"), empregam ainda os seus escravos na extração de um pouco de ouro no Rio Vermelho, em trabalhos isolados.

Existe em Vila Boa (1819) um número considerável de lojas bem abastecidas, as quais, como em todas as cidades do interior, vendem indiscriminadamente mantimentos, miudezas e variados tipos de tecidos. É no Rio de Janeiro que se abastece a maioria dos comerciantes da cidade, os quais pagam exclusivamente com ouro os artigos que recebem. O número de vendas é igualmente considerável, sendo prodigiosa a quantidade de cachaça que nelas é vendida.[15]

Encontram-se em Goiás artesãos bastante hábeis, os quais, não obstante, nunca saíram da região. É bem verdade que não possuem talento criativo, mas sabem copiar qualquer objeto com uma facilidade extrema, dando ao seu trabalho um acabamento de muito boa qualidade. Como ocorre em Minas, é comum ali que um artesão exerça ao mesmo tempo vários ofícios. Já vi um homem consertar relógios, fazer velas, isqueiros, lápis, etc.[16]

A cidade não tem absolutamente vida social. Cada um vive em sua casa e se comunica, por assim dizer, com ninguém.

---

(13) "Em 1831", diz o Dr. Sigaud (Du Climat, etc., 146). "Goiás e Mato Grosso ainda não tinham médicos. O Governador de Goiás reclamou nessa época junto à administração central, tendo a Sociedade de Medicina do Rio de Janeiro dado o seu apoio a essa justa reivindicação."

(14) Em minha *Viagem pelas Províncias do Rio de Janeiro e de Minas Gerais* já fiz uma pormenorizada da alimentação, quase que exclusivamente à base de verduras e legumes, dos habitantes da parte meridional do Brasil. Um turista que percorreu a Província de Minas desde o sul até o norte diz que os brasileiros *comem carne salgada e geralmente malcheirosa* (Suzan., Souv., 266). Suponho que queria se referir carne-seca que o Rio Grande do Sul exporta para o litoral do Brasil, e que ele teria comprado em alguma vendinha na Província do Rio de Janeiro. Que eu saiba, nunca Spix, Martius, Pohl e Gardner se queixaram de lhes ter sido servida alguma *carne malcheirosa*, e não me lembro de me ter sido oferecida semelhante coisa em minhas viagens por Minas e Goiás. "Os viajantes". diz Sigaud, quando param nas vendas "não tardam a verificar que falta nelas quase tudo (...) mas essa primeira impressão se desfaz quando são recebidos com toda a hospitalidade nas fazendas (...). Mawe, Spix e Martius. Aug. de St.-Hill. e Koster podem comprovar a veracidade do que digo aqui" (Du Climat, 73).

(15) Silva e Sousa diz que em 1832 havia na cidade de Goiás 24 armazéns e cabarés. Matos tinha acabado de chegar à cidade quando escreveu (Itin., I, 136) que havia ali poucos cabarés e lojas. Há de ter admitido mais tarde, porém, que o seu número era mais do que suficiente para uma população que, segundo ele, não passava de 4.000 habitantes. Contando 42.584 habitantes, a cidade de Orléans possuía, em 1847, apenas 104 cabarés. Consequentemente, nesse particular Vila Boa é dez vezes mais bem aquinhoada. Abstenho-me de fazer uma comparação semelhante com referência à instrução pública.

(16) Nesse ponto não estou de acordo com Pohl, que se refere aos artesãos de Goiás com um desprezo que eles certamente não merecem. Da mesma forma, não achei que as mercadorias vendidas na cidade fossem as piores em todo o Brasil. Como em toda parte, há ali bons e maus artigos.

Em nenhuma outra cidade o número de pessoas casadas é tão pequeno (1819). Todos os homens, até o mais humilde obreiro, têm uma amante, que eles mantêm em sua própria casa. As crianças nascidas dessas uniões ilegítimas vivem ao seu redor, e essa situação irregular causa tão pouco embaraço a eles quanto se estivessem casados legalmente. Se por acaso algum deles chega a se casar, passa a ser motivo de zombarias. Esse relaxamento dos costumes data do tempo em que a região foi descoberta. Os primeiros aventureiros que se embrenharam nesses sertões traziam consigo unicamente mulheres negras, às quais o seu orgulho não permitia que se unissem pelo casamento. A mesma razão impediu-os de desposarem as índias. Em consequência, tinham apenas amantes. Nos primeiros tempos deve ter ocorrido a mesma coisa na Província de Minas, mas como ela fica menos distante do litoral, é mais povoada e sua fase áurea não foi tão efêmera, as mulheres de bons costumes que para lá foram eram provavelmente mais numerosas. Mesmo hoje, quando existem em toda a Província de Goiás núcleos de colonização já enraizados, qual a mulher que não se assustaria com a distância que separa os portos de mar dessa região central, ou com as fadigas de uma viagem de vários meses através dos sertões, onde às vezes faltam as coisas mais necessárias? Os descendentes dos primeiros colonos goianos devem forçosamente ter seguido as pegadas de seus antepassados; a libertinagem tornou-se um hábito, e o povo vê-se constantemente estimulado a entregar-se a ela pelo mau exemplo dos que o governam.

Raramente são casados os funcionários do governo que se dispõem a viver nessas remotas regiões do interior do país. Quando chegam a um lugar onde o concubinato é generalizado, eles acham cômodo conformarem-se com esse costume, e ao adotá-lo dão-lhe o seu beneplácito. Entre os capitães-gerais que governaram a Província de Goiás até 1820, não houve um só que fosse casado, e todos tinham amantes com as quais viviam abertamente. A chegada de um general a Vila Boa espalhou o terror entre os homens e deixou em ebulição todas as mulheres. Sabia-se que ele logo escolheria uma amante, e até que ele se decidisse todos os homens tremeram receando que a escolha recaísse na sua.

Mas os magistrados e os funcionários de Vila Boa não são os únicos cuja má conduta parece justificar a do povo. Os próprios padres, cuja vida deveria constituir um permanente protesto contra desregramentos que contrariam não só as leis da religião e da moral, mas também o progresso da civilização e a instituição da família e da sociedade, autorizam por seu mau comportamento a devassidão dos fiéis que lhes estão confiados. Suas amantes moram com eles, seus filhos são criados ao seu redor, e muitas vezes — digo-o com relutância — o padre faz-se acompanhar da amante quando vai à igreja (1819). Se esses lamentáveis abusos ainda não tiverem sido sanados no momento em que escrevo, espero que minhas palavras possam contribuir para chamar a atenção daqueles que disso precisam ter conhecimento, incitando-os a se esforçarem para que retorne ao caminho do cristianismo e da verdadeira civilização um povo que, à época de minha viagem, tendia cada vez mais a se afastar dele. [17]

---

(17) Sabemos, pela Memória Estatística de Luís Antônio da Silva e Sousa, qual era ainda, em 1832, a triste situação do ensino na capital da Província de Goiás. "As artes liberais", diz esse autor, atualmente pouco cultivadas na cidade e o mesmo acontece com as ciências, para as quais, entretanto, o conselho geral acaba de propor a criação de várias cadeiras. No momento, há em Goiás apenas um professor de Gramática Latina, uma escola lancasteriana (onde é usado o método denominado *ensino mútuo*) e algumas escolas particulares que adotam o sistema antigo. Algumas pessoas se prontificaram a dar aulas particulares gratuitas de Geometria, Aritmética, Francês e Música, mas os alunos que apareceram foram poucos." Por esse trecho, tirado de um relatório semi-oficial, pode-se ter uma ideia da situação do ensino nas partes mais recuadas da província. Gardner diz que num dos arraiais do Norte, por onde passou em 1840, escola não tinha frequência e a escassez de livros era total. A esse respeito, lembro-me de que, achando-me em 1818 na Província de Minas Gerais, passei vários dias na casa de um generoso homem, que mantinha uma escola junto à sua venda. O homem nunca se afastava do balcão, mas como a porta da saleta onde ficavam os alunos era mantida sempre aberta ele podia ouvi-los e ver o que faziam. Os meninos não tinham livros e seus estudos se resumiam

Durante o dia só se veem homens nas ruas da cidade de Goiás. Tão logo chega a noite, porém, mulheres de todas as raças saem de suas casas e se espalham por toda parte. Geralmente fazem o seu passeio em grupos, raramente acompanhadas de homens. Envolvem o corpo em amplas capas de lã, cobrindo a cabeça com um lenço ou um chapéu de feltro. Também nessas horas elas caminham umas atrás das outras, e antes se arrastam do que andam, sem moverem a cabeça nem os braços, parecendo sombras deslizando no silêncio da noite. Algumas vão cuidar de seus negócios particulares, outras fazer visitas, mas a maioria sai à procura de aventuras amorosas.

Os olhos negros e brilhantes das mulheres de Goiás traem as paixões que as dominam, mas seus traços não têm nenhuma delicadeza, seus gestos são desgraciosos e sua voz não tem doçura. Como não receberam educação, sua conversa é inteiramente desprovida de encanto. São inibidas e estúpidas, e se acham reduzidas praticamente ao papel de fêmeas para os homens (1819).

É fácil entender por que os homens do lugar, afastados de um ameno convívio social e levando uma vida de ociosidade no meio de mulheres sem princípios e sem a menor instrução, se mostram pouco exigentes em matéria de gosto e de diversão. Fica assim explicado o gosto generalizado pela cachaça entre os habitantes de Vila Boa. Enfraquecidos pelos seus próprios desregramentos, entediados por uma vida sem perspectiva, eles encontram na aguardente o estimulante que os arranca por alguns instantes de sua apatia e os impede de sentir a monotonia de sua existência.

Não se deve imaginar, entretanto, que o hábito da cachaça leve esses homens ao vício da embriaguez. Apresso-me a dizer, em favor não só dos goianos mas também dos brasileiros em geral, que não me lembro de ter visto durante minhas longas viagens um único homem embriagado, e essa observação é confirmada na época atual por um viajante inteiramente digno de fé. Eis aqui, com efeito, de que maneira se exprime George Gardner: "Ao voltar do Brasil, desembarquei numa manhã de domingo em Liverpool, e nesse mesmo dia vi vários ébrios nas ruas da cidade, fato esse que nunca tinha observado entre os brasileiros, brancos ou negros, durante os cinco anos de minha permanência no Brasil."[18]

Em todo o país, as pequenas cidades têm inveja das grandes e só pensam em se igualar a elas. Ninguém em Vila Boa me falou de Santa Luzia ou de Meia-Ponte, e nesses dois arraiais todos reclamam contra a desonestidade dos habitantes de Vila Boa. A Província de Minas desperta na de Goiás uma inveja semelhante. Os mineiros fingem ignorar a existência de Goiás, ao passo que os goianos não cessam de reclamar contra os mineiros. Embora admitam que estes sejam mais inteligentes e mais ativos do que eles próprios (tudo é relativo neste mundo), acusam-nos de serem inescrupulosos. Essa acusação, aliás, é tão generalizada, de cidade a cidade, e de província a província, que nos sentimos tentados a acreditar que todos a mereçam. Quanto à região de Goiás, em particular, a falta de boa fé de seus habitantes é uma consequência inelutável da constante alteração dos valores representativos e do hábito do contrabando. E uma vez que a falsificação do ouro em pó é feita, com já disse em outro relato ("Viagem às Nascentes do Rio S. Francisco"), mais frequentemente em Vila Boa que nos arraiais, é evidente que os habitantes de Meia-Ponte e de Santa Luzia têm um certo direito de fazer censuras aos da capital.[19]

---

na leitura, eternamente a mesma, das tristes queixas de um pobre prisioneiro, copiadas numa folha de papel. Eles passavam todo o tempo a ler e reler em voz alta, ou melhor, a recitar a carta do cativo. De tal forma que, embora já se tenham passado muitos anos, até hoje ainda guardo na lembrança a última frase: "Nunca mais verei o Arraial de São Bartolomeu!"

(18) *Travels*, etc.

(19) Os que tiveram oportunidade de ler a citação de Pizarro que inseri no Quadro Geral da Província (*Viagem às Nascentes*, etc.) hão de ter visto que não há o menor exagero de minha parte em tudo o que escrevi acima. Aqui está como exprime também Luis d'Alincourt: "Os

Ao chegar a Vila Boa dirigi-me ao palácio e apresentei ao Governador, Fernando Delgado Freire de Castilho, minhas credenciais e as cartas de recomendação que trazia. Ele recebeu-me gentilmente, convidando-me insistentemente para que jantasse em sua companhia durante todo o tempo que ficasse em Vila Boa e colocando-se à minha disposição para qualquer coisa de que eu necessitasse. Do palácio fui diretamente à casa do Coronel Francisco Leite, que me acolheu muito bem e me levou à casa que me havia reservado.

No dia seguinte, atendendo ao convite que me fizera o governador, dirigi-me no palácio à hora do jantar. Depois de passar pelo pórtico, onde fica a casa da guarda, como já disse mais acima, subi alguns degraus e entrei num vestíbulo bastante sombrio devido à proximidade da casa da guarda e no qual havia uma sentinela. Uma porta, vedada segundo um antigo costume por um reposteiro verde com as armas de Portugal, abria-se para uma ante-sala rodeada de bancos de madeira com encosto alto. Encontrei ali reunidas as principais autoridades do lugar, e logo depois chegou o capitão-geral. A primeira coisa que ele fez, depois de cumprimentar todos os presentes, foi apresentar-me duas crianças de sete e oito anos, um menino e uma menina, dizendo-me: "Aqui estão dois pequenos goianos, dois filhos naturais, mas Sua Majestade teve a bondade de reconhecê-los como meus e legitimá-los".[20] Vieram anunciar que o jantar estava servido. Depois de passarmos por uma galeria bastante larga, entramos num salão de aspecto sombrio mas bem mobiliado. A mesa do jantar, no entanto, tinha sido posta numa sala mal iluminada e de pequenas dimensões. A comida era abundante e bem preparada, e na mesa refulgiam belas pratarias e porcelanas. Não deixava de causar assombro esse luxo, sabendo-se que o único meio de se chegar a Vila Boa era em lombo de burro e que nos achávamos a 300 léguas do litoral.

Havia sobre a mesa vários garrafões de vinho. O governador ofereceu-me um copo para que eu bebesse à saúde de nosso amigo comum, João Rodrigues Pereira de Almeida, que me tinha dado a carta de recomendação.[21] Ninguém mais, porém, à exceção de nós dois, provou do vinho. Durante minha permanência em Vila Boa o vinho apareceu à mesa todos os dias, mas aparentemente apenas como enfeite. O governador não tomava mais que um cálice, creio, e eu só bebia água. O vinho ali é extremamente caro, não sendo vendido a menos de 1.500 réis a garrafa, e quando ali estive as tropas de burros que costumavam trazê-lo ainda não tinham chegado.

No meu primeiro jantar no palácio havia sobre a mesa uma bandeja com esplêndidas uvas moscatéis, as quais, como o vinho, foram inutilmente cobiçadas pela maioria dos convivas. Eu, porém, fui mais favorecido, e achei-as excelentes. Embora as vinhas produzam na região frutos de muito boa qualidade e as tenta-

---

Goianos são pouco industriosos, não porque lhes faltem os recursos naturais, mas porque se deixam dominar pela indolência e se entregam desenfreadamente aos prazeres dos sentidos" (Mem,. 93). Depois de ter traçado, em vários trechos de seu livro, um quadro horrendo dos habitantes da região que se estende, em linha reta, desde Barbacena até a fronteira de Goiás, Matos acrescenta o seguinte, ao se referir população desta província: "São os mesmos costumes, a mesma indolência, a mesma apatia, as mesmas casas e jardins mal traçados, uma agricultura quase inexistente, o mesmo carinho e a mesma complacência pelos vagabundos que vivem de tocar violão" (Itin., I, 138). Na verdade, esse autor mostra uma particular indulgência para com a cidade de Goiás, mas é fácil perceber que sua posição lhe impunha certas reservas. Quanto ao Dr. Pohl, é tão severo quanto Pizarro, embora não desça a muitas minúcias. Podemos até mesmo censurá-lo por se mostrar injusto quando diz que "uma das particularidades da região é que os seus habitantes se agrupam, solícitos, ao redor dos forasteiros, dando-lhes grandes demonstrações de amizade, com o intuito de se aproveitarem deles e lhes cobrarem os mínimos serviços da maneira mais vergonhosa" (Reise, I. 364). Não duvido de que Pohl tenha lidado com gente assim em Goiás, pois esses tipos encontrados em todos os países, mas não me lembro de me ter acontecido nada semelhante durante os seis anos que levei percorrendo o Brasil. De modo geral só encontrei a mais generosa hospitalidade, e não creio que haja nada no caráter dos brasileiros que possa justificar a acusação que o autor austríaco faz contra os goianos.

(20) É sabido que na França, antigamente, a legitimação dos filhos naturais era igualmente uma atribuição dos reis.

(21) Já me referi a João Rodrigues Pereira do Almeida em vários de meus relatos e especialmente no começo do meu livro *Viagem pelas Províncias do Rio de Janeiro*, etc.

tivas para o fabrico do vinho tenham dado resultados bastante satisfatórios, um prato de uvas é ainda considerado um artigo de luxo, tamanha é a indolência do povo do lugar.

Dois dias após a minha chegada o capitão-geral mostrou-me todas as dependências do palácio — um nome pomposo que o prédio em questão não merece. Os quartos são amplos, mas sombrios e feios, tendo sido todo o mobiliário feito na própria região. Um pequeno jardim, bastante mal cuidado, faz parte do palácio. As aleias são pavimentadas, como acontece geralmente em todos os jardins que se prezam no país, o que lhes dá um ar afetado e os torna extremamente melancólicos. Uma fonte alegrara outrora o jardim com o seu jato de água, mas os canos, feitos de madeira, logo apodreceram e não foram substituídos.

Fernando Delgado, que governava Goiás à época de minha viagem, ali chegara em 26 de novembro de 1809. Era um homem de temperamento frio, tinha uma certa vivacidade de espírito, alguma instrução, um caráter íntegro, e conhecia o mundo. Desejava sinceramente fazer o bem, mas sempre tinha encontrado uma resistência passiva totalmente desanimadora, resultante da apatia dos habitantes e da indiferença do governo central. Tendo verificado, desde sua chegada, que a Província de Goiás já não podia basear sua economia exclusivamente na exploração das minas, procurou dirigir os esforços dos seus habitantes para a agricultura e o comércio. Nesse sentido, empenhou-se em dar escoamento aos produtos da terra, procurando facilitar a navegação do Araguaia e do Tocantins. Nessa tarefa teve o inteiro apoio do Ouvidor da Comarca do Norte, Joaquim Teotônio Segurado, cujas tentativas, nesse particular, foram coroadas de êxito. Mas para que pudessem ser levados avante tão grandes empreendimentos seria preciso que os goianos possuíssem atualmente uma dose maior de perseverança e energia. Em consequência, os louváveis esforços de Fernando Delgado deram até agora (1819-1822) resultados praticamente nulos.

Durante um dos jantares no palácio, um alto funcionário do governo, recém-chegado à cidade e homem ainda jovem, mostrou-se surpreso com os estranhos costumes do lugar, observando ser inconcebível que os habitantes de Vila Boa morassem com as amantes em suas próprias casas, como se fossem suas esposas, sem que no entanto se dispusessem a desposá-las. "O senhor acha", replicou o governador, apontando para os seus dois filhos, "que eu poderia me casar com a mãe destas crianças, com a filha de um carpinteiro?" Essas palavras, que encerraram a conversa, já indicavam os sentimentos que causaram o lamentável fim do infortunado Ferdinando Delgado. Ele deixou o governo em agosto de 1820 para retornar a Portugal, e partiu de Vila Boa acompanhado dos filhos e da amante. Chegando ao Rio de Janeiro a mulher declarou que estava pronta a acompanhá-lo à Europa, mas na qualidade de sua legítima esposa. Fernando Delgado, cujos sofrimentos — segundo dizem — lhe tiraram a lucidez de raciocínio, não pôde suportar o dilema em que se encontrava, de se casar com a filha de um carpinteiro ou deixá-la no Brasil. E assim, pôs fim à própria existência.[22]

Logo que cheguei a Vila Boa recebi a visita de todos os altos funcionários do governo. Achei-os com uma aparência bastante honesta, e estavam bem vestidos e imaculadamente limpos.

Entre todos eles, o que mais me assediou foi Raimundo Nonato Hyacintho, escrivão da junta da Fazenda Real. Dois dias após minha chegada ele mandou convidar-me para almoçar em sua companhia, insistindo para que eu comesse em sua casa sempre que não tivesse compromisso de fazer as refeições no palácio. Raimundo tinha nascido na Europa. Era um homem viajado, tinha

---

(22) O filho de Fernando Delgado morreu em Paris, ainda muito jovem, como adido à Legação brasileira.

tido muitas aventuras e gostava de narrá-las.⁽²³⁾ Apreciava as coisas boas da vida e possuia em Goiás uma casa encantadora, que ele próprio mandara construir, em que uma extrema limpeza se juntava a todo o que se encontra nas casas europeias. O fato digno de nota era que todos os seus móveis e a sua prataria tinham sido fabricados em Vila Boa. Na verdade, ele havia fornecido os modelos, mas a sua execução mostrava até que ponto chegavam a habilidade e a inteligência naturais dos artesãos goianos. Ele próprio lhes servira de mestre, e sob sua direção eles tinham aprendido a executar uma infinidade de trabalhos que na época eram desconhecidos em Minas. Raimundo mostrou-me, entre outras coisas, uma liteira que mandara fazer em Vila Boa, na qual se viam todos os requintes encontrados em nossas melhores carruagens.⁽²⁴⁾

Quando cheguei a Vila Boa, encontrei ali o missionário italiano a que já me referi. Pertencia, como já disse, à Ordem dos Capuchinhos e tinha sido enviado pelo governo português a Albuquerque, na Província de Mato Grosso, para dirigir uma aldeia de índios. Vila Boa ficava no seu caminho, e ele passou uma temporada ali, atendendo aos insistentes pedidos do povo e do geral, tendo despertado grande entusiasmo em toda a população. Vinha gente confessar-se com ele num raio de 15 a 20 léguas. Os batuques cessaram, e a igreja paroquial ficava lotada quando ele pregava. As crianças doentes eram levadas à sua presença para que as benzesse, e quando ele saía à rua todos acorriam para beijar-lhe as mãos e o hábito. O atrativo da novidade não deixava de ter a sua parte nesse entusiasmo, mas não era esse o único motivo.

Jantei todos os dias no palácio com o Padre Joseph. Não se tratava nem de um homem instruído, nem de um homem de espírito, mas — o que é importante — era um homem de costumes austeros, caridoso, cheio de doçura e de paciência, jovial, de temperamento brando. E como o povo se achava infelizmente habituado aos vícios dos padres com quem lidava todos os dias, só lhe podia causar profunda admiração um homem verdadeiramente cristão. Tal deve ter sido a impressão que causaram nos pagãos os exemplos dos primeiros fiéis.

---

(23) Depois da revolução que separou definitivamente o Brasil de Portugal, Raimundo nonato foi nomeado membro do governo provisório de Goiás. Morreu entre 1826 e 1836 (Matos., I, 136; II, 339).

(24) Parece que, depois dessa época, os artesãos de Goiás não encontraram ninguém para orientá-los, pois assim se exprime, segundo Kidder, o ministro do Império em seu relatório de 1844: "Mal se consegue encontrar em Goiás algumas pessoas com habilidades manuais, principalmente levando-se em conta necessidades dessa vasta região. Oito artesãos franceses se dirigiram recentemente para Mato Grosso, e quando passaram por Goiás o governador provincial conseguiu convencer três deles a permanecerem ali. Esse fato pareceu bastante importante para que merecesse ser mencionado oficialmente na mensagem dirigida pelo presidente à Assembleia Provincial..." Luis Antônio da Silva e Sousa diz que em 1832 a cidade de Goiás contava com 14 serralheiros e 6 aprendizes, 27 carpinteiros e alguns aprendizes, 15 sapateiros e 7 aprendizes, 8 ourives, 4 caldeireiros e 10 oleiros, acrescentando que o aperfeiçoamento do trabalho dos artesãos é extraordinariamente prejudicado pelo fato de que todos querem trabalhar por conta própria tão logo aprendem alguma coisa do ofício (*Mem.* Estat., 12). Esse grave inconveniente seria facilmente remediado se os aprendizes fossem obrigados a assinar um contrato com seus mestres. Seria criado, então, um tribunal de homens probos, encarregado de fazer com que os contratos fossem respeitados, o qual regulamentaria os negócios sem direito a qualquer remuneração.

CAPÍTULO V

OS ÍNDIOS COIAPÓS

Saída de Vila Boa. Terras situadas depois dessa cidade. Dormida ao ar livre no lugar denominado As Areias. Carrapatos. Terras situadas, depois de Areias. Uma palmeira de folhas em leque. Gorgulho. A Serra Dourada. A árvore-papel. Terras situadas adiante de Gorgulho. Aldeia de S. José. Sua história. Descrição da aldeia. Regime a que estão submetidos os índios Coiapós. Comparação entre esse regime e o adotado pelos jesuítas com relação aos índios do litoral. Visita aos Caiapós em suas plantações. Suas casas; suas danças; seus nomes, sua língua; vocabulário; suas características. Sombrio futuro da Aldeia de S. José. Doenças dos Coiapós. Sua instrução religiosa. Observações sobre os deveres de teu vigário. Sua indústria, nas fases primitiva e semi-civilizada. Como são feitas as cestas que eles chamam de jucunus. O que, entre eles, substitui os leitos. Cabe às mulheres carregar os fardos. Como cozinham elas a carne. Bebida forte. Costumes adotados por ocasião das mortes, nascimentos e casamentos. A festa do touro. Visita a Dona Damiana.

Durante o tempo que passei em Vila Boa o povo do lugar me cumulou de gentilezas, e minha permanência ali foi muito agradável. Eu almoçava e ceava na casa do Raimundo, e jantava no palácio do capitão-geral. O arranjo das minhas coleções, as conversas e as obrigações que me cabia cumprir tomaram-me maior parte do tempo.

Deixei a cidade no dia 3 de julho com a intenção de subir a Serra Dourada, visitar a Aldeia de S. José, habitada pelos índios da nação dos Coiapós e, finalmente, seguir na direção do oeste até o Rio Claro, onde se encontram diamantes, e talvez mesmo até a fronteira da Província de Mato Grosso, se essa viagem me acenasse com boas perspectivas.

Logo que deixei a cidade comecei a subir um pouco, atravessando um trecho de terreno coberto de arbustos, os quais, por serem ramalhudos desde a base e muito juntos uns dos outros, me fizeram lembrar os carrascais de Minas Novas.[1] Os troncos dessas plantas, entretanto, eram mais grossos, seus galhos mais retorcidos e suas folhas maiores. Um exame mais atento me fez ver que esses arbustos eram os mesmos que constituíam a maior parte das árvores encontradas nos campos, os quais deviam provavelmente seu estado de degenerescência não só à natureza do solo pedregoso e arenoso, mas principalmente ao fato de terem sido cortados centenas de vezes pelos negros da cidade. Além disso, seus novos rebentos vieram sendo consumidos constantemente pelo fogo durante a queima dos pastos. Tratava-se, sem dúvida, de uma capoeira dessas árvores raquíticas que pontilham comumente os campos. Uma clara prova de que a natureza do solo não é a única culpada da degeneração dessas árvores é o fato de que, a certa distância da cidade, encontrei todos os tipos de vegetação comuns nos campos, embora o terreno ali fosse ainda mais arenoso e pedregoso. Vi algumas espécies que não conhecia e não tenho dúvida de que, se estivéssemos em outra estação, eu teria feito uma proveitosa coleta de plantas.

---

(1) É dado o nome de carrascal a um tipo da floresta anã composta de arbustos de 3 ou 4 pés de altura, cujos troncos e galhos são delgados e que crescem geralmente muito juntos uns dos outros (ver minha *Viagem pelas Provindas do Rio de Janeiro*, etc., e meu "Quadro da Vegetação Primitiva da província de Minas Gerais", em *Nouvelles Annales des Voyages*, 1837)

A partir da cidade até o local onde parei, num percurso de aproximadamente uma légua, a região é montanhosa, e eu tinha sempre diante de mim o trecho final da Serra Dourada, que dista três léguas da cidade de Goiás, na direção do sul. Essa serra, que, como já tive ocasião de dizer, parece nivelada no seu topo, e cujos flancos apresentam rochas nuas e escarpadas, empresta uma certa majestade àquelas solidões selvagens e estéreis. Como já foi explicado, ela faz parte da Serra do Corumbá e do Tocantins, que depois de Vila Boa avança para o sul e em seguida se estende mais ou menos em linha reta na direção do sudoeste.[2]

Durante essa curta caminhada não vi absolutamente nenhuma casa, o que é explicado facilmente pela má qualidade do terreno. Encontram-se quando muito algumas raras habitações nos trechos mais férteis.

Eu deixara a cidade muito tarde, e consegui percorrer apenas cerca de duas léguas, como já disse, tendo parado à beira de um córrego, numa espécie de abrigo formado por árvores copadas. O lugar tem o nome de Areias por assim se chamar o córrego.

Dentro de pouco tempo os carrapatos se tornaram insuportáveis. Como disse antes, eu já tinha sido atacado por eles nos Montes Pireneus. Em Mandinga o seu número se multiplicava, e nas Areias não havia talvez uma única folha de capim que não estivesse coberta deles.

Depois de Areias o solo continuou a apresentar uma mistura de cascalho e areia. Viam-se grupos de árvores mirradas e retorcidas espalhadas aqui e ali. A *Vellozia* (canela-de-ema), amiga dos lugares elevados, crescia ali em abundância. Até então, a única espécie de palmeira de folhas digitadas que eu tinha encontrado era o buriti. Antes e depois de Areias vi uma outra espécie (n.º 763), que não creio ter voltado a encontrar mais tarde.

Na véspera eu tinha começado a contornar a extremidade da Serra Dourada, e ao deixar Areias segui durante uma parte do caminho quase paralelamente ao lado meridional dessa serra.

Depois de ter feito 1 légua cheguei a uma casa em ruínas, mas que devia ter sido muito bonita. Pertencia na época à Fazenda Real e, como já foi visto, o fisco deixa ao abandono, ali e em Minas, todas as propriedades que lhe caem nas mãos.

A partir dessa casa até o local onde parei, num percurso de 1 légua, o caminho é muito bonito e rodeado de campos. De um lado avista-se uma vasta planície, e do lado oposto o começo da Serra Dourada. Depois de atravessar um riacho de águas límpidas cheguei a uma casa bastante grande e confortável, denominada Gorgulho,[3] cuja sorte foi a mesma da que eu vira pouco antes. A Fazenda Real também a deixara desmanchar-se em ruínas.

Eu não tinha feito mais do que 2 léguas quando cheguei a Gorgulho, mas não quis ir mais longe a fim de poder, no dia seguinte, fazer uma excursão à Serra Dourada.[4]

---

(2) Silva e Sousa. Pohl e Matos dizem que o segmento da Serra do Corumbá e do Tocantins que na região recebe o nome de Serra Dourada se estende até a Província de Mato Grosso e não encontro em minhas anotações nada que contradiga essa afirmação. Não obstante, é claro que Casal, que se achava a par de todas as antigas tradições, situava entre a Serra Dourada e o Rio Claro primeiramente a Serra Escalvada e em seguida a Serra de Santa Maria, que em época mais recente se acreditou ter sido no território dos Coiapós. De acordo com Pizarro (Mem., IX, 230), a Serra Dourada cortaria todo o território de Goiás, estendendo-se até o Mato Grosso, e os Pireneus seriam apenas uma parte dela. O autor das Memórias supôs, evidentemente, que existia uma cadeia contínua prolongando-se desde a fronteira de Minas até a de Mato Grosso, mas cometeu um erro ao designar a cadeia inteira por um nome que os habitantes da região dão unicamente a um de seus pontos mais elevados, o que pode dar origem a confusões. A nomenclatura que estabeleci no meu relato anterior *(Viagem às Nascentes do Rio São Francisco*, cap. XI) vem sanar esse inconveniente, dando um nome genérico às cadeias contínuas e conservando cuidadosamente os nomes de suas várias partes dados pelos habitantes locais.

(3) Os mineradores brasileiros dão o nome de *gorgulho* aos fragmentos de rocha ainda angulosos nos quais se encontra ouro, na exploração das *lavras de gupiara* (*Viagem pelas Províncias do Rio de Janeiro, etc.*).

(4) Pohl escreve Serra d'Ourada. Não existe palavra ourada na língua portuguesa.

Levei José Mariano comigo. Depois de atravessarmos algumas queimadas e campos, onde as árvores eram esparsas e raquíticas, como sempre nas terras ruins, amarramos nossas mulas à beira de um riacho e começamos a subir. Se não tivéssemos feito tantas paradas, provavelmente não teríamos gasto mais de meia hora para alcançar o topo da Serra. Ela não apresenta nenhuma anfractuosidade digna de nota, mas o pequeno trecho que percorri é formado de grandes pedras amontoadas umas sobre as outras, no meio das quais crescem árvores enfezadas. Como o terreno é árido e extremamente pedregoso, conforme acabei de explicar, a maioria das plantas estava seca, tendo eu encontrado muito poucas em floração.

Entre as árvores mirradas que brotam do meio das pedras há uma que merece menção e que no lugar é chamada de árvore-do-papel, porque sua casca, inteiramente branca, é composta de várias camadas destacáveis e muito delgadas,[5] que têm a consistência do papel da China. Essa árvore, que atinge de 5 a 8 pés de altura, tem o tronco tortuoso, o mesmo acontecendo com seus ramos, que nascem a pouca distância de sua base. Eles crescem quase verticalmente, terminando num feixe de ramúsculos finos e curtos. Infelizmente, à época de minha viagem essa árvore se achava inteiramente despojada de suas folhas, o que me impediu de saber a que gênero pertencia. Mais tarde, porém, apesar das dificuldades de comunicação, o Reverendo Luís Antônio da Silva, e Sousa,[6] autor do trabalho intitulado Memória sobre o descobrimento, etc., de Goiás, fez chegar às minhas mãos, no Rio de Janeiro, um ramo em flor dessa árvore. Verifiquei então tratar-se de uma Melastomácea, que já tinha sido descrita pelo Dr. Pohl sob o nome de *Lasiandra papyrus*.[7] Não voltei a encontrar essa interessante árvore em nenhum outro lugar, e Pohl afirma também que só a viu na Serra Dourada.

Chegando ao alto da serra tive uma ampla visão de todas as terras ao redor e distingui nitidamente Vila Boa, ao longe, parecendo um oásis no meio de um deserto. Mais longe ainda, avistei os dois cumes dos Montes Pireneus.

Nas proximidades da Fazenda da Conceição, de que falarei mais adiante, existe, segundo dizem, uma galeria escavada na Serra por um dos capitães-gerais de Goiás, que dali retirou ouro no valor de 80.000 cruzados. Todos afirmam que há ouro em abundância na montanha, mas que a falta de capital, de braços e de água não permite a sua extração.

Desde o sopé da Serra começamos a ser atormentados por uma espécie de abelha negra, de tamanho minúsculo, que cheira a âmbar e se emaranhava em nossos cabelos, pousava em nossos rostos e entrava em nossos olhos e ouvidos. No alto da montanha havia nuvens desses insetos. Eles se tornaram de tal forma insuportáveis e as plantas que encontrei foram tão poucas que tomei a decisão de voltar para Gorgulho.

No dia seguinte andei todo o tempo paralelamente à Serra Dourada.

A 1 légua de Gorgulho passei diante de uma fazenda de tamanho considerável, denominada Conceição, pertencente ao vigário da Aldeia de S. José. Era a primeira casa habitada que eu via desde que deixara a capital da província, e no entanto tinha percorrido 5 léguas.

Entre a Fazenda da Conceição e a aldeia a região é montanhosa e cheia de matas. As árvores ainda conservavam todo o seu verdor, mostrando com isso que não o perdem em nenhuma época, pois que na estação em que nos achávamos deveriam estar inteiramente despojadas de suas folhas. Enormes extensões das

---

(5) Pohl, que esteve na Serra Dourada no mês de março, parece achar que unicamente a epiderme é destacável. É possível que lhe tenha falhado a memória, ou então que a separação das camadas só ocorra no tempo da seca e não quando a planta se acha em pleno vigor.

(6) Não escrevo *Souza*, como Pohl e Motos, porque o próprio autor assinou com o nome *Sousa* o seu trabalho intitulado *Memória Estatística*.

(7) Reise, I, 397.

matas tinham sido queimadas e em seguida invadidas pelo capim-gordura, e das árvores que outrora proporcionavam sombra àquelas terras não restavam senão troncos enegrecidos e semi-carbonizados.

Antes de se chegar à Aldeia de S. José avista-se de longe o povoado. Entediado pela triste monotonia da região, é com prazer que o viajante vê o encantador efeito produzido na paisagem pela série de construções regulares, que contrastam com o aspecto selvagem e desértico das terras circunvizinhas.

Essa aldeia, habitada pelos índios Caiapós, ou Coiapós, como se diz geralmente na região, não foi originariamente destinada a essa nação indígena.

Desde os primeiros tempos da descoberta de Goiás, os aventureiros que se espalharam por essas terras fizeram contra os índios as mais terríveis crueldades, e estes se vingaram muitas vezes por meio de represálias não menos terríveis. O governo português, geralmente generoso em relação aos índios, tomou-os sob sua proteção, expedindo ordens para que fossem tratados com doçura, mandando chamar jesuítas para que os catequizassem e civilizassem, determinando que não fosse poupada nenhuma despesa e se fizesse um inquérito contra os seus carrascos. É grande, porém, a distância entre Lisboa e Goiás, e essas medidas bem-intencionadas não surtiram nenhum resultado.

Não obstante, foram fundadas algumas aldeias, com grande dispêndio de dinheiro, entre elas as do Douro e de Formiga (1749), perto do Arraial das Almas, na parte setentrional da província. Inicialmente, foi confiada a direção dessas aldeias aos jesuítas, que logo exerceram sobre os Acroás[8] ali reunidos uma enorme influência. Todavia, cinco anos mais tarde foi instalada uma guarnição militar junto aos indígenas. Estes se revoltaram e a maioria foi massacrada.[9]

No governo do Capitão-geral José de Almeida, Barão de Mossamedes,[10] por volta de 1773 ou 1774, eles tornaram a se revoltar. Os chefes foram executados, e o resto aprisionado e levado para as proximidades da capital, onde todos os cativos foram instalados numa aldeia construída em 1755[11] a 5 léguas de Vila Boa. Era a Aldeia de S. José de Mossamedes, ou S. José, como é simplesmente chamada, nome dado em homenagem ao capitão-geral.

---

(8) Gardner escreve erroneamente Coroás e Aldeia do Duro dizer, entretanto, que essa grafia do nome da aldeia é a adotada por Matos.

(9) Segundo o Dr. Pohl, teriam sido os Jesuítas que incitaram índios à revolta. Já mostrei em outro relato *(Viagem ao Distrito dos Diamantes e Litoral do Brasil)* que a orientação dada pelos padres da companhia de Jesus era a única compatível com o temperamento infantil dos indígenas. Essa orientação exigia que os brancos fossem obrigatoriamente afastados das aldeias, o que, aliás, estava de acordo com as leis de D. Pedro II. Os jesuítas encarregados das aldeias do Douro e a Formiga devem ter visto com tristeza a chegada de homens que iriam destruir sua obra; provavelmente preveniram os Acroás contra os maus exemplos dados pelos soldados, e os indígenas, sem dúvida tratados por eles com a mesma tirania usada pelos aventureiros goianos, não puderam suportar um jugo que contrastava com a brandura de seus primeiros senhores. É evidente, porém; que um punhado de índios não conseguiria enfrentar o poderio português e que sua revolta traria sua própria destruição, juntamente com a expulsão dos jesuítas. Pretender que estes tenham sido os instigadores diretos da revolta seria o mesmo que os acusar de inominável estupidez, um defeito que até hoje ninguém jamais lhes atribuiu. Southey. que parece ter colhido suas informações no jornal intitulado *O Patriota*, não registrou os fatos de maneira multo satisfatória, mas terminou por exclamar "A conduta dos índios, nessas circunstâncias, era mais que justificada, mas não se deixou de atribuí-la às maquinações dos jesuítas!" (Hist., III, 599). Esses religiosos foram expulsos da Aldeia do Douro, e podemos ver hoje a que estado a aldeia se acha reduzida. Segundo Gardner, que a visitou em 1839, seus habitantes estão praticamente abandonados à própria sorte, há dez anos sem pastor, sem um professor de primeiras letras, mal encontrando abrigo em casas semi-arruinadas, alimentando-se da caça e de frutos que encontram na mata, contando apenas com umas poucas armas imprestáveis para se defenderem dos selvagens (Travels, cap. IX).

(10) Casal e Pizarro registram o ano de 1744. Dou aqui a data que me foi fornecida na própria região, também indicada pelo Dr. Pohl. Atribui-se a fundação da aldeia a José de Almeida, mas ou a data de 1755 é inexata, ou não foi ele que construiu S. José, pois ainda não governava Goiás em 1755.

(11) A Aldeia de S. José não é, na verdade, mencionada especificamente no excelente *Dicionário Geográfico do Brasil*, mas há várias referências a ela sob o nome de Mossamedes (vol. I, pp. 398 e 528: vol. II, p. 574) Essa denominação, assim isolada, não era certamente usada à época da viagem do Dr. Pohl, pelo menos na aldeia dos Coiapós. Não é encontrada, igualmente, nos trabalhos de Casal, Pizarro, Matos e L. A. da Silva e Sousa. Provavelmente foi consagrada por algum decreto provincial posterior a 1832 — o de 1833, por exemplo, que criou o distrito de Jaraguá.

Os Acroás tardaram a se extinguir ou se dispersar, e por volta de 1781 foram substituídos pelos Javaés e os Carajás[12] trazidos da Aldeia da Nova Beira, no norte da província, os quais por sua vez não tardaram a desaparecer.

Enquanto esses fatos iam se sucedendo, outros ocorriam em diferentes partes do país.

Tão logo foi descoberta a Província de Goiás começou a guerra entre os aventureiros paulistas e os índios Coiapós, que vagueavam a sudoeste da província por vastas extensões de terras praticamente inexploradas. A guerra se desencadeava com igual crueldade de ambos os lados. Os Coiapós atacavam de surpresa as tropas de burros que vinham de S. Paulo, tendo forçado os portugueses a abandonarem vários postos estabelecidos por eles na parte setentrional da província do mesmo nome. As hostilidades se prolongaram até 1780, quando então um simples soldado chamado Luís, que já tomara parte em várias expedições contra os índios, tomou a si o encargo, sob a proteção do Capitão-geral Luís da Cunha Menezes, de subjugar os Coiapós, tidos até então como indomáveis. Acompanhado apenas de meia centena de portugueses e três índios, ele se pôs a caminho em 15 de fevereiro de 1780, embrenhando-se no território dos Coiapós. Durante vários meses esses destemidos aventureiros viveram apenas do que caçavam e de mel silvestre. Aproximavam-se, com sinais de amizade, de todos os Coiapós que encontravam e conversavam com eles ajudados por três intérpretes. Mostravam-se afáveis, davam-lhes presentes e por fim conseguiram convencer um certo número deles a acompanhá-los até Vila Boa para conhecerem o grande capitão, nome que os índios dão ao chefe supremo.[13] Um grupo de cerca de quarenta pessoas, composto de um velho, seis guerreiros, mulheres e crianças, chegou à capital da província com o soldado Luís, sendo recebido com toda a pompa possível. Organizaram-se festas, deram-se tiros de canhão, cantou-se um *Te Deum* e batizaram-se as crianças. O velho, encantado com essa recepção, declarou que não voltaria mais para suas matas. Permaneceu em Goiás com as mulheres e as crianças, mandando os seis guerreiros de volta e lhes recomendando que retornassem à cidade, passadas seis luas, trazendo um grupo ainda maior. No mês de maio de 1781 duzentos e trinta e sete Coiapós fizeram sua entrada em Vila Boa sob o comando de dois caciques, tendo uma recepção semelhante à dos primeiros. O capitão-geral mandou construir para todos eles, a 11 léguas da capital, uma aldeia que recebeu o nome de Maria, em honra de D. Maria I, Rainha de Portugal. Ali se instalou uma população composta de 600 Coiapós. Parece que, a partir dessa época, as tropas de burros jamais voltaram a ser atacadas pelos índios na estrada de S. Paulo.[14]

Entretanto, depois que os Javaés e os Carajás foram extintos, a Aldeia de S. José ficou desabitada. Sendo um pouco menos distante da capital que a Aldeia Maria, julgou-se provavelmente que seria mais econômico abandonar esta última, e em época bem recente os Coiapós foram transplantados para S. José, apesar do apego que tinham à sua primeira aldeia[15]

---

(12) Registro esse nome conforme é pronunciado na região. Casal designa essa mesma tribo pelo nome de *Carajás*, e nas Memórias de Pizarro é encontrada a grafia Carajós.

(13) Quando me achava no Rio de Janeiro, de volta de minha viagem à Minas, fui com Firmiano a Copacabana, situada a pouca distância da cidade. Subimos ao alto de uma colina. O céu era de um azul admirável e diante de nós se estendia o mar profundo. Às nossas costas se elevava uma majestosa floresta, e para todos os lados que olhávamos as ondulações do terreno compunham uma paisagem encantadora. Eu jamais havia visto algo tão belo. O índio Firmiano exprimia sua admiração com uma alegria infantil. Cheio de entusiasmo, aproveitei esse momento para lhe falar de Deus. No dia seguinte perguntei-lhe se se lembrava do que lhe tinha dito em Copacabana. Ele se pôs a enumerar todas as coisas que o Criador tinha feito para os homens, e terminou com esta exclamação: *"Oh, é um capitão muito grande!"*

(14) Pizarro atribuiu à época atual fatos muito antigos quando escreveu (Mem., IX, 238) que todos os anos os Coiapós cometem atos de hostilidade contra os habitantes de Santa Cruz, estendendo seus ataques até Santa Luzia. É bem provável que nessa última paróquia a maioria dos colonos jamais tenha ouvido falar nesses indígenas.

(15) Ver os trabalhos de Manuel Aires de Casal, Pizarro e Pohl. Matos, que pouco se refere aos Coiapós. não concorda com as ilustres autoridades que cito aqui. Contudo, não era intenção escrever a história de Goiás e sim traçar o seu itinerário. E esse objetivo foi inteiramente alcançado.

Esse povoado, situado no alto de um morro e cercado por outros de igual altura, é dominado pela Serra Dourada. As construções que o compõem estão dispostas à volta de um vasto pátio de 145 passos de comprimento por 112 de largura e formam um conjunto perfeitamente regular. A igreja, um edifício simples e de bom gosto, ocupa o centro de uma das extremidades do retângulo, e em cada um dos quatro cantos há um pavilhão de um andar. O resto das casas é ao rés do chão. Uma parte destas serve de alojamento para os soldados encarregados de manter a ordem entre os Coiapós. O general tem também aí a sua casa, muito aprazível, com um pomar bastante grande nos fundos, banhado por um riacho que foi desviado do seu curso para servir à aldeia. Finalmente, um outro grupo de prédios é usado como depósito, onde são armazenadas as colheitas da comunidade. O restante das construções, originariamente reservado para os índios, se acha em parte desabitado atualmente (1819) e em parte ocupado por uma meia centena de agregados, dos quais falarei logo adiante.

Habituados nas matas a dormir em choças, nas quais só podem entrar agachados, os índios acharam muito frias as casas de teto alto e cobertas de telhas que lhes foram reservadas, e eles próprios construíram outras, mais baixas, a poucos passos da aldeia. O teto destas é feito de palha e a sua estrutura é a mesma das casas luso-brasileiras, compondo-se de varas fincadas no chão e atadas com cipó a compridos bambus dispostos transversalmente. Mas, enquanto que os portugueses costumam tapar com barro os espaços vazios entre as varas cruzadas, os Coiapós se limitam a trançar folhas de palmeiras entre elas, como outros indígenas, tentando imitar as construções europeias. As choças que os Coiapós construíram nas proximidades da aldeia não ultrapassam uma dezena. É a uma légua de S. José, nas suas plantações, que se encontra a maioria de suas moradas.

Os agregados[16] que ocupam as casas da aldeia são mulatos pobres aos quais o governo permitiu que morem com os índios. Em S. José eles têm não apenas alojamento de graça como também víveres a um preço acessível, além de poderem plantar nas terras dos Coiapós.

O regime ao qual os portugueses vêm submetendo os índios já foi modificado várias vezes. Descreverei a seguir o que estava em vigor à época de minha viagem.

O governo geral da aldeia é confiado a um coronel que mora em Vila Boa e dirige todas as aldeias da província. Os Coiapós se acham em S. José sob a tutela imediata de um destacamento militar composto de um cabo, que tem o título de comandante, de um simples soldado dos Dragões — ambos pertencentes à Companhia de Vila Boa — e de quinze pedestres, dos quais dois são oficiais subalternos. Entre os restantes encontram-se um serralheiro e um carpinteiro, sendo o primeiro encarregado de consertar as ferramentas dos Coiapós e o segundo de fazer as construções da aldeia. O cabo-comandante tem autoridade para punir os índios, amarrando os homens ao tronco[17] e aplicando a palmatória nas mulheres e crianças. Os Coiapós cultivam a terra em comum, trabalhando cinco dias por semana, sob a supervisão dos pedestres. A colheita é recolhida aos armazéns da aldeia e em seguida distribuída, pelo cabo-comandante, entre as famílias indígenas, de acordo com as necessidades de cada uma. O excedente é vendido à cidade ou aos pedestres, que são obrigados a custear o seu próprio sustento. Com o produto dessa venda, o diretor geral compra sal, fumo,

---

(16) São chamados de agregados os homens que se estabelecem em terras alheia.

(17) Aqui está como descrevi em outro relato (*Viagem pelas Províncias do Rio de Janeiro*, etc.) esse instrumento de suplício: "Entre quatro estacas são colocadas horizontalmente duas pranchas grossas e pesadas, uma acima da outra, em posição de cuteto, tendo cada uma delas entalhes semicirculares que se encaixam uns nos outros, formando um círculo perfeito. No momento do castigo a prancha superior é levantada e o culpado passa as pernas pelos entalhes da tábua inferior, quando então é descida a de cima, fechando o círculo. Se a falta é grave, é o pescoço que é colocado entre as pranchas..."

tecidos de algodão e utensílios de ferro, que envia ao cabo-comandante para que sejam distribuídos entre os indígenas. Há na aldeia um moinho de água que move ao mesmo tempo uma mó destinada a moer o milho, uma máquina de descaroçar o algodão e, finalmente, vinte e quatro fusos. Uma mulata recebe 50.000 réis por ano para ensinar as mulheres coiapós a fiar e tecer o algodão. O produto desse trabalho também pertence à comunidade, como os produtos da terra. Os dois dias de folga que têm os índios são o domingo e a segunda-feira, que eles aproveitam para caçar ou cuidar de pequenas plantações particulares de inhame (*Caladium esculentum*) e de batatas (Convolvulus batatas).*

A forma de governo que acabo de descrever foi calcada na que havia sido adotada pelos jesuítas[18] e forçoso é admitir que ela convém aos índios, os quais, por sua total falta de previdência, são incapazes de governar a si próprios. Mas não bastam apenas bons regulamentos. É preciso que haja também homens capazes de fazer com que sejam obedecidos, e não há ninguém que não perceba que é absurdo pretender conseguir com soldados o mesmo resultado obtido com missionários. Os jesuítas eram movidos por duas forças que sempre produziram grandes coisas: a religião e a honra. Eles teriam tido sucesso ainda que tivessem escolhido para os índios uma forma de governo mais imperfeita. Mas que se pode esperar de homens como os pedestres, todos eles mulatos e oriundos da camada mais baixa da sociedade, homens que não se deixam dominar nem mesmo pelo temor, pois vivem afastados de seus superiores, e que, mal remunerados, não têm outro objetivo senão o de se aproveitarem dos Coiapós em seu próprio interesse? Os índios se sentem insatisfeitos e fogem para as matas. São perseguidos e recapturados, mas tornam a fugir. Um único padre da Companhia de Jesus governava às vezes vários milhares de índios, enquanto que dezessete soldados mal conseguem manter reunidos duzentos Coiapós, sem nenhuma utilidade para o Estado e quase nenhum proveito para eles próprios.

O trabalho intitulado "Memória sobre o descobrimento da Capitania de Goiás"[19] mostra que o governo português despendeu enormes somas com as aldeias dessa província. Só com a de S. José foram gastos 67.346.066 réis na sua construção e instalação. Isso vem demonstrar que as intenções eram boas, mas a execução do plano foi errada, pois entre as despesas feitas algumas são de uma inutilidade que salta aos olhos. Para que, por exemplo, construir uma casa de recreio para os governadores da capitania nas aldeias de S. José e Maria? Por que aquele excesso de alojamentos nas aldeias, que não seriam jamais ocupados pelos índios? Pequenas casas, ordenadamente dispostas, como as da Aldeia de S. Pedro e da Vila dos Reis Magos [20] teriam produzido na paisagem um efeito tão agradável quanto os prédios cobertos de telhas de S. José, e teriam ficado muito mais baratas. Os próprios índios, sob a orientação de alguém, poderiam tê-las construído, como fizeram outrora os que eram dirigidos pelos jesuítas, e não teriam oposto nenhum obstáculo em morar nelas.

Ao chegar a S. José eu levava uma carta do coronel, governador-geral dos indígenas, endereçada ao cabo que comandava a aldeia. Encontrei um homem de certa idade, estropiado, cujas roupas em nada lembravam o militar, mas de maneiras afáveis e fisionomia bastante agradável. Ele me arranjou um alojamento muito limpo e me fez visitar toda a aldeia. Mostrei desejo de ver os índios em suas plantações, e ele mandou um soldado que lhe servia de ajudante levar-me até lá, lamentando muito não poder acompanhar-me.

(*) O inhame está, hoje, colocado no gênero Colocasia e a batata-doce no gênero Ipomoea. O primeiro é uma Arácea, o segundo Convolvulácea (M. G. F.).

(18) Ver o que escrevi no segundo volume de minha *Viagem ao Distrito dos Diamantes e pelo Litoral do Brasil* com relação às aldeias da costa e à atuação dos padres da Companhia de Jesus junto aos índios.

(19) Falarei mais tarde desse trabalho e de seu autor, o Abade Luís Antônio da Silva e Sousa, que já citei.

(20) Ver minha *Viagem ao Distrito* dos *Diamantes. etc.*

Depois de termos andado uma légua, sempre atravessando matas de árvores baixas e pouco vigorosas, chegamos a uma pequena elevação que defronta a Serra Dourada e na qual se viam algumas árvores enfezadas. É nesse local que os Coiapós construíram suas casas. Elas se acham espalhadas no meio das árvores, são cobertas de palha, pequenas, baixas e, como as da aldeia, feitas com varas fincadas na terra e bambus dispostos transversalmente, sendo os intervalos tapados com folhas de palmeira. Não têm janelas, e a entrada, muito estreita, é também fechada com folhas de palmeira. No seu interior veem-se pedras amontoadas, servindo de fogão, alguns cestos de formato característico, denominados jucunus, e às vezes alguns jiraus onde mal cabe o corpo de um homem. Nisso consiste todo o mobiliário das choupanas.

    Depois de visitá-las dirigimo-nos às plantações. Inicialmente vimos várias mulheres colhendo espigas de milho, sob a supervisão de dois ou três pedestres. Íamos passar para o pedaço de terra onde os homens trabalhavam quando notamos que eles vinham em nossa direção. Tinham sido chamados para me fazerem uma exibição de suas danças. Resolvemos voltar então, o soldado e eu, para o local onde ficavam as casas. Os índios chegaram poucos momentos depois, e logo deram início à dança.

    Os homens dançaram sozinhos, porque ninguém tivera a ideia de chamar as mulheres. Formaram um círculo, sem se darem as mãos, e se puseram a cantar. Seu canto era de uma monotonia extrema, mas nada tinha de bárbaro ou de assustador, como o dos Botocudos.[21] No princípio cantaram uma música lenta, apenas marcando o compasso com os pés sem saírem do lugar. Pouco a pouco o canto foi-se animando e os dançarinos começaram a rodar, sempre no mesmo sentido, marcando o compasso com precisão mas sem nenhuma vivacidade, as pernas ligeiramente dobradas, o corpo curvado para a frente, dando saltinhos. Já havia algum tempo que o círculo girava dessa maneira, e eu já começava a me cansar daquela monotonia quando teve início a dança do urubu, um abutre a que os naturalistas dão o nome de *Vultur aura*.

    Um dos dançarinos deslocou-se para o meio do círculo e, sempre fazendo os mesmos passos, abaixou-se, juntou três dedos da mão e bateu com eles no chão várias vezes. Em seguida ergueu a meio o corpo e, postando-se diante dos outros dançarinos, pôs-se a fazer contorções, fingindo querer golpeá-los com os três dedos, que mantinha sempre juntos. Pretendia com isso imitar um urubu dando bicadas na carniça.

    Logo, porém, começou um novo canto, e a dança da onça sucedeu à do urubu. O mesmo dançarino postou-se novamente no meio da roda e se pôs a dançar, o dorso curvado, os braços estendidos rigidamente para o chão, os dedos separados e ligeiramente recurvados, como garras. Depois de ter dado várias voltas nessa postura o homem deixou o círculo. Sempre curvado, ele correu atrás de uma criança, jogou-a sobre as costas, voltou para a roda e continuou a dançar. Fizera uma imitação de uma onça perseguindo a presa, apoderando-se dela e carregando-a para o seu covil.

    Durante todo o tempo aquela gente simples mostrara um contentamento e uma alegria que jamais são vistos entre os melancólicos goianos.

    Os portugueses deram, não sei porque, o nome de Coiapós ou Caiapós a esses indígenas. Pelo que me disseram, parece que um grupo deles, que ainda vive nas matas, sem nenhuma outra tribo nas vizinhanças, não tinha nome que os identificasse, e por isso passaram a usar a palavra panariá a fim de se distinguirem, como raça, dos negros e dos brancos. De onde se deve concluir, ao que me parece, que essa palavra passou a ser usada posteriormente à descoberta, bastante recente, da região, e que antes dessa época os Coiapós, provavelmente, se julgavam sozinhos no Universo.

---

(21) Ver minha *Viagem pelas Províncias do Rio de Janeiro e de Minas Gerais*.

São encontrados nesses indígenas todos os traços característicos da raça americana: cabeça grande, socada entre os ombros, cabelos lisos, pretos, duros e bastos, tórax largo, pele parda, pernas finas. As características particulares de sua tribo são a cabeça arredondada, a fisionomia aberta e inteligente, a elevada estatura, os olhos pouco separados e a cor escura da pele.[22] Os Coiapós são uma bela raça. [23]

Entre os que se achavam em S. José, vi algumas crianças filhas de índias casadas com mulatos. Seus olhos eram mais rasgados e maiores que os dos coiapós. Não tinham nem a cabeça grande nem o peito largo destes últimos, mas se diferençavam inteiramente dos mulatos por seus cabelos, que nem eram encaracolados, nem eram negros e duros como os do índio puro.

Eu já disse em outro relato que há na pronúncia das línguas indígenas características que são encontradas em toda a raça indígena e que podem servir para diferençar essa raça das outras.[24] À semelhança do que ocorre nas várias nações indígenas que eu tinha conhecido até então, os Coiapós falam pela garganta e com a boca quase fechada.[25] De resto, sua língua não parece ter afinidade com os idiomas dos povos que eu conhecera até então. Transcrevo aqui várias palavras que me foram ditadas por um Coiapó muito inteligente, que falava muito bem o português e fazia parte da Companhia de pedestres. Conforme o meu costume, depois de escrever as palavras eu as li em voz alta para quem as havia ditado para mim, a fim de verificar se eram compreendidas e se eu as tinha registrado corretamente.

Deus	*punhançá*
Sol	*imputé*
Lua	*puturuá*
Estrelas	*amsití*
Terra	*cúpa*

A pronúncia do *u* nessa palavra corresponde ao *iou* francês.

Homem	*Impuaria*
Mulher	*Intiera*
Criança (lactente)	*Nhontuára*
Rapaz	*Iprintué*
Moça	*Iprontuaria*
Homem Branco	*Cacatéta*
Homem Negro	*Tapanho*
Mulher Negra	*Tapanhocua*
Índio	*Panariá*
Cabeça	*Icrian*

O *r* é pronunciado com a boca fechada e se assemelha ao som do *l*.

Cabelos	*iquim*
Olhos	*intó*
Nariz	*chacaré*
Boca	*chapé*
Dentes	*chuá*
Orelhas	*chiccré*

---

(22) Em meus primeiros relatos descrevi sucessivamente os Coroados, os Malalis, os Macunis, os Botocudos e os indios civilizados de S. Pedro, comparando a filosofia dos indígenas americanos com a dos mongóis. De passagem, quero deixar anotado que, se se obedecer a pronúncia atualmente usada na região, não se deve escrever *Macuanis*, com fizeram Spix, Martius e d'Orbigny, nem tampouco *Penhams* e sim *Penhames* ou então *Pinhamis*.

(23) Pohl achou feios os homens, e as mulheres ainda mais feias. Os Coiapós foram os primeiros índios que ele viu, e para julgá-los tomou como padrão a raça caucásica.

(24) *Viagem ao Distrito dos Diamantes*, etc.

(25) A memória do Dr. Pohl deve ter falhado, evidentemente, quando ele disse o contrário.

Pescoço	*Impudé*
Peito	*Chucóto*
Ventre	*Itu*
Braço	*ípá*
Mãos	*Chicria*
Coxa	*Icria*
Pernas	*Ité*
Pé	*Ipaá*
Pedaço de pau	*Poré*

O r tem o som de *l*.

Folha	*Parachó*
Fruto	*Patso*
Cavalo	*Iquitachó*
Anta	*Icrite*
Cervo	*Impó*
Pássaro	*Itchune*
Penas	*Impantsa*
Bicho-de-pé	*Paté*
Arco	*Itse*
Flecha	*Cajone*

O *e* é quase inaudível.

Água	*Incó*
Rio	*Pupti*
Carne	*Jóbo*
Peixe	*Tépo*
Bom	*Impéimparé*
Bonito	*Intompéiparé*
Feio	*Intomarca*
Branco	*Macácá*
Preto	*Cotu*
Vermelho	*Ampiampio*
Pequeno	*Ipanré*

O *na* é muito prolongado.

Eu danço	*Incréti*

Como ocorre com os diversos vocabulários registrados em meus dois relatos precedentes, [26] foi seguida aqui a ortografia portuguesa, que em gral acompanha mais de perto do que a nossa a maneira como as palavras são pronunciadas. Além do mais, essa grafia admite uma acentuação prosódica[27] e indica as vogais nasais.

---

(26) Registrei no meu relato *Viagem pelas Províncias do Rio de Janeiro e de Minas Gerais* um pequeno vocabulário dos idiomas Coroados, dos Malalis (id.), dos Monochos (id.) dos Macunis, dos Botocudos (id.) e dos Machalis (Id.). Meu trabalho *Viagem ao Distrito dos Diamantes e Litoral do Brasil* mostra, através de algumas palavras, as diferenças existentes entre o dialeto atual de S. Paulo dos Índios, o de Vila Nova de Almeida e a língua geral, tal como os jesuítas o registraram em seu dicionário, composto provavelmente no século XVI.

(27) O *u* se pronuncia *ou*, e o *nh*, *gn*, de acordo com a pronúncia francesa. A tônica cai geralmente na penúltima sílaba, a menos que o acento (´) indique uma ou várias sílabas acentuadas; quando o acento é sobre a letra o, ela é pronunciada como em palavra *or*. O *e* acentuado tem o do nosso *ê*; o *im* nasal, e o *ão* um *on* também fortemente nasal. Por ter desejado seguir a ortografia alemã, Pohl em seu vocabulário foi levado a cometer vários erros. Assim, não encontrando em sua língua uma letra correspondente ao *j* dos portugueses e franceses, ele escreveu *cashoné* ao invés de *cajoné*, e não lhe sendo possível reproduzir graficamente o som do *nh* português ou do *gn* francês, ele registrou *tapanio* em lugar e *tapanho*. De resto, sou levado à crer que, à falta de um melhor conhecimento da língua portuguesa, ele tenha deixado escapar erros. Se. por exemplo, itpé quer dizer *homem branco*, não é plausível que *itpé-prí*, evidentemente um composto de *itpé*, signifique *criança* em geral.

É impossível tirar conclusões gerais do pequeno vocabulário que acabo de transcrever. Entretanto, estou convencido de que a língua dos Coiapós tem uma certa similaridade nas palavras que indicam coisas ou qualidades que tenham alguma analogia entre si. Assim, *impéimparé* quer dizer bom e *intompéiparé*, bonito; *impuari* é homem, e *iprontuaria*, moça; *chicria*, mãos e *icria,* coxa.

Todos os luso-brasileiros estão prontos a admitir que os Coiapós têm um temperamento muito cordato.[28] É bem verdade que esses indígenas brigam muitas vezes uns com os outros, mas nunca por causa das mulheres. O único defeito que lhes atribuem os portugueses é a propensão que têm de fugir para as matas. Vê-se logo, porém, que essa censura recai sobre os próprios portugueses, pois se os Coiapós não tivessem motivo de queixa quanto ao tratamento que recebem no presente eles não desejariam voltar ao seu antigo modo de vida, cujas grandes desvantagens reconhecem perfeitamente. De resto, esses índios são como todos os outros, volúveis e totalmente imprevidentes. Ao fazerem a colheita, em suas plantações particulares, raramente esperam que os frutos ou grãos estejam perfeitamente maduros. Nunca pensam no dia de amanhã, não guardam nada, vivendo apenas a hora presente e se sentindo supremamente felizes quando podem satisfazer o seu acentuado gosto pela carne, a cachaça e o fumo.[29]

Os Coiapós possuem, pois, como todos os outros indígenas, poucas das qualidades necessárias para que se entrosar em nossa civilização, totalmente voltada para o futuro. Seria preciso que ficassem sob a tutela permanente de pessoas benfazejas, como as que fizeram florescer as aldeias do litoral e as reduções do Paraguai. Mas esses tutores foram afastados dos índios para sempre, e em breve nada mais restará dos antigos povos indígenas que habitavam as terras do Brasil.[30] No mesmo lugar habitado pelos Coiapós por ocasião da minha viagem, viveram outrora outras tribos, os Acroás e mais tarde os Javaés. Cinquenta anos foram suficientes para o seu extermínio total, e os próprios Coiapós, de seiscentos que eram inicialmente, ficaram reduzidos a duzentos. Se ocorrerem novas imigrações de grupos indígenas, o que não é totalmente impossível, como se verá mais adiante, a Aldeia de S. José continuará a existir. Todavia, elas irão acelerar o processo de aniquilamento da raça inteira, e em breve o viajante que procurar essa aldeia encontrará apenas ruínas e terras abandonadas.

Os portugueses transmitiram doenças venéreas aos Coiapós. Como estes não têm meios de se tratar, tudo indica que essas doenças irão contribuir para o seu extermínio. Não tendo ninguém para guiá-los, esses homens de temperamento infantil entregam-se livremente a todos os seus caprichos, e muitas vezes apressam o fim da própria existência. Quase todos foram atacados pelo sarampo há alguns anos, e no delírio da febre iam banhar-se na água fria. Morreram mais de oitenta. Por outro lado, não vi nenhum deles que tivesse bócio, deformidade que desfigura todos os pedestres encarregados de supervisioná-los e que, como já foi mostrado, é muito generalizada em Vila Boa.

---

(28) Um homem de boa posição que conheci em Ubá em 1816 e vinha de Goiás trouxera com ele dois Coiapós, que lhe serviam de criados. Esses índios falavam o português e eram tão civilizados quanto os mulatos das classes baixas. Um deles era de uma sagacidade impressionante para localizar homens e animais de carga perdidos na mata. Para orientar-se, bastava-lhe uma folha mordiscada por um burro ou por moita de capim pisoteada por um homem. Os dois Coiapós recusaram-se ver os Coroados, ainda selvagens, que se encontram em Ubá na ocasião(*Viagem pelas Províncias do Rio de* Janeiro, etc.), seja devido à indiferença que as diversas tribos muitas vezes têm umas pelas outras, ou mais provavelmente ao fato de que a vista de um selvagem é, para o índio, motivo de humilhação, lembrando-lhe um estado em que ele próprio já vivera ou então a vida de seus ancestrais.

29. A cordura dos Coiapós, que como já foi mostrado é uma qualidade inata neles, vem provar que as crueldades atribuídas aos seus ancestrais não passavam de atos de represália. Se desde o princípio esses indígenas tivessem recebido o tratamento que mais tarde lhes deu o soldado Luís, os resultados teriam sido outros.

(30) Ver o que escrevi sobre os indígenas em meus dois primeiros relatos.

De acordo com as informações que colhi, parece que os Coiapós ainda em estado selvagem não somente não possuem nenhum culto religioso como também não têm a mínima ideia da Divindade. Referindo-se a Deus, os que moram na aldeia empregam, é bem verdade, a palavra *puhanca,* que evidentemente não foi tirada nem do português nem da *língua geral*[31] falada outrora pelos portugueses de São Paulo. Mas o termo pelo qual eles designam o cavalo não tem, igualmente, nenhuma relação com o seu correspondente em português nem com o da língua geral, que é *cabaru,* e no entanto eles só vieram a conhecer esse animal depois da chegada dos portugueses às suas terras.[32] À exceção de um pequeno número de velhos que não conseguiram aprender as orações mais simples e um pouco do catecismo, todos os índios da aldeia foram batizados. São casados pelo vigário [33] e alguns chegam mesmo a ir à confissão. É de supor, entretanto, que suas ideias sobre o cristianismo sejam bem superficiais, pois o vigário da aldeia limitava-se (1819) a celebrar a missa todos os domingos, passando o resto do tempo em seu engenho-de-açúcar situado em Conceição, a 2 léguas de S. José, ou no de S. Isidro, mais afastado ainda. Ninguém na região considerava condenável essa conduta, já que nunca lhes passava pela cabeça que um vigário tivesse outros deveres a cumprir a não ser o de dizer a missa todos os domingos e confessar os que estivessem presentes. No entanto, quantas possibilidades oferece a missão de um vigário de aldeia! Ele poderia tornar cristãos aqueles homens infantis, tão dóceis e cordatos, protegê-los contra sua própria imprevidência, livrá-los das arbitrariedades dos seus guardas, prolongar sua existência por meio de bons conselhos, civilizá-los na medida do possível, tornar-se para eles uma espécie de segunda Providência. E ele preferia fabricar açúcar!

Os Coiapós que ainda vivem nas matas são chefiados por um cacique, que tem sob suas ordens vários capitães. Na aldeia os portugueses deram o título de coronel, de capitão e de alferes aos homens mais respeitados da tribo. É uma maneira bastante fácil e inocente de despertar a emulação dos índios.

Os Coiapós de S. José aprenderam com os portugueses a construir casas, cultivar a terra, fiar o algodão, etc., mas os que vivem ainda nas matas só sabem fabricar arcos e flechas, e um tipo de cesto a que dão o nome de jucunu,[34] cujo uso é conservado na aldeia, como já foi dito.

Os jucunus são feitos tomando-se duas folhas de buriti (*Mauritia vinifera*) e dividindo-se em tiras finas os folíolos que as compõem e formam o leque. As tiras de uma folha são trançadas com as da outra, compondo uma espécie de cesta elíptica aberta dos lados, à qual é presa, à guisa de alça, uma trança comprida e flexível, também feita de buriti. Para se usar a cesta, introduz-se nela uma esteira pequena e elíptica, enrolada como um cilindro. Quando a esteira fica quase cheia, coloca-se uma outra sobre ela, enrolada da mesma maneira, e assim sucessivamente. Dessa forma, os cestos chegam a alcançar 1 metro e trinta centímetros de altura ou mais. As esteiras são também feitas de folhas de buriti cujos folíolos, igualmente cortados em tiras e trançados, são presos à extremidade do pecíolo que forma uma das pontas da esteira.

Os Coiapós dormem em jiraus, quando os têm, mas a maioria se estende no chão, sem travesseiro, sobre esteiras finas e estreitas, fabricadas da maneira descrita acima.

---

(31) *A língua* geral era a dos indígenas do litoral. Os Jesuítas fizeram uma gramática e um dicionário dessa língua, e ela foi adotada pelos paulistas que viviam no meio dos índios. *A língua geral* e o guarani falados nas reduções do Paraguai são dialetos desse mesmo idioma (ver meu relato *Viagem ao Distrito dos Diamantes e Litoral do Brasil*).

(32) Antes da colonização, os Coiapós também nunca tinham visto um africano, mas não criaram um termo especial para designar um negro. A palavra *tapanho* vem evidentemente de *tapanhúna,* que na língua geral significa *preto.*

(33) Até 1832 inclusive, a Aldeia de S. José constituiu uma paróquia dependente do distrito da cidade de Goiás (Silva e Sousa. Mem. Estat.). Contudo, em 1833 ela foi incorporada ao distrito da recém-criada cidade de Jaraguá (Milliet e de Moura, Dic. Bras. I, 527).

(34) Creio que o Dr. Pohl se engana quando chama cestos de piapá.

Entre esses índios, assim como entre todos os povos indígenas que eu tinha visitado até então, cabe às mulheres carregar os fardos. Vi muitas dessas pobres criaturas levando às costas enormes feixes de lenha, ou transportando jucunus cheios de mandubis* (*Arachis hypogea*), seguros simplesmente pela alça, que lhes passava pela testa como uma faixa, os quais lhes pendiam até a altura das pernas.

É dessa mesma maneira que essas mulheres carregam os filhos quando vão para o trabalho e querem conservar os braços livres. A criança é colocada às suas costas, sentada numa tira circular que passa pela testa da mãe, com as pernas apoiadas em seus quadris e as mãos agarradas aos seus ombros.

Enquanto há alguém dentro de uma choupana dos Coiapós o fogo é mantido aceso. Tanto os homens quanto as mulheres ficam geralmente acocorados ao redor dele.

Entretanto, não é dentro da casa que é cozida a carne. As mulheres, encarregadas dessa tarefa, cavam buracos na terra, forram o fundo com pedras e acendem um fogo sobre elas. Quando as pedras estão suficientemente aquecidas o fogo é apagado e sobre elas colocados os pedaços de carne para serem cozidos. Por cima é espalhado um punhado de folhas e finalmente o buraco é coberto de terra. Por esse processo o cozimento da carne fica desigual, mas já ouvi os portugueses dizerem que o seu sabor é excelente.[35]

Os Coiapós faziam antigamente uma bebida forte empregando pimentões, mas renunciaram praticamente a ela depois que conheceram a cachaça.

No estado semi-civilizado em que se encontram atualmente, esses indígenas conservaram vários de seus antigos costumes. Assim, quando morre alguém digno de respeito na tribo eles ferem o próprio peito com pequenas flechas ou dão fortes golpes na cabeça até fazer correr o sangue.

Quando nasce uma criança, eles não se contentam com o nome de batismo português. Um dos anciãos da tribo dá um outro ao recém-nascido, geralmente o de um animal qualquer.

Os casamentos são celebrados com um grande banquete e com danças, durante as quais a recém-casada segura uma corda amarrada à cabeça do marido — costume simbólico que não necessita de maiores explicações.

Defronte de quase todas as casas dos Coiapós vi grandes pedaços de troncos de árvores de 2 a 3 pés de comprimento, escavados nas duas pontas e terminando com uma borda grossa, de 2 a 3 polegadas de altura. Esses pedaços de pau, chamados touros, são usados para o jogo favorito dos índios. Um deles segura o touro pelas pontas, coloca-o sobre os ombros e parte em desabalada carreira. Um segundo índio corre atrás do primeiro e, quando consegue alcançá-lo, toma-lhe o pedaço de pau, coloca-o por sua vez sobre os ombros, sem interromper a corrida, até ser alcançado por um terceiro, e assim sucessivamente. O jogo termina quando eles chegam a um alvo pré-determinado. [36] É principalmente na época da Páscoa que os índios se entregam aos seus divertimentos.

Antes de deixar S. José fui visitar, em companhia do cabo-comandante, a pessoa que merecia a mais alta consideração dos Coiapós em toda a aldeia.

---

* Mandubis, o mesmo que amendoins (M .G. F.).

(35) Essa maneira de cozer a carne era usada pelas mais antigas tribos brasileiras, os Tupinambás e os Tapuias, e é encontrada também nas ilhas mares do Sul (Ferdinand Denis, Brésil, 18).

(36) Os antigos Tapuias tinham um jogo bastante semelhante a esse. "Um costume muito interessante". diz Ferdinand Denis, "distinguia esse povo dos habitantes do Brasil. Quando os feiticeiros ordenavam que fosse mudado o local do acampamento, ou mesmo quando começavam os jogos consagrados, depois da refeição da tarde, os rapazes da tribo se apoderavam de uma viga de madeira e saíam correndo com espantosa velocidade até que o cansaço os obrigasse a largar o fardo nas mãos de outro guerreiro. A vitória pertencia a quem conseguisse fazer a corrida mais longa" (Brésil, 7). Já vimos que os Coiapós cozinhavam a carne da mesma maneira que os antigos Tapuias. Entretanto, parece-me que seria temerário concluir, por algumas semelhanças em seus costumes, que os primeiros descendem necessariamente destes últimos. É comum encontrarem-se costumes análogos entre povos que não têm nenhuma relação uns com os outros.

Tratava-se de uma mulher de sua tribo chamada Dona Damiana, neta de um cacique e viúva de um sargento dos *pedestres* ao qual o governo da aldeia estivera entregue durante muitos anos. D. Damiana falava correntemente o português. Era amável e jovial, e tinha uma fisionomia aberta e inteligente. Confirmou o que já me tinha sido dito por outros Coiapós, ou seja que o seu povo vive em estado selvagem e não tem nenhuma ideia de Deus. [37]

Era intenção de D. Damiana ir à procura dos Coiapós da aldeia que tinham fugido para a mata e ao mesmo tempo trazer, ao voltar, um bom número de seus compatriotas ainda selvagens. Obtivera permissão do capitão-geral para se ausentar por três meses e pretendia partir em breve. Exprimi a ela algumas dúvidas sobre o sucesso de seu plano. "O respeito que eles me têm", disse-me ela, "é grande demais para que não façam o que eu mandar." Pelo que concluí de suas palavras, ela ia empreender essa viagem por se achar convencida de que seus compatriotas iriam sentir-se mais felizes na aldeia que no meio da mata. As noções de cristianismo que os Coiapós recebem dos portugueses, por falhas que sejam, colocam-nos realmente bastante acima dos outros, ainda selvagens, cuja existência é puramente animal. É possível que estes sejam mais livres, mas os primeiros usufruem de algumas das amenidades da civilização, sua alimentação é garantida e eles não ficam expostos permanentemente às intempéries. Se contassem com os mesmos mentores que civilizaram os índios do litoral, os Coiapós de São José teriam sido perfeitamente felizes.

---

(37) É, pois, inexata a afirmação de que eles adoravam o Sol e a Lua, e sobretudo faziam sacrifícios humanos.

CAPÍTULO VI

O OURO E OS DIAMANTES DO RIO CLARO

Partida de S. José. A Fazenda d'El Rei. Seu gado, e o fim a que se destina. Um índio Xavante. Ideia geral das terras que se estendem desde a Fazenda d'El Rei até o Rio dos Pilões. Dormida ao relento em Tapera. A Aldeia Maria. Pouso ao relento à beira do Rio Fartura. Carrapatos. Noites frias. Dormida ao ar livre em Porco Morto. Jornada tediosa. A Torre de Babel. Pastos queimados, Pousada à beira do Rio dos Pilões. Dados sobre esse rio. Considerações sobre o minhocão dos goianos. O lugarejo de Pilões. Sua localização à beira do Rio Claro. Suas casas, sua igreja. Sua história e a da exploração dos diamantes do Rio Claro. Seus habitantes se ocupam unicamente com a exploração do ouro e dos diamantes. Vantagens que teriam em cultivar a terra. Joias de ouro das mulheres. Caçadores nômades de ouro e de diamantes. Os três processos de extração de ouro e de diamantes do Rio Claro. Os escravos dos diamantes. O destacamento militar acantonado no lugarejo de Pilões. Facilidade que têm os contrabandistas e criminosos de escapar ao controle da lei. Meu pequeno diamante. Informações sobre o Rio Claro. Insetos daninhos. Inútil tentativa de formar uma coleção de peixes.

Depois de me despedir de Dona Daminana (8 de julho), pus-me a caminho com minha pequena comitiva e um *pedestre*, que o cabo-comandante me cedera como guia. Era minha intenção dirigir-me ao lugarejo de Pilões, situado na estrada Vila Boa-Mato Grosso, e de lá ao Rio Claro, rico em ouro e em diamantes.[1]

Num trecho de 2 léguas atravessamos matas de árvores baixas. Caminhando sempre paralelamente à Serra Dourada, chegamos à Fazenda d'El Rei, onde passei a noite.

Essa fazenda pertence ao rei, como o nome indica, e fica situada nas terras da aldeia. As únicas construções ali existentes são duas casas pequenas. Como, porém, o lugar é exclusivamente destinado à criação de gado, e nas regiões tropicais os estábulos são mais prejudiciais do que úteis, ali só há necessidade de alojamento para os homens aos quais está confiada a guarda do rebanho. Por ocasião da minha viagem esses homens eram dois palestres e um índio da tribo dos Xavantes que habita o norte da Província de Goiás.

---

(1) Itinerário aproximado da Aldeia de S. José ao lugarejo de Pilões:

Da Aldeia Fazenda d'El Rei	2 léguas
Da Fazenda a Tapera, lugar desabitado	3 léguas
Da Tapera à beira do Rio Fartura, lugar desabitado	3 ½ léguas
Do Rio Fartura a Porco Morto, desabitado	5 léguas
De Porco Morto à beira do Rio dos Pilões	5 ½ léguas
Do Rio dos Pilões ao arraial do mesmo nome	1 légua
	20 léguas

L. A. da Silva e Sousa registrou a distância entre a cidade de Goiás e o Arraial de Pilões como sendo de 18 léguas. Matos (Itin., II, 136) está de acordo com ele no que diz respeito ao caminho que passa por S. José, mas quando desce a pormenores as distâncias que indica somam 21 léguas. Assim, ele registra 8 léguas entre a cidade de Goiás e S. José. 6 entre S. José e a Aldeia Maria e 7 entre essa aldeia e o Arraial dos Pilões. Não me é possível admitir que haja 8 léguas entre Goiás e S. José, passando por Areias, Gorgulho e Conceição. Concordo com o ilustre autor de *Itinerário* quanto à distância entre S. José e a Aldeia Maria, mas discordo da que ele registra entre aldeia e o Arraial de Pilões ou, se se preferir, o Rio Claro. Existirá algum caminho mais curto e igualmente abandonado? Terá Matos, que aparentemente não visitou essa região, recebido informações errôneas a esse respeito? Faltam-me meios para decidir a questão.

Havia nas terras da fazenda, por essa época, 400 cabeças de gado. Os pastos são excelentes e o se multiplica facilmente, não sendo necessário fornecer-lhe sal porque há na região terras salitrosas, como ocorre no sertão de Minas.[2]

Quando o governador da província passava alguns dias entre os índios da aldeia, o que costumava fazer de vez em quando, a fazenda fornecia a carne necessária à sua alimentação. De tempos em tempos era também enviado um boi para os Coiapós, mas esses índios, que são grandes apreciadores de carne, como todos os povos de sua raça, sempre se queixavam da parcimônia com que lhes forneciam o seu alimento favorito.

Se todos os Xavantes se assemelham ao que cuidava dos rebanhos da Fazenda dEl Rei, os indivíduos dessa tribo devem ser ainda mais belos que os Coiapós. Esse homem era alto, e sua cabeça não era grande demais. Tinha olhos bonitos e uma fisionomia aberta e agradável.[3] Os Xavantes não falam a língua dos Coiapós, mas se fazem entender — segundo me disseram — por várias outras tribos que, como eles, habitam o norte da província.

Já tratei de estudar em outro relato o problema da origem dos idiomas da América.[4] Os indígenas vão desaparecendo diante dos olhos de nossa raça previdente e usurpadora, e em breve não restará de suas línguas senão vocabulários incompletos e quase sempre inexatos.

Da Fazenda d'El Rei até o ponto onde alcançamos a estrada que liga Vila Boa à Província de Mato Grosso há aproximadamente 17 léguas. Gastamos quatro dias para percorrê-las. Esse trecho devia ser forçosamente usado por alguns viajantes, já que a Aldeia Maria, de que falarei em breve, era ainda habitada. Mas à época de minha viagem ninguém tinha realmente necessidade de passar por esse caminho. Depois que deixara o Rio de Janeiro eu ainda não havia visto uma região tão deserta. Exceção feita das ruínas da Aldeia Maria, não vi nesses quatro dias nenhum sinal de casa e não encontrei uma única criatura humana.[5] Em certos trechos, a trilha que seguíamos tinha pratica-

---

(2) Ver *Viagem pelas Províncias do Rio de Janeiro e Minas Gerais*.

(3) Um cientista a quem devemos valiosas pesquisas feitas numa parte da América espanhola mas que só passou algumas horas no Rio de Janeiro e não teve oportunidade de conhecer senão um brasileiro (Al. d "Orb., Voyage. III, 349), acabou sendo levado, por injunções do seu trabalho, a classificar os indígenas do Brasil. Depois de ordená-los sob o título geral de raça *brasílio-guarani*, ele divide essa raça em duas nações, guaranis e botocudos, entendendo pela palavra nação "toda reunião de homens que falam uma língua oriunda de uma fonte comum (*O Homem Americano*. I e II) Os Botocudos, de um lado, e os Guaranis do outro, juntamente com os índios do litoral, que denominei de *sub-raça Tupi* (*Viagem pelas Províncias, etc*.), formam certamente dois grupos distintos e bem definidos. Mas afora essa, não vejo outra classificação possível. De acordo com a definição citada mais acima, poderíamos reunir num mesmo grupo os Malalis, os Macunis e os Machaculis, que evidentemente falam dialetos de uma mesma língua, mas seríamos forçados a separar destes os Monochós e os Coroados, e no entanto, segundo a tradição Malalis, todos esses povos tem uma origem comum. Os Malalis, os Macunis e os Machaculis que são do mesmo grupo, estariam tão longe de pertencer aos Guaranis quanto aos Botocudos, e o mesmo aconteceria com os Coroados, os Monochós e os Coiapós, igualmente distintos dos outros (ver os vocabulários que anotei em minha *Viagem pelas Províncias do Rio de janeiro, ect. e Viagem pelo Litoral do Brasil*). Se, no presente, tomarmos com base para a classificação os caracteres exteriores, é incontestável que encontraremos duas *nações* distintas nos Botocudos e nos índios do litoral. A rigor podemos associar estes últimos aos Malalis, Macunis e Machaculis, mas não devemos, creio eu, incluir nesse grupo os Coroados, que se caracterizam particularmente pela feiura, e muito menos ainda os Botocudos. Ninguém iria certamente tomar por Botocudo ou um Guarani, o Panhame que vi em Pastanha e se assemelhava tanto a nossos camponeses franceses. E me seria impossível confundir com essas duas tribos os Coiapós e o belo Xavante que mencionei mais acima. O autor citado no início desta nota viu-se forçado — torno a repetir — a incluir na sua classificação geral tribos que ele não conhecia. Se tivesse percorrido o Brasil, e não apenas a América espanhola, teria verificado que a sua classificação da raça *brasílio-guarani* está longe de incluir todas as tribos do Brasil. Veria também que, embora os caracteres atribuídos por ele a uma raça inteira se ajustem perfeitamente aos Guaranis da Província das Missões, dificilmente se aplicariam com a mesma precisão às outras tribos, o que é demonstrado pelas descrições específicas que já fiz de várias delas e corroborado por estas poucas palavras de Gardner, ao mostrar como distinguir os índios puros dos mestiços na Aldeia do Douro (e não Duro): "It is very easy to recognize the pure Indian by his *reddish* colour, long straight hair, high cheek bones and the peculiar obliquity of his eyes" (Travels, 316). Léry já havia dito que os seus Tououpinamboaults, habitantes do litoral e muito semelhantes aos verdadeiros Guaranis, "pouco tinham de negros, sendo simplesmente trigueiros, como diríamos dos espanhóis e dos provençais" (Hist., 3a. ed., 95).

(4) *Viagem às nascentes do Rio S. Francisco*, cap. II.

(S) Matos diz (Itin., II, 137) que estrada de Goiás ao Rio Claro, com passagem por S. José, deixou de ser frequentada não apenas por causa do abandono em que se encontra a Aldeia Maria.

mente desaparecido. Em outros, o caminho era extremamente pedregoso, com troncos de árvores, ramarias e cipós obstruindo a passagem, e além do mais muito íngreme. Parecia-nos que a qualquer momento nos iríamos precipitar no fundo de uma escura ravina. O aspecto da região é quase sempre o mesmo, na maioria das vezes montanhoso. Em geral, há grandes extensões cobertas de matas, mas de vez em quando veem-se alguns campos salpicados de árvores enfezadas. A seca ainda era extrema, e não vi nenhuma planta em flor. Nuvens de insetos de toda espécie nos atacavam ferozmente, não nos deixando um minuto de repouso. Quando caiu a noite, fizemos alto à beira de um riacho e dormimos a céu aberto. Durante o dia o calor tinha sido insuportável, mas à noite, transido de frio, suspirei em vão por um sono reparador.

Darei mais alguns pormenores para completar o quadro que tracei dessa região desértica.

Quando deixei a Fazenda d'El Rei segui paralelamente à continuação da Serra Dourada, atravessando terras de aspecto quase sempre igual. Encontra-se nelas uma mistura de matas e campos, com predominância das primeiras. Contudo, o caminho passa quase sempre através dos campos. Era de esperar que numa região geralmente coberta de matas houvesse também espalhadas pelos campos muitas árvores em grupos compactos. Isso, porém não acontecia ali, pois, as árvores nos pastos eram escassas e, não sei por que razão, muito distantes umas das outras.

Depois de andarmos 3 léguas, paramos num trecho descampado pra passar a noite, à beira de um riacho, num lugar denominado Tapera. Minhas coisas foram colocadas debaixo de uns buritis, mas como essas palmeiras dão pouca sombra e o sol ainda estava muito quente, meus ajudantes armaram para mim uma pequena barraca com alguns paus e os couros que cobriam a carga dos burros.

Durante toda a noite fez um frio terrível, o que me impediu de dormir. No dia seguinte, como já ocorrera na véspera, o calor começou por volta das dez da manhã e logo se tornou insuportável. Essa alternação de frio e calor me atacava fortemente os nervos e fazia diminuir minha resistência. Nesse dia continuamos a andar tendo à nossa esquerda a Serra Dourada, que naquele trecho era pouco elevada. Embora a região fosse coberta de matas, o caminho passava quase sempre no meio de campos cujos tons pardacentos entristeciam a vista.

A meia-légua do local onde tínhamos parado passamos pela Aldeia Maria, que como já disse foi outrora habitada pelos Coiapós e na ocasião se achava inteiramente abandonada, servindo de guarda a morcegos e insetos malfazejos.[6] As construções que ainda se viam ali — a casa do governador, a caserna e os celeiros — eram grandes e de bonita aparência, mas dispostas sem nenhuma simetria. Atrás desses prédios é que tinham sido construídas as choupanas dos índios. Os Coiapós costumam sempre visitar suas antigas moradas,[7] e é com pesar que se lembram delas. Não pude deixar de partilhar de sua tristeza, pois se a Aldeia Maria não tem a simetria da de S. José, por outro lado sua localização é muito mais aprazível, e a Serra Dourada, situada a uma boa distância dela, contribui para enfeitar a paisagem sem contudo cercear-lhe os horizontes.[8]

---

mas principalmente porque os pastos ali não são tão bons quanto os da outra estrada. Além do mais, os viajantes temem ser atacados pelos Coiapós do Arraial ae S. José. Não encontrei ninguém, à época de minha viagem, que demonstrasse semelhante receio.

(6) Segundo Matos (Itin.. II, 139), a Aldeia Maria teria sido fundada para os índios Coiapós, que para ali teriam sido mandados da Aldeia S. José. De acordo, porém, com autoridades dignas de absoluta fé, ocorreu justamente o contrário. Da Aldeia Maria é que os Coiapós foram enviados para S. José, a fim de substituírem os Avaés e Carajás, que se tinham dispersado.

(7) Pohl Reise, I. 409.

(8) Diz o ilustre autor brasileiro Cunha Matos (Itin., II. 139) "que nesse lugar ainda existe hoje uma fazenda pertencente a essa tribo, onde há criação de gado. Essa propriedade só traz benefícios ao seu administrador

Tínhamos feito 3 léguas e meia quando apeamos à beira do Rio Fartura, que já havíamos atravessado antes de S. José, num ponto em que ele não passava de um riacho, ao passo que ali já se transformara num rio de certo volume. Instalamo-nos numa pequena clareira abrigada por árvores copadas, local que eu acharia muito agradável se não tivéssemos sido atacados por uma infinidade de carrapatos, que nos obrigavam a examinar nossos corpos a cada minuto, fazendo-nos perder um tempo considerável.

A noite foi ainda muito fria, e embora meu leito tivesse sido armado à beira do fogo, levei muito tempo para conciliar o sono. Nessa época o orvalho é abundante. Pela madrugada as folhas das árvores ficam quase tão molhadas como se tivesse chovido, e quando me levantei minhas cobertas estavam inteiramente úmidas.

As terras que atravessei depois do Rio Fartura, numa longa jornada de 5 léguas, são montanhosas, cobertas de matas, e só a intervalos se veem descampados com árvores esparsas e enfezadas. As matas, como todas as que eu vira até então na província, estão longe de ter a imponência das florestas virgens do Rio de Janeiro e mesmo de Minas. Não obstante, nos trechos baixos e úmidos as árvores ressaltam pelo seu vigor, e em toda a sua extensão a mata apresenta uma espessa cobertura de arbustos que oferece boa sombra e frescor.

Paramos no lugar denominado Porco Morto, à beira de um riachinho, num vale fundo e estreito rodeado de morros cobertos de matas. Grandes árvores formavam acima de nossas cabeças uma abóbada espessa, e aquela solidão parecia isolada do resto do universo. Entretanto, era-nos impossível desfrutar da beleza do lugar devido à infinidade de insetos de toda espécie que nos atormentava. Minúsculas abelhas pretas entravam em nossos olhos e ouvidos, borrachudos picavam nossos rostos e mãos, e não podíamos dar um passo sem que nos víssemos cobertos de carrapatos de todos os tamanhos. Para completar, havia ainda os pernilongos e os bichos-de-pé.

Ao cair da noite meus ajudantes lançaram na nossa fogueira o tronco inteiro de uma árvore seca e armaram minha cama nas proximidades. Não consegui dormir, porque meu corpo gelava de um lado e escaldava do outro. De repente ouvi gritos terríveis: "A onça, a onça!" Levantei-me de um salto e corri na direção de onde partia o alarido. Era o pobre Laruotte que havia gritado. Perguntei-lhe o que havia acontecido e ele respondeu que acabava de sonhar que uma onça ia devorá-lo. Naquele dia nossos burros tinham-se mostrado aterrorizados num certo momento, e o meu pessoal acabou por descobrir rastros de onça na areia. Não falaram noutra coisa durante o resto da jornada, e a imaginação do pobre e assustado Laruotte fê-lo ver em sonho esse feroz animal ocupado em dilacerar-lhe os membros.

A jornada seguinte foi talvez a mais tediosa de toda a minha viagem. Atravessamos inicialmente matas onde tínhamos sombra e frescura, mas logo entramos em trechos descampados onde o calor era insuportável. Em alguns pontos o caminho era acidentado, mas de um modo geral mostrava-se regular, acompanhando quase sempre um vale muito amplo ou, melhor dizendo, uma planície alongada, cercada de morros cobertos de matas. Os que ficavam à direita eram mais altos, elevando-se quase a prumo em alguns pontos. Em consequência, as terras ali deviam ser muito secas; na ocasião em que por ali passei as árvores se achavam praticamente despojadas de suas folhas. O cume desses morros é bastante regular, de um modo geral. Entretanto, em dois pontos diferentes eles são coroados por uma protuberância que se assemelha a uma

---

e às pessoas a quem apraz a ele favorecer". É evidente que se trata aqui da Fazenda d'El Rei, a qual, após a mudança de governo, iria tornar-se uma propriedade nacional. Mas essa fazenda não se acha situada no local onde havia antes a Aldeia Marta e sim a 3 léguas dessa aldeia e a 2 léguas de S. José.

fortaleza com seus torreões, contribuindo para dar uma certa austeridade à paisagem. Talvez seja um desses morros que os primeiros sertanistas a se aventurarem ali denominaram de Torre de Babel.[9] Em várias baixadas pantanosas encontrei o estático e imponente buriti, que se harmoniza perfeitamente com a calma daquelas solidões. Em todo o percurso havia pastos recém-queimados, e os mosquitos se mostravam insuportáveis. Entravam-me nos olhos e ouvidos, cobriam-me o rosto e as mãos, e para afugentá-los eu era forçado a agitar constantemente o meu lenço. Eu não conseguia entender por que alguém tivera o trabalho de atear fogo àqueles pastos sem dono e tão distantes de qualquer habitação. Mais tarde, porém, foi-me dada uma explicação para o enigma. Uma mulher que morava nas proximidades do Rio Grande, limite da Província de Mato Grosso, e possuía um rebanho bovino de regular proporções, ia mudar-se em breve para o Arraial de Anicuns. Em vista disso, mandara atear fogo previamente aos pastos que margeavam a estrada, a fim de que o seu gado encontrasse alimento abundante ao passar por ali.

Tínhamos feito 5 léguas e meia, uma jornada interminável, quando afinal o ruído alternadamente surdo e estridente de um monjolo nos indicou que havia uma habitação por perto. Logo adiante encontramos algumas choupanas miseráveis. Pedi hospedagem ali, que me foi recusada sob a alegação de que não havia nenhum lugar onde eu pudesse alojar-me a não ser o paiol, que se achava infestado de pulgas. Aconselharam-me a dormir na beira do rio, local que eu iria achar muito mais agradável. A pequenez dos casebres convenceu-me de que eu não estava sendo enganado. Não obstante, foi com grande irritação que me resignei a dormir mais uma vez ao relento.

Atravessamos a vau o Rio dos Pilões e nos instalamos na margem esquerda, debaixo de árvores frondosas que comumente servem de abrigo aos tropeiros. Achávamo-nos, então, na verdadeira estrada que liga Vila Boa à Província de Mato Grosso.

O Rio dos Pilões nasce nos arredores de Anicuns, desce do sul para o norte[10] e se lança no Rio Claro. Durante a seca ele tem pouca largura, mas no tempo das águas seu volume cresce de maneira considerável, e nessas ocasiões só pode ser atravessado de canoa. Dizem que esse rio é tão rico em ouro e diamantes quanto o próprio Rio Claro, de que falarei mais adiante. Mas a exploração desses tesouros exigiria muito trabalho e capital, o que seria incompatível com a pobreza dos habitantes da região.

Luís Antônio da Silva e Souza diz,[11] ao falar na Lagoa do Padre Aranha, situada na Província de Goiás, que ali existem minhocões, acrescentando que esses monstros — é assim que ele se exprime — arrastam para o fundo do lago,

---

(9) "Durante o governo de Antônio Furtado de Mendonça, em 1770 ou 1771", diz Pizarro (Mem. Hist., IX, 164), "o Capitão Francisco Soares Bulhões partiu de Jaraguá com um bando de aventureiros e guiando-se por um itinerário que lhe havia dado Urbano de couto, um dos companheiros de Bartolomeu Bueno, percorreu vastas florestas e campos. Entre estes últimos, houve um que chamou particularmente a atenção de Bulhões. Nele se erguia um morro formado de pedras que pareciam ter sido dispostas com arte, e ao qual os mais antigos sertanistas tinham dado o nome de Torre de Babel. Após penosas e fatigantes caminhadas, nossos aventureiros chegaram a um córrego onde abundava o ouro. Percebendo, porém, que aquelas terras faziam parte da região onde os afluentes do Rio Claro têm suas nascentes e se achavam incluídas no território diamantino, interditado à exploração do ouro, eles se afastaram." Para chegarem ao Rio Claro, partindo de Jaraguá, Bulhões e seus sertanistas fizeram provavelmente o mesmo caminho que eu, e foi antes de alcançarem esse rio que eles viram o morro. Assim, é bem possível que esse morro seja um dos que menciono aqui.

(10) O que digo aqui sobre a nascente e o curso do Rio dos Pilões é baseado no que escreveu Pohl (Reise, I, 420) . Devo, porém, acrescentar que Luis Antônio da Silva e Sousa garante que esse rio tem sua nascente no planalto denominado Estreito, correndo para o leste (Mem. Estat., 7). Não pretendo tomar partido entre esses dois autores. Entretanto, sou levado a acreditar que há algum equívoco na indicação do último. Luiz d'Alincourt, Mililet e Lopes de Moura afirmam que o Rio dos Pilões nasce na serra Dourada (Mem. Viag., 119 e Dic. Braz., II. 303). Eu disse em outro relato (*Viagem às Nascentes do Rio S. Francisco*) que esse rio foi descoberto pelo segundo Bartolomeu Bueno em sua primeira expedição, mas segundo Casal, que merece crédito, o Rio dos Pilões de Bueno não era o mesmo ao qual hoje é dado esse nome.

(11) "Memória Sobre o Descobrimento, etc., da Capitania de Goiás", em O Patriota, 1814.

onde vivem habitualmente, cavalos e bois. Pizarro diz quase a mesma coisa [12] indicando a Lagoa Feia, que pertence igualmente a Goiás, como sendo habitada também por esses minhocões. [13] Eu já tinha ouvido falar várias vezes nesses bichos, e à época de minha viagem ainda os considerava como algo sobrenatural, pois o desaparecimento de cavalos e bois nas passagens dos rios me tinha sido confirmado por tanta gente que me parecia impossível pôr em dúvida suas palavras. Quando passei pelo Rio dos Pilões ouvi também muitas conversas a respeito dos minhocões. Disseram-me que havia muitos deles nesse rio e que na época das enchentes eles arrastavam para o fundo cavalos e burros que faziam a travessia a nado. A palavra *minhocão* é um aumentativo do substantivo português *minhoca,* e, de fato, dizem que esse monstro tão falado é totalmente semelhante a esse verme da terra, com a diferença de que tem a boca visível. Dizem também que é preto, não muito longo e extremamente grosso, e que nunca aparece à superfície, sempre agarrando os animais pela barriga. Quando, cerca de vinte dias depois de ter deixado o rio e o Arraial de Pilões, eu me hospedei na casa do comandante de Meia-Ponte, Joaquim Alves de Oliveira, um dos homens mais dignos que já conheci, interroguei-o sobre os minhocões. Ele confirmou tudo o que me tinha sido dito, citando vários exemplos recentes dos males causados por esses bichos e me garantindo, de acordo com as informações de alguns pescadores, que o minhocão, apesar de sua forma cilíndrica, era um legítimo peixe provido de nadadeiras. A princípio eu julgara que o minhocão pudesse ser o *Gymnotes Carapa* encontrado no Rio Vermelho, segundo Pohl.[14] Mas pelo que diz esse autor, parece que o *Gymnotes* tem na região o nome de *"terma termi"*. Além do mais os efeitos causados por esse peixe, também chamado enguia elétrica, já experimentados por negros e mulatos que foram vítima dele — ainda de acordo com Pohl — nada têm em comum com o que se diz do minhocão. O Prof. Gervais, a quem transmiti minhas dúvidas, chamou minha atenção para a descrição do *Lepidosiren*[15] feita por P. L. Bischoff. Na verdade, o pouco que sabemos sobre o minhocão coincide bastante com o que se tem dito sobre esse raro e singular animal descoberto por Natterer. Esse naturalista encontrou o seu *Lepidosiren* em águas estagnadas, nas proximidades do Rio Madeira e do Amazonas. A presença do minhocão é registrada não apenas nos rios, mas também nas lagoas. Não há dúvida de que há uma grande distância entre a Lagoa Feia e as duas localidades indicadas pelo viajante austríaco. É sabido, porém, que o calor em Goiás é excessivo. A Serra do Corumbá e do Tocantins, que atravessa essa província, é um dos grandes divisores das águas do norte e do sul do Brasil. A Rio dos Pilões faz parte das águas do norte, assim como o Madeira. *O Lepidosiren paradoxa* de Natterer tem a forma perfeita de um verme, à semelhança do minhocão, e todos os dois têm nadadeiras. Não é de estranhar, porém, que elas não tenham sido reconhecidas no minhocão, já que nesse verme, como no *Lepidosiren,* não passam de simples rudimentos de nadadeiras. "Os dentes do *Lepidosiren*", diz Bischoff, "são apropriados para agarrar e dilacerar a presa, e a julgar pela sua estrutura e pelos músculos dos maxilares, devem ser movidos por uma força considerável." Essas características se ajustam perfeitamente às que devem ser forçosamente atribuídas ao minhocão, pois que este consegue agarrar e arrastar animais enormes para devorá-los. É bem provável, por conseguinte, que o minhocão seja uma espécie mais possante do *Lepidosiren*, o que permitirá, se essa hipótese vier a ser confirmada, dar o nome de *Lepidosiren* minhocão ao animal da Lagoa Feia e do Rio dos Pilões. Os zoologistas que percorrerem essas remotas

---

(12) Mem. Hist., IX.

(13) A Lagoa Feia fica situada na nova Comarca de Palma e nas vizinhanças do Arraial de Couros (Milliet e Lopes de Moura, Braz., I, 363).

(14) Reise, I, 360. — Ver também, com referência ao *terma termi,* ou *termeterme,* Gardner, Travels, 354.

(15) Annales des sciences naturelles, 2a. série, vol. XIV, 116.

regiões devem passar alguns dias à beira da Lagoa Feia, da do Padre Aranha ou do Rio dos Pilões, a fim de que possam estudar cientificamente o caso e estabelecer de maneira precisa o que é exatamente o minhocão. Ou então decidir que, apesar, do testemunho de tanta gente e até mesmo de homens altamente esclarecidos, sua existência deve ser relegada ao reino da fábula o que me parece implausível. (16)

À beira do Rio dos Pilões minha cama tinha sido armada ao pé do fogo. Não obstante, senti durante toda a noite um frio intenso que me impediu de dormir.

Do Rio dos Pilões até o arraial do mesmo nome(17) há apenas 1 légua. O caminho que leva até lá atravessa um vasto campo salpicado de árvores enfezadas e emoldurado por duas séries de morros.

Ao chegar ao arraial, ou melhor, ao lugarejo de Pilões, apresentei ao comandante da guarnição ali acantonada uma carta que o governador me tinha dado. Ele me recebeu muito bem e me arranjou uma pequena casa bastante confortável. Depois de ter passado quatro noites ao ar livre, picado de mosquitos e sob um frio cortante, foi com satisfação que pude afinal dormir debaixo de um teto.

O lugarejo de Pilões compõe-se de uma vintena de casebres tão miseráveis, em sua maioria, como os dos Coiapós.(18) Enfileiram-se dos dois lados do caminho que leva ao Mato Grosso, e como são muito afastados uns dos outros eles se estendem por um longo trecho da estrada. Logo abaixo do arraial passa o Rio Claro, que tem pouca largura e cujo nome veio a calhar, pois suas águas são de uma limpidez sem igual, permitindo ver (julho) os seixos e a areia que formam o seu leito. Tinha sido iniciada a construção de uma igreja bastante grande em Pilões, mas a obra foi interrompida, e para a celebração da missa existe apenas uma capelinha do Senhor Bom Jesus, que também não está terminada e é subordinada à paróquia de Vila Boa.

Parece que logo depois da descoberta de Goiás já se admitia a existência de diamantes no Rio dos Pilões e no Rio Claro. Quando em 1749 os irmãos Joaquim e Felisberto Caldeira Brant arremataram o contrato dos diamantes do Tijuco, no Província de Minas Gerais[19] foi-lhes imposta a condição de fornecerem um serviço diamantino de duzentos escravos[20] para exploração dos dois rios diamantíferos da Província de Goiás. Quarenta léguas de terra foram reservadas a eles no distrito de Pilões, formando-se um povoado às margens do Rio Claro com o nome de Bom Fim. Infelizmente os resultados não corresponderam às esperanças dos dois irmãos. Eles não tardaram a ir

---

(16) O General Raimundo José da Cunha Matos não acredita por enquanto — é assim que ele se exprime — na existência dos minhocões, mas admite que várias pessoas lhe garantiram não se tratar de animais imaginários. Acrescenta mesmo que um soldado lhe disse ter visto um no Rio Grande, na fronteira do Mato Grosso, dele lhe fazendo uma descrição. Segundo esse militar, o minhocão teria um corpo extremamente longo mas susceptível de se contrair; a boca seria muito pequena e guarnecida por uma espécie de barba (Itinerário, II).

(17) É aceitável a grafia *Rio dos Piloens* e *Arraial dos Piloens* mas não *Rio Piloens* e *Arraial*, *como fez Pohl. Não me lembro de ter ouvido alguém referir-se ao lugarejo em questão a não ser como *Arraial dos Pilões*, e é esse o nome adotado por L. A. da Silva e Sousa em sua Memória Estatística. Devo dizer, entretanto, que só há referência a um Arraial do Rio Claro no trabalho de Luís d'Alincourt (Mem. Viag., 119), e que tanto um nome quanto outro são encontrados no *Itinerário* de Matos. Percebe-se que essa atribuição de dois nomes diferentes a um mesmo lugar pode ter sido facilmente resultado de um equívoco. Assim, num livro absolutamente indispensável aos que desejam conhecer a geografia do Brasil, o *Diccionario geographico, histórico* e *descriptivo* do Brazil, foram dedicados dois verbetes ao arraial situado entre o Rio dos Pilões e o Rio Claro. O primeiro (II, 312) sob o nome de *Pilões*, e o segundo (400) sob o de Rio Claro.
* Nenhuma destas formas é, em verdade, aceitável (M. G. F.).

(18) R. J. da Cunha Matos registra 42 (Itin., II, 99), mas ele próprio não conhecia o lugar, e não diz a que ano se refere essa cifra. Provavelmente corresponderia a 1825.

(19) É a essa família que pertence o célebre Marquês de Barbacena, de quem já falei no *Sumário Histórico* das *Revoluções do Brasil* (ver) *Viagem ao Distrito dos Diamantes*, etc.).

(20). Chamam-se serviços os locais onde extraídos os diamantes, sendo o trabalho feito por uma tropa de negros (*ver Viagem ao Distrito dos Diamantes*, etc.).

embora,⁽²¹⁾ e o Arraial de Bom Fim foi destruído pelos Coiapós.⁽²²⁾ Não obstante, as 40 léguas continuaram interditadas aos mineradores, e as terras foram vigiadas com todo o cuidado com que é possível guardar uma região desértica.⁽²³⁾ E agora não havia em Pilões senão o destacamento militar encarregado de impedir que as determinações do governador fossem violadas. Os habitantes de Goiás queixaram-se durante muito tempo de que, sendo tão pobres, estavam sendo privados, sem utilidade para ninguém, dos recursos que lhes oferecia a Natureza. Foram atendidas, afinal, suas reclamações, e em 1801, sob o governo de João Manoel de Menezes, revogou-se a proibição, sendo dada permissão a todos para explorar o ouro e os diamantes do Rio Claro. Ao mesmo tempo, porém, o governo determinou que os diamantes fossem levados à Fazenda Real, onde seriam pagos de acordo com a tarifa preestabelecida. Como a fama das riquezas do Rio Claro era exagerada, dezenas de pessoas acorreram às margens do rio, convencidas de que fariam fortuna rapidamente. Vendo, porém, destruídas suas esperanças, retiraram-se para o Arraial de Anicuns, onde, nesse meio-tempo, tinham sido descobertas ricas jazidas. Atualmente (1819). o lugarejo de Pilões conta apenas com uma população fixa de 200 habitantes. ⁽²⁴⁾

É bem verdade, entretanto, que o Rio Claro, os seus afluentes e as terras circunvizinhas são abundantes em ouro. Mas para extrair o que se encontra debaixo da terra seria necessário trazer água de muito longe e gastos que estão muito acima das possibilidades de homens pobres, ignorantes e isolados, que só têm à sua disposição os próprios braços. Só no Rio Claro, praticamente, eles podem entregar-se a explorações que compensem o seu trabalho, e para isso são forçados a esperar a época da seca. Em outras épocas, trabalhando intensivamente, eles conseguem entre 160 e 300 réis por dia, mas nos meses de julho, agosto e setembro a diária pode chegar a 1.200 e até 1.500 réis. ⁽²⁵⁾

Como já foi dito, o ouro não é a única riqueza do Rio Claro. Esse rio fornece todo ano diamantes de primeira água e de tamanho considerável. Como os primeiros que foram levados à Fazenda Real, em conformidade com a lei, nunca tivessem sido pagos, por falta de numerário, esse requisito vem sendo desobedecido há muito tempo. Os diamantes encontrados são vendidos aos

---

(21) De acordo com os dados disponíveis, parece claro que a administração dos irmãos Caldeira Brant não chegou a durar cinquenta anos, ou seja, até 1799 como dão a entender os autores de uma obra de grande utilidade intitulada *Diccionario Geographico do Brazil* (verbete Pilões). Decorreu um tempo considerável entre a retirada dos mineradores e a época em que foi dada permissão a todos (1801) para extraírem o ouro do Rio Claro, e é nesse intervalo que ocorreu destruição de Bom Fim pelos Coiapós, bem como a pseudo-descoberta feita em 1772, por Francisco Soares de Bulhões, dos terrenos diamantíferos do Rio Claro, que já eram conhecidos havia muito tempo. Aliás, os próprios autores do *Diccionario* confirmam tudo o que digo aqui, no verbete intitulado Rio Claro.

(22) Não consegui determinar se esse arraial ficava situado no local onde hoje se ergue Pilões. Seja como for, convém não confundir o Arraial de Bom Fim, mencionado aqui, com um outro do mesmo nome, de que falarei em breve, e pelo qual passa a estrada que liga Goiás a S. Paulo.

(23) Luiz Antônio da Silva e Sousa, *Memória Sobre o Descobrimento*, etc.; Pizarro. *Memórias Históricas*, etc.; Pohl, Reise, etc.; Eschwege, Pluto Brasiliensis, etc.

(24) "O Arraial do Rio Claro, que também tem o nome de Pilões", diz Matos (Itin., II, 99), "foi fundado no ano de 1746, com o nome de Arraial do Senhor Jesus de Bom Fim, sendo extinto por ordem do rei em 1749 e por nova ordem, em 1789". Esse trecho não parece estar de acordo com os responsáveis historiadores que citei pouco antes. Podemos entretanto, conciliá-los até certo ponto. Como era conhecida a existência de diamantes no Rio Claro, provavelmente alguns aventureiros se estabeleceram em suas margens desde os primeiros tempos. Seria essa a primeira fundação do arraial, mencionada por Matos, cuja data ele fixa em 1746. Esses homens foram forçadamente expulsos quando az terras do distrito foram arrendadas aos Caldeira Brant. Teríamos aí a extinção do povoado, em 1749. Finalmente, quando todo mundo teve permissão para explorar o privilegiado distrito, acrescentam-se provavelmente algumas casas as quais eram ocupadas pelos soldados da guarnição, e aí temos a reedificação do arraial. De resto, volto a repetir que Matos não pretendeu traçar a história da Província de Goiás mas unicamente a sua topografia. E a esse respeito ele merece toda a consideração.

(25) Matos diz que (Itin., II. 99), de acordo com as informações que lhe foram dadas, "o lugarejo de Pilões permanece quase sempre deserto, sendo porém muito frequentado quando as águas do Rio Claro, do Caiapó e os Pilões alcançam o seu nível mais baixo". Pohl, que em fevereiro de 1818 passou por Pilões, não o encontrou e Luís d'Alincourt, que ali esteve no mesmo ano, diz o seguinte: "A não ser nos meses de seca, seus habitantes vivem entregues à ociosidade" (Mem. Sobre a Viagem, etc., 120).

comerciantes de Vila Boa e mais comumente aos tropeiros que fazem a rota entre Mato Grosso e a cidade da Bahia, os quais estão habituados a esse comércio, já que a Província de Mato Grosso é também fértil em diamantes. A administração fecha os olhos a esse contrabando (1819), e o próprio governador fingia ignorar que existissem riquezas no Rio Claro. Tudo o que se exige dos contrabandistas, aparentemente, é um pouco de prudência. A extração de ouro é inteiramente livre, e ao procurá-lo os garimpeiros encontram diamantes. Seria absurdo, como bem observa Pohl, exigir que eles os lançassem de volta ao rio.[26]

Os habitantes de Pilões, todos mulatos ou negros livres [27] não se dedicam ao cultivo da terra. A semelhança dos primeiros aventureiros paulistas que chegaram a Goiás, eles só pensam no ouro e nos diamantes. Os víveres que consomem são trazidos de Vila Boa, geralmente por negociantes dessa cidade, que os revendem por um preço exorbitante. Na estação das águas, quando os caminhos se tornam impraticáveis, não se encontra ali nada para comprar.[28] Se alguns habitantes de Pilões, a exemplo do que fizeram os de Meia-Ponte à época da descoberta, se dedicassem à agricultura, não somente tornariam sua existência menos precária, como ainda teriam bom lucro vendendo seus produtos aos tropeiros, que só encontram regiões desérticas antes e depois do arraial. Mas o cultivo da terra não interessa a esses homens, tão imprevidentes quanto os próprios índios. Vivem apenas o dia-a-dia, gozando a vida e parando de trabalhar quando conseguem tirar um pouco de ouro do rio. Só vão procurá-lo de novo quando já não têm mais nada, jamais pensam em poupar alguma coisa, e em meio a tanta riqueza permanecem sempre na miséria. Muitas vezes em troca de um lenço, de uma garrafa de cachaça ou de uma ninharia qualquer eles dão um diamante de alto valor. "Ao mergulhar minha bateia no rio", dizem esses homens imprevidentes, "talvez eu encontre amanhã o que perdi hoje". [29]

Em todas as regiões auríferas até mesmo as mulheres de poucas posses usam colares e brincos de ouro maciço. Muitas vezes causou-me espanto, em Pilões, a quantidade de ouro que ornava o corpo de algumas infelizes criaturas, cujos andrajos denunciavam uma extrema pobreza. Os garimpeiros, que trocam facilmente um valioso diamante por uma garrafa de cachaça, não podem recusar o ouro às suas mulheres e amantes. É o único capital que eles têm de reserva. Quando precisam de dinheiro nunca vendem as joias, e sim as partem em pedaços. É muito comum encontrar no meio do ouro em pó que circula no comércio fragmentos desse metal que já foram trabalhados.

Não são unicamente os habitantes de Pilões que exploram as riquezas do Rio Claro. À época da seca, nos meses de julho, agosto e setembro, vem gente de Meia-Ponte, Vila Boa, etc. estabelecer-se nas margens do rio, a poucas léguas do arraial. Trazem consigo os víveres de que necessitam e constroem barracas onde se abrigarem. Não é tanto o ouro que os atrai ali, e sim a esperança de encontrarem diamantes. Entre os que exploram as areias do Rio Claro, há muitos que, mais ambiciosos do que os outros, e não querendo perder um tempo que lhes é precioso, desdenham totalmente o ouro. Quando me encontrava em Pilões vi chegar um bando desses garimpeiros nômades. Eles não permaneceram no arraial, apressando-se a seguir caminho e em estabelecer-se 8 léguas mais adiante, na confluência dos rios. Outros decidiram subir o Rio Claro até a sua

---

(26) Pohl, Reise, I, 422.
(27) Ob. Cit.
(28) Ob. cit., 428.
(29) Por decreto de 1° de Julho de 1833 foi instalada uma escola primária no Arraial de Pilões ou, se preferir, do Rio Claro (Mill. e Lep. Mour., Dicc. Braz., II, 401) Se essa escola puder ser confiada a um mestre dedicado e de espírito religioso, certamente irá produzir bons frutos.

nascente, que ainda não era conhecida (1819). Levavam algumas provisões, mas como estas não durariam até o fim da temporada, pretendiam recorrer à caça para o próprio sustento. Dessa forma o lugarejo de Pilões me mostrou uma imagem do que devia ser o interior do Brasil quando começaram a ser descobertas as minas de ouro.⁽³⁰⁾

Há três maneiras diferentes de extrair o ouro e os diamantes do Rio Claro.

O processo chamado de *canoa* consiste em fazer escoar um filete de água tirada do rio por uma calha a que dão o nome de canoa, na qual foi colocado cascalho, ⁽³¹⁾ e a revolver este, arrastando-o constantemente para o lugar onde a água cai. O ouro acumula-se sob a queda d'água, as partículas de terra se desagregam e escorrem, e os diamantes ficam no meio do cascalho, perfeitamente visíveis. Esse processo é praticamente o mesmo usado em Minas nas grandes lavras de ouro e de diamantes. ⁽³²⁾

Outros garimpeiros se limitam a empregar o que é chamado de cuiacá. Trata-se de um trapézio estreito, de cerca de dois palmos de largura por 2 pés de altura, armado à beira do rio com dois pedaços de pau, de modo que o lado mais estreito, que é aberto, fique mais perto da água e paralelo a ela. Enche-se o cuiacá de cascalho e despeja-se nele água tirada do rio, em seguida revolve-se o cascalho com as mãos, empurrando-o para a base do trapézio. A água, carregada de partículas de terra, escoa-se pelo lado aberto, repetindo-se a operação até que o cascalho fique bem lavado.

O terceiro processo, chamado de *bateia* ⁽³³⁾ se reduz a apanhar a areia do rio e lavá-la ali mesmo, na própria bateia em que foi recolhida. Essa é a forma geralmente usada pelos faiscadores que trabalham isoladamente à beira dos córregos.⁽³⁴⁾

É nos pontos mais profundos e sob as pedras que afloram à superfície na época da seca que se encontram diamantes em maior profusão. Os garimpeiros que se restringem ao processo mais simples, o da bateia, geralmente vão lavar o cascalho nesses pontos. O minerador de diamantes dotado de um pouco de prática percebe a existência dessa pedra preciosa pela presença de certos seixos que sempre a acompanham e que são chamados de *escravos dos diamantes ou pingo* d'água. ⁽³⁵⁾

O único policiamento que pode ser feito junto aos garimpeiros, uns permanentes, outros esporádicos, residentes em localidades diferentes, é através da ação do destacamento acantonado, como já tive ocasião de dizer, no lugarejo de Pilões. Esse destacamento é composto de quatro pedestres e de um comandante, pertencente à companhia de Dragões (1819). Esses militares são encarregados de examinar os documentos das pessoas em trânsito, de perseguir desertores e criminosos que tentam refugiar-se na Província de Mato Grosso, enfim, de impedir que os mercadores que saem de Goiás para essa província levem uma quantidade de ouro em pó acima da que necessitam para a viagem. A razão de ter sido tomada essa medida é que o ouro em pó circula tanto em Mato Grosso quanto em Goiás (1819), e poderia ser transportado facilmente de uma província para outra. Entretanto, como as capitanias retiram de suas rendas as verbas para as despesas, o governador de Goiás, Fernando Delgado, restringiu

---

(30) Ver minha *Introdução à História das Plantas mais Notáveis do Brasil e do Paraguai*.

(31) Os mineradores designam por esse nome, como já disse em outro relato, uma mistura de pedras e areia que contém partículas de ouro ou diamantes.

(32) Ver Viagem pelas Províncias do Rio de Janeiro, etc. e *Viagem ao Distrito dos Diamantes e litoral do Brasil*.

(33) Não é patca, como escreveram Pohl e Martius. Também não se deve escrever cascalhão como fizeram o primeiro deles e Mawe.

(34) *Viagem pelas Províncias do Rio de Janeiro*, etc.

(35) Não colhi esses nomes no local. Ao invés, baseei-me nas informações de Pohl, que identifica os *escravos dos diamantes* com o *thoneisenstein* (segundo Delafosse, uma variedade compacta da Iimonita de Beudant ou do óxido hidratado de ferro de Haüy). Quanto aos pingos-d'água, diz ele que se trata de fragmentos de quartzo. O mesmo autor acrescenta que essas pedras são consideradas, na região, como matrizes do diamante e do ouro (Reise, I, 427).

a saída do ouro para fora das fronteiras de sua província [36] a fim de que a coleta do quinto fosse mais produtiva em seu governo. Mas as características da região tornaram sua medida inteiramente inócua, pois o Rio Claro, que é vadeável em qualquer ponto no tempo da seca, só tem um posto de fiscalização. Quando um mercador deseja ir ao Mato Grosso levando uma quantidade de ouro acima da permitida, ele atravessa o rio onde passa a estrada e manda um de seus homens atravessá-lo mais acima ou mais abaixo com o contrabando de ouro. Os criminosos que procuram subtrair-se à justiça fugindo para uma província ou outra encontram igualmente poucos obstáculos a isso. Na realidade, o Rio Grande, que passa a cerca de 25 léguas de Pilões e serve de limite entre Goiás e Mato Grosso, nunca é vadeável. Mas os fugitivos constroem jangadas com pedaços de pau ou troncos de buriti e atravessam o rio em pontos distantes da estrada principal, onde fica acantonado, do lado do Mato Grosso, um destacamento de soldados subordinado a essa província.

Durante minha permanência em Pilões vieram oferecer-me alguns diamantes. Contudo, não era justo que eu, estando sob a proteção do governo brasileiro, fosse contribuir para burlar as suas leis. Esse escrúpulo não deixava de ter algum mérito, pois estou certo de que ninguém ali acreditaria que minhas razões para não comprar os diamantes fossem essas. De resto, não posso gabar-me de estar inteiramente isento da pecha de contrabandista. Um pobre menino de uns seis ou sete anos, de roupas esfarrapadas, entrou um dia no meu quarto e me perguntou timidamente: "O senhor não quer comprar o meu diamantezinho?" "E quanto vale ele?" eu quis saber. "Quatro vinténs", respondeu o menino. Dei-lhe os 4 vinténs e ele me entregou uma minúscula e faiscante pedrinha. Aliás, esse arremedo de contrabando não deu bom resultado. Guardei o diamante dentro de minha pasta, e poucos momentos depois já o tinha perdido.

Quiseram vender a José Mariano, por 40.000 réis, um diamante pesando meia-pataca (9 decigramas), que ele me disse ser de primeira água.

Como já foi visto, o Rio Claro, de que tanto falei neste capítulo, ainda não é totalmente conhecido (1819), e suas nascentes são praticamente ignoradas.[37] Esse rio corre mais ou menos do sudeste para o noroeste, recebendo vários afluentes, entre os quais o Rio Fartura[38] e o Rio dos Pilões, e indo desaguar, após um percurso não muito extenso, no Rio Grande. No tempo da seca o Rio Claro é vadeável abaixo de Pilões e provavelmente em muitos outros pontos. Mas na estação das chuvas e mesmo no período imediatamente posterior, suas águas aumentam de volume e se tornam céleres, só podendo então ser atravessado de canoa. Nessa época a travessia não é livre, sendo cobrada uma taxa por conta da Fazenda Real. O Rio Grande, no qual deságua o Rio Claro, é um curso d'água de enorme extensão que separa a Província de Goiás da de Mato Grosso e tem quase o comprimento da primeira. Parece que na sua origem ele se chama Rio Bonito; depois de receber o Coiapós e o Rio dos Barreiros[39]

---

(36) Como já foi visto, o ouro em pó não pode de maneira alguma entrar nas províncias onde ele não circule como moeda.

(37) Pohl diz que ele nasce na Serra dos Coiapós, mas essa serra é também quase desconhecida. Mais recentemente Matos escreveu que suas nascentes ficavam numa serra atualmente denominada Serra das Divisões, da qual se sabe também muito pouca coisa, aparentemente. Milliet e Lopes de Moura situam sua nascente na Serra de Santa Marta (Dicc, Braz., I, 276), sobre a qual reinam igualmente grandes dúvidas, mas que para Matos seria a mesma Serra das Divisões.

(38) Casal, Corog., I, 326.

(39) Esses dois foram tirados a Casal (Corog., I. 326). Milliet S. Alphonge e Caetano Lopes de Moura concordam com esse geógrafo no verbete *Bonito* de seu dicionário, com a diferença de que situam o Rio dos Barreiros mais próximo da nascente de Bonito que o Rio Coiapó (Dicc. Braz., I, 156). Quando falam, porém, do Araguaia (ob. cit.), eles dizem "que este último deve sua origem ao Ribeiro Caiapós, cuja nascente fica na serra do mesmo nome, passando ele a chamar-se Araguaia quando se torna navegável, depois de engrossado pelas águas dos rios Bonito e Barreiros". De tudo isso resulta claramente que o Rio Grande de Goiás ou, se se preferir, o Araguaia é formado na sua origem pelos rios Bonito, Caiapó e Barreiros, e que, por outro lado, não se sabe muito bem em que ordem estão colocados esses rios. De resto, essas dúvidas não devem causar surpresa a ninguém, pois a região onde correm esses rios ainda é habitada exclusivamente por índios selvagens.

toma o nome de Rio Grande, em seguida passa a chamar-se Araguaia[40] e, engrossado pelas águas de vários riachos e rios, vai desaguar no Tocantins.

Já por várias vezes me queixei dos mosquitos, mas em nenhum outro lugar eles me atormentaram tanto quanto no Rio Claro. Tinha ido banhar-me nesse rio, e enquanto o sol se manteve alto os mosquitos pouco me atacaram; tão logo, porém, o dia começou a declinar, miríades de borrachudos me deixaram o corpo em fogo. Minhas roupas tinham sido deixadas a uma certa distância, e eu me achava quase louco quando cheguei ao lugar onde as largara.

Eu pretendia fazer uma coleção de peixes da Província de Goiás, e em Vila Boa me tinham dito que em nenhum outro rio havia uma variedade tão grande quanto no Rio Claro. Logo que cheguei ao lugarejo de Pilões dei a conhecer ao comandante o meu desejo de formar uma coleção com o maior número possível de espécies. Imediatamente ele pôs vários pescadores em campo, mas como nenhum deles tivesse voltado e eu não encontrasse quase nenhuma planta nos arredores do povoado, resolvi não prolongar minha estada ali por mais tempo.

---

(40) Pode-se sem nenhum inconveniente adotar o nome de Araguai,* ao invés de Araguaia, mas é preciso tomar cuidado, como já advertiu Balbi (*Geografia Universal*), para não confundi-lo com o Uraguai ou Uruguai, como já aconteceu centenas de vezes. O Uruguai é o rio que, ao reunir-se ao Paraguai, forma o Rio da Prata. Convém também não confundir o Rio Grande, que é o começo do Araguaia, com uma multidão de outros do mesmo nome encontrado em diversas províncias do Brasil, principalmente com o que tem sua nascente na Comarca de S. João Del Rei e vai desaguar no Rio Prata. Pizarro demonstrou, através de vários proquós, como é lamentável que um mesmo nome tenha sido dado a rios diferentes (ver Mem. Hist., IX, 53). Também Warden, um excelente pesquisador, foi levado a confundir, por uma semelhança de nomes, um rio de Minas com a Província de Piauí.

(*) Esta forma não é aceita atualmente (M.G.F.).

CAPÍTULO VII

VOLTA À VILA BOA

O autor retorna a Vila Boa pelo caminho direto. Firmiano adoece ao comer mel silvestre. Informações gerais sobre a viagem do Rio dos Pilões a Vila Boa. Como se reconhecem os locais onde os tropeiros fazem pouso quando não há habitações nas proximidades. Noite passada ao ar livre em Mamoeiros. Terras situadas entre Mamoeiros e o Rancho do Guarda-Mor. Rastros de onça. O Rancho. Terras situadas depois dele. Vegetação singular. Pousada ao ar livre em local pitoresco. Converga com Firmiano sobre o teu piolho-gigante. Fazenda do Jacu. As terras despovoadas nas vizinhanças de Vila Boa. A razão disso. Vista que se descortina nos arredores da cidade. Chegada. O governador da província finge não acreditar no contrabando de diamantes do Rio Claro. Visita a um missionário. O esforço feito para mantê-lo em Goiás contra a tua vontade. O Abade Luís Antônio da Silva e Sousa. Método de clarificação da cera indígena. O Conde da Barca. Temperatura. Descrição das queimadas dos pastos.

Eu havia iniciado a viagem ao Rio Claro com a intenção de prosseguir até o Rio Grande, o qual, como já disse, forma o limite das Províncias de Goiás e Mato Grosso. Mas como eu teria de atravessar durante quinze dias, no percurso de ida e volta, terras descampadas e totalmente despovoadas, onde, à semelhança das que percorrera até ali, eu não podia contar com nenhum recurso, resolvi desistir dessa viagem. Deixei, pois, o lugarejo de Pilões (15 de julho de 1819) para retornar a Vila Boa. Ao invés, porém, de tornar a passar por S. José, segui pelo caminho direto, que ainda não conhecia e é usado pelas tropas de burros que fazem a rota Mato Grosso-Goiás.[1]

Matos, que estudou com tanto zelo e sucesso a topografia de Goiás, examinou cuidadosamente vários itinerários manuscritos, de Vila Boa ao Rio Claro, encontrando neles diferenças consideráveis. Isso não deve causar surpresa, pois só nas regiões habitadas pelo homem é possível chegar a um conhecimento perfeito das distancias e fixar os nomes dos lugares. Quando, de passagem por essas regiões, o viajante se engana a respeito do nome de uma cidade ou de um rio, logo encontrará quem desfaça o equívoco; mas se atravessa terras despovoadas e não consegue guardar na memória os nomes que lhe foram dados previamente, é inevitável que persista no erro, acabando por transmiti-lo a outros que por ali passem depois dele. Encontrei *Boa Vista, Mamoneiras* — que talvez seja *Mamoeiros* — e *Guarda-Mor* no itinerário de Luís d'Alincourt (Mem. viag., 149) e no de A. Seixo de Brito, copiado por Matos (Itin., II, 94). Mas não vi neles referências a Jacu, que faz parte do meu. É bem provável, pois, que a partir de Guarda-Mor eu tenha tomado outro caminho. Se esses autores tivessem encontrado em seu trajeto uma fazenda habitada e de razoáveis pro-

---

(1) Itinerário aproximado de Pilões a Vila Boa, pela estrada de Mato Grosso:
De Pilões ao rio do mesmo nome........................1 légua
Desse rio até Mamoeiros....................................3 léguas
De Mamoeiros até o Rancho do Guarda-Mor.....4 léguas
Do Rancho até Dona Antônia............................4 léguas
De Dona Antônia até Jacu (propriedade)............4 léguas
De Jacu até a cidade de Goiás...........................5 léguas

21 léguas

porções como a de Jacu, eles não teriam deixado de mencioná-la, já que não omitiram nem o mais insignificante riacho.

Como, antes da partida, tivéssemos levado muito tempo para encontrar nossos burros, Firmiano, conforme seu costume, foi procurar mel silvestre nos pastos. Encontrou no chão um ninho de abelhas pretas e voltou com um grande pote cheio de mel, de sabor ácido e detestável. Ao que parece, ele comera uma quantidade exagerada desse mel, pois começou a vomitar e quando chegamos ao Rio dos Pilões, que como já foi dito atravessa a estrada, ele estava muito pálido e impossibilitado de prosseguir a viagem. Paramos, pois, pela segunda vez à beira desse rio, e com algumas xícaras de chá o doente logo ficou bom.

Do Rio dos Pilões a Vila Boa contam-se 20 léguas. Não consegui fazer em menos de cinco dias esse percurso, do qual darei um apanhado geral. A região é sempre montanhosa, apresentando ora matas, ora trechos descampados. As primeiras são mais extensas do lado de Pilões, mas nas proximidades de Vila Boa, onde o solo é pedregoso, são os campos que predominam. Nestes as árvores são menos altas e dispostas com menos regularidade do que nas terras planas. Ora elas se mostram em grupos compactos, ora crescem muito separadas umas das outras. No seu meio vi uma pequena palmeira cujo tronco, coberto de grossas escamas, termina num tufo de folhas, do centro do qual sai um broto ereto e fino como uma flecha, elevando-se a uma altura de 1,5 a 2 metros.[2] Quanto ao resto das árvores, a maioria eu já tinha visto em regiões semelhantes, como por exemplo as *Qualea, a Roupala* n.º 820, o *pau d'arco*, as mesmas *Malpiguiáceas*, etc. À época de minha viagem, a folhagem da maior parte dessas árvores estava seca e amarelecida. Algumas, porém, como a claraíba* e o *pau d'arco*, embora totalmente despojadas de suas folhas, estavam cobertas de flores. As paineiras-do-campo (*Pachira marginata*)** já começavam a frutificar, apesar de ainda não terem folhas. O verde das matas era, pelo contrário, muito bonito, e em alguns lugares de um viço extraordinário. Uma profusão de arbustos forma, entre as árvores, uma espessa cobertura entrelaçada por grossos cipós. Essas matas têm ainda a enfeitá-las uma enorme variedade de palmeiras, que infelizmente, à época de minha viagem, não apresentavam nem flores nem frutos. Nos trechos descampados o calor era insuportável, mas nas matas eu encontrava sombra e um agradável frescor, proporcionado por numerosos e límpidos riachos. O caminho dentro da mata, muito pedregoso e quase sempre obstruído por galhos e troncos caídos, não passa de uma trilha bastante estreita, devendo tornar-se impraticável na estação das chuvas, por causa da lama e dos riachos, que então se transformam em correntes caudalosas.[3] No entanto, é o único caminho pelo qual a Província de Mato Grosso se comunica por terra com as outras. E ainda que, partindo das vizinhanças de Porto Feliz, na Capitania de S. Paulo, seja possível chegar ao Mato Grosso por via fluvial, poucas pessoas dispõem de suficiente perseverança e coragem para tentar uma navegação tão difícil. Todas as terras que atravessei desde a Fazenda d'El Rei até o Rio dos Pilões são sem dono. O trecho que vai desde esse rio até a Fazenda de Jacu, situada a 5 léguas de Vila Boa, não pertence igualmente a ninguém (1819). No entanto, toda essa grande

---

(2) Os moradores da região chamam essa palmeira de macaúba. Ver o que escrevi no capítulo seguinte.

(*) O nome vulgar correto é caraíba ou caraibeira (M. G. F.)

(**) Provavelmente hoje colocada em gênero diferente (M. G. F.).

(3) O Dr. Pohl teve extrema coragem de fazer essa viagem no mês de fevereiro, mas ele e seus acompanhantes retornaram a Vila Boa com febre. Entretanto vicissitudes desse tipo devem ter contribuído para abreviar a vida desse homem extraordinário. Algumas pessoas que se viram colocadas por circunstâncias favoráveis e nenhum esforço próprio, em posições privilegiadas já disseram que os naturalistas se acham suficientemente recompensados pelos prazeres que desfrutam em suas viagens! "Meus frágeis amigos", diz ingenuamente o amável Léry, "teriam os senhores intenção de empreender uma tal viagem para viver dessa maneira? Eu não lhes aconselharia semelhante coisa!... Gostaria muito de lhes pedir que, quando falassem do mar e sobretudo das viagens, os senhores condescendessem em dar a palavra àquele que, enfrentando duros trabalhos, têm conhecimento prático das coisas." (Hiet., 3.ª ed.)

extensão de terras cobertas de matas e de excelente qualidade poderia ser facilmente cultivada, e com grande proveito. Entre Jacu e a sede da província encontrei duas casas semi-arruinadas, mas entre o Rio dos Pilões e Jacu não se vê nenhuma habitação (1819), e embora eu me achasse numa das estradas mais importantes do Brasil fui forçado a dormir ao relento quatro noites seguidas. Vi-me constantemente assaltado por nuvens de mosquitos que, principalmente nos pontos de parada, não me deixavam trabalhar em paz. Borrachudos, carrapatos, mutucas e várias espécies de abelhas me cobriam o rosto e as mãos, entravam-me nos olhos e ouvidos. Contudo, esses insetos não surgiam todos de uma vez. Mal o sol se levantava, eram as mutucas que vinham atormentar-nos, sendo substituídas à tarde pelas abelhas, pernilongos e borrachudos. Depois que o sol se punha não se via um único borrachudo ou uma só abelha, mas ainda restavam os pernilongos e os carrapatos. No primeiro dia encontrei um homem que se dirigia ao Rio Claro, no segundo não vi absolutamente ninguém e no terceiro cruzei com um jovem oficial que tinha sido enviado a Vila Rica, na Província de Minas, pelo governador de Mato Grosso e estava de volta ao seu lugar de origem. Não encontrei nenhuma tropa de burros. Depois que deixei Meia-Ponte só passei por uma tropa, que já mencionei, e durante minha permanência em Vila Boa não chegou ali nenhuma, o que vem mostrar como é escasso o intercâmbio entre Mato Grosso e Goiás.[4]

Darei agora alguns pormenores sobre a viagem.

Depois do Rio dos Pilões, num trecho de 3 léguas, passei ora por campos, ora por matas, mas não vi nenhuma planta em flor.

Identifiquei o lugar chamado Bela Vista como sendo um dos pontos onde os tropeiros costumam fazer alto. Esses locais são facilmente reconhecíveis pelos vestígios das fogueiras e as estacas fincadas no chão, onde são amarrados os animais. É sempre à beira dos córregos e geralmente debaixo de árvores copadas que são armados os pousos, e em vários desses locais encontrei barracas feitas com folhas de palmeira, deixadas pelos viajantes.

Como Boa Vista fica apenas a 2 léguas do Rio dos Pilões, continuei o caminho até o pouso seguinte. O de Mamoneiras,[5] onde parei, consiste numa pequena clareira ensombrada por árvores copadas, e fica também situado à beira de um riacho.

Eu já disse que a estrada que vai da Aldeia de S. José ao Rio dos Pilões atravessa, depois de Porco Morto, uma longa planície entre duas fileiras de montanhas. Entre Mamoneiras e o Rancho do Guarda-Mor, onde parei, a estrada passa a meia-encosta de uma dessas séries de morros, e dali pude avistar a proeminência em forma de fortaleza, a que já me referi, coroando um dos morros do lado oposto. Nada havia para ver, nem a mais humilde choupana, nem gado, nem caçadores, e no entanto não se podia dizer que aquelas solidões inspirassem melancolia, pois a luminosidade do céu bastava para embelezar tudo. Além do mais, o viajante encontra permanente distração nas singulares variações da vegetação, com suas maravilhosas diferenças de forma e de folhagem. Os trechos descampados, de terras baixas e úmidas, mostram-se pontilhados de buritis, que se elevam majestosamente a altura consideráveis. Finalmente, os

---

(4) Diz Matos que, na estrada que liga Pilões à cidade de Goiás, o viajante corre o risco de ser atacado pelos Coiapós de S. José disfarçados de selvagens. Isso teria ocorrido por volta de 1825. De acordo, porém, com o mesmo escritor, havia nessa época, no Arraial de S. José, apenas 140 índios. Ora, considerando-se esse número não podia haver mais de 30 homens em condições de realizar assaltos desse tipo, e me parece que esses 30 homens poderiam ser facilmente contidos pelos seus guardas. É bem provável, pois, que a história de Matos não passe de uma invenção dos moradores da região que tinham aversão aos Coiapós. Quando viajei pela Província do Espírito Santo, ali também se dizia que os índios, muito amigos dos portugueses em Minas, se comportavam hostilmente no litoral (ver meu segundo relato, *Viagem ao Distrito dos Diamantes* e Litoral do *Brasil*).

(5) Mais provavelmente Mamoeiros ou Mamoeiras, como já tive ocasião de dizer.

morros vizinhos, com suas encostas cobertas de matas ou cumes rochosos talhados a pique, contribuem para modificar a cada momento a paisagem.

Surpreendeu-me muitas vezes encontrar tão poucos mamíferos nas vastas solidões que eu percorria. Mas poucos dias antes de chegar a Guarda-Mor, meus acompanhantes viram vários cervos, tendo depois matado um macaco, cuja carne achei bastante saborosa. Finalmente, durante grande parte da noite que passamos em Mamoneiras ouvimos os uivos do guará (*Canis campestris*, Neuw. ex Gervais). Antes de chegarmos a esse pouso, nossos burros começaram a mostrar relutância em prosseguir caminho. Farejavam à direita e à esquerda, e pareciam inquietos e assustados. Meus ajudantes garantiram-me que esses sinais de temor indicavam que uma onça (*Felis* Onça) acabara de passar por ali. Eles não estavam enganados, pois no dia seguinte, antes de chegarmos a Guarda-Mor, percebemos na areia os rastros desse feroz animal.

Encontramos em Guarda-Mor um pequeno rancho coberto de folhas de palmeira, que fora construído para receber um ilustre personagem, João Carlos Augusto d'Oyenhausen, quando deixou o governo da Província de Mato Grosso, pouco tempo antes, para governar a de S. Paulo, onde o encontrei mais tarde. Tivemos sorte em contar com esse abrigo, que no entanto era aberto de todos os lados, permitindo que os mosquitos nos importunassem bastante.

No dia seguinte as matas se tornaram mais escassas, e nos descampados o calor se mostrou insuportável. A nossa direita tínhamos a Serra Dourada, cujos contornos produziam um belo efeito na paisagem.

Nesse dia atravessei vários córregos, cujas águas eram de uma limpidez sem igual. De um modo geral eu encontrara até então, na Província de Goiás, água tão boa e tão abundante quanto a de Minas.

No meio de uma das matas que atravessamos observei o curioso efeito causado por uma árvore que crescera de maneira singular. Nessas matas há em abundância uma palmeira de tronco grosso e curto, o qual fica encoberto pelas folhas velhas desde a base e termina num esplêndido penacho de longas folhas aladas, de um verde muito bonito. Uma árvore que nascera junto a uma dessas palmeiras tinha contornado o seu tronco em espiral ascendente e ao chegar ao topo projetara para o alto uma haste ereta e fina, cuja ponta se bifurcava em numerosos ramos.

A 4 léguas de Guarda-Mor paramos num lugar que provavelmente ainda não tinha nome e que eu particularmente batizei de Pouso de Dona Antonia.[6] Colocamos nossas coisas num barranco, à sombra de algumas árvores. Logo abaixo passava um riacho de águas claras, e do outro lado se estendia uma vasta planície coberta de matas. Perto de nós, grupo de buritis se projetava, imponente, acima de uma baixada pantanosa, e toda a paisagem era dominada pela Serra Dourada, encimada por rochas abruptas, que formam no topo uma espécie de plataforma. Era uma soberba solidão.

---

(6) Era esse o nome de minha irmã. Antoinette de Salvert, de cujo falecimento fui informado no momento em que parti do Rio de Janeiro. Antoinette era dotada de uma suave jovialidade, a que se juntavam um temperamento sempre afável, um espírito cultivado e uma memória extraordinária. Ainda que bastante jovem, era pouco expansiva, mas tornava felizes os que com ela conviviam e era adorada pelos camponeses de sua aldeia. Eu havia contribuído para a sua educação, e jamais um irmão foi mais ternamente amado do que eu. Não fossem as minhas constantes ocupações, que me faziam esquecer de mim mesmo, eu não teria podido resistir à minha dor. Desejara ardentemente passar o resto de meus dias junto dela, e quando soube que ela me tinha sido arrebatada não tive mais desejos nem esperanças. A vida perdera todo o seu encanto para mim. Durante minha viagem a Minas minha irmã estivera sempre presente em minha lembrança, e alegrava-me saber que poderia contar a ela um dia todas as coisas que me aconteciam. Vivia exclusivamente por ela e para ela. Quando a perdi, pareceu-me que me achava sozinho no mundo. O presente era triste e tedioso, o futuro me assustava. Temia voltar para a França, onde não mais tornaria a vê-la... Se me tivesse sido possível construir um abrigo para os tropeiros no lugar que descrevi aqui e a que dei o nome de Pouso de Dona Antônia, esse nome acabaria adotado pelos moradores da região. Agora ficará perdido nas folhas deste Livro. Todavia, agrada-me pensar que, se algum dia um viajante que o tiver lido passar pelo mesmo local, o nome de Dona Antônia não deixará de lhe vir à lembrança.

Nessa viagem, perguntei um dia a Firmino, que era um Botocudo; por que se mostrava tão alegre agora, se quando percorríamos o litoral ele vivia tristonho.

— É porque — respondeu-me ele — quando viajamos ao Rio Doce o meu piolho não nos acompanhou, e agora ele está aqui comigo.

— E que piolho é esse?

— É um piolho do tamanho de um rato, que me segue por toda parte. Só o vejo durante a noite, quando estou dormindo, mas às vezes passa muitas noites sem aparecer. Quando quer conversar comigo, agarra-se aos meus cabelos e me fala ao ouvido.

— Que te diz ele?

— Diz o que devo fazer e ralha comigo quando mereço. Por exemplo, ele me fez muitas censuras no Rio de Janeiro, quando quebrei uma porção de pratos.

Ele te fala a meu respeito?

— Muitas vezes, e me diz que o senhor é muito bom.

— Na sua tribo todos têm também um piolho assim?

— Alguns têm, outros não. Meu pai não tem, mas minha tia, sim.

Esse diálogo que acabo de transcrever vem provar que, se os Botocudos não têm nenhuma ideia de Deus, pelo menos acreditam em espíritos.[7]

Depois de termos deixado para trás o belo e solitário trecho que descrevi mais acima, atravessamos ainda matas e campos. Finalmente, rastros de gado nos anunciaram que estávamos perto de alguma propriedade, e de fato chegamos a uma fazenda denominada Jacu, onde fomos muito bem recebidos. Instalaram-me numa das dependências da fazenda, bastante espaçosa, onde era feita a farinha de mandioca. Nosso alojamento nada tinha de confortável, mas me dei por muito feliz de poder trabalhar sem ser devorado pelos mosquitos ou castigado pelos ardores do sol. Além do mais não foi preciso que eu me estorricasse ao pé de um fogo durante a noite, para não gelar de frio.

Entre a fazenda do Jacu e Vila Boa, num trecho de 5 léguas, andamos quase que só através de campos, onde o calor se fazia sentir de maneira intolerável. Nesse dia, e sobretudo na véspera, passamos por várias baixadas pantanosas onde cresce o buriti, que serve de abrigo a duas magníficas espécies de arara — a que tem a plumagem inteiramente azul e uma outra, de manto azul e ventre amarelo (*Psittacus hyacinthus* e *P. Ararauna*).[8]

Entre as árvores enfezadas dos campos notei algumas cujos ramúsculos eram muito grossos, escassos e rombudos nas pontas. Observei nessa ocasião que não havia olhos nas axilas das folhas desses ramos, que se desenvolviam simplesmente através dos gomos terminais. O reduzido número desses ramos e a grossura de sua casca, muito semelhante à do sobreiro, vem corroborar essa minha observação. Seria conveniente, entretanto, que fosse também ratificada pelos botânicos que vieram mais tarde a percorrer esses campos.[9]

---

(7) Se me for permitido continuar meus trabalho, pretendo narrar mais tarde, com mais minúcia, o final da história de Firmino. Por enquanto direi que, desejamos dar o meu apoio à liberdade dos índios, ofereci a esse rapaz a seguinte opção antes de voltar para a Europa: embarcar comigo ou voltar para o meio do seu povo. Ele escolheu a segunda alternativa, e encarreguei então o prestimoso Laruotte de acompanhá-lo. Firmino caiu doente em Contendas, em pleno sertão, na casa do meu estimado amigo o Vigário Antônio Nogueira Duarte. Aproximava-se a estação das chuvas. O Vigário aconselhou Laruotte a ir embora, prometendo-lhe que mandaria o Botocudo de volta à sua terra. Nunca mais tinha ouvido falar nele quando li, nos *Souvenirs* do Conde de Suzannet, que ele tinha morrido de sarampo no meio do seu povo. Se este livro chegar até o sertão, como ocorreu com o meu *primeiro* relato, o vigário Nogueira Duarte ficará sabendo que me senti tão grato quanto comovido pelas mostras de consideração que me deu ao se esforçar por cumprir fielmente a sua promessa.

(8) Já disse antes que estas duas espécies de araras vivem nos buritis e alimentam de seus frutos. Chamei também atenção para o curioso erro em que incidiram o ilustre Marcgraff e, depois dele, todos os naturalistas, com referência ao nome desses pássaros (*Viagem pelas Províncias do Rio de Janeiro, etc.*).

(9) Isso é tanto mais importante quanto fui levado, por outras observações, a escrever o que se segue: "Se o rebento nem sempre se desenvolve, pelo menos deve sempre haver dele um embrião. Eu, pelo menos, encontrei-o todas as vezes que o procurei com atenção. As gramíneas que crescem nos trópicos, dotadas de grande energia vital, são geralmente ramosas. As dos climas

Entre a fazenda de Jacu e a cidade de Goiás encontramos apenas, como já disse, duas casas em ruínas. Em toda parte, na Europa, a proximidade das cidades é anunciada por um número crescente de habitações e por lavouras mais bem cuidadas. O mesmo acontece nas cidades do Litoral do Brasil, cuja localização foi previamente determinada por ser favorável ao comércio e à agricultura. Nas regiões auríferas, os arraiais e cidades foram construídos onde o ouro era mais abundante, sendo esse o fator determinante na sua fundação. Sob outros aspectos, porém, a sua localização se mostra — como acontece com Vila Rica (Cidade de Ouro Preto) e Vila Boa — o mais desfavorável possível. O sistema de agricultura dos brasileiros não permite o cultivo de outras terras senão daquelas onde há matas. Em consequência, os campos vizinhos de Vila Boa, beirando a estrada de Mato Grosso, permaneceram despovoados.

Não se deve imaginar, entretanto, que mesmo na situação atual não se possa tirar nenhum partido das terras circunvizinhas da cidade. Há ali terrenos salitrosos, muito favoráveis à criação de gado. No entanto, no reduzido número de propriedades que existem nas redondezas, o sal só é dado ao gado muito raramente, e apenas com o intuito de fazer com que os animais aprendam a conhecer a casa do seu dono.

Do alto dos morros vizinhos a vista abarca a cidade toda. Vê-se que ela tem formato alongado, achando-se localizada num vale e encostada a alguns morros. Verifica-se, também, que do lado oposto desses morros, até a Serra Dourada, o terreno é irregular mas bem menos elevado.

Antes de deixar a cidade de Goiás eu tinha pedido ao Coronel Francisco Leite, a quem já me referi, que guardasse para mim a casa onde eu me tinha alojado. Não tive, pois, ao voltar nenhum dos problemas que sempre encontro ao chegar a uma cidade.

Quase que imediatamente após apear do cavalo fui visitar Raimundo Nonato Hyacintho, que me recebeu tão amavelmente quanto da minha primeira passagem pela cidade.

Saindo dali fui à casa do governador, onde tive igualmente cordial recepção. O governador não parecia estar muito convencido de que havia contrabando de diamantes do Rio Claro, talvez porque considerasse absurdo punir essa infração. É evidente que só pude abordar muito de leve um assunto tão delicado. Fernando Delgado não parecia acreditar também que os garimpeiros do Rio Claro fizessem uma diária de 1.200 a 1.500 réis, e pretendia provar isso dizendo que eles eram extremamente pobres. Julgava-os segundo o padrão europeu, e não imaginava que esses homens imprevidentes gastam o dinheiro à medida que o vão recebendo. Em consequência, quando termina a época da fartura eles não têm nada.

Quando saí do palácio já era noite. É nessa hora que as mulheres de todas as raças se espalham pelas ruas. Fui visitar o missionário, e encontrei o seu quarto cheio de pobres mulheres que ali tinham ido pedir-lhe para benzer seus filhos doentes. No princípio, disse-me ele, essas visitas noturnas lhe pareceram bastante impróprias, mas o governador lhe tinha assegurado que ninguém iria encontrar nisso motivo para mexericos. Dissera-lhe também que se ele se recusasse a receber as mulheres à noite, nenhuma delas iria procurá-lo durante o dia, o que as privaria de um consolo que a caridade impunha a ele proporcionar.

O Padre Joseph deveria deixar a cidade dali a oito dias. Na véspera da sua partida, ao sairmos juntos do palácio vimos que a praça estava cheia de gente. O povo logo cercou o missionário, e eu consegui escapulir antes que

---

europeus, delgadas e frágeis, quase nunca se ramificam. É bem verdade, porém, que na axila da folha das mais humildes dessas plantas, como, por exemplo, a *Poa annua*, nunca deixei de encontrar um gomo, ao qual bastaria apenas um pouco mais de vigor para que se desenvolvesse" (Morfologia vegetal).

minha passagem fosse barrada. Mais tarde fiquei sabendo que os moradores da cidade e as autoridades municipais queriam forçar o missionário a permanecer ali, mas que ele alegara ter feito voto de obediência e que não podia, sem faltar aos seus deveres mais sagrados e sem se mostrar indigno da estima de todos, deixar de prosseguir viagem até o seu destino final. Não obstante, o povo forçou-o a adiar a partida por dois dias, escondendo os seus burros.

Quando estava em Vila Boa fiquei conhecendo o Abade Luís Antônio da Silva e Souza, [10] que dirigia provisoriamente a Diocese de Goiás, com o título de vigário geral, até que chegasse o prelado oficialmente indicado. O abade era uma homem cortês e modesto, e a ele se devem os primeiros dados estatísticos e históricos sobre Goiás. Emprestou-me o manuscrito de seu notável trabalho intitulado *"Memória sobre o descobrimento, população, governo e coisas mais notáveis da Capitania de Goiás"*, o qual, sem o consentimento do autor, já havia aparecido no Rio de Janeiro, no jornal brasileiro *"O Patriota"* (1814). Casal também teve nas mãos esse manuscrito, e dele se aproveitou sem citar o autor. Pizarro deixou igualmente de citar o seu nome, mas Pohl apressou-se em lhe fazer justiça. Ao escrever este relato só disponho, infelizmente, de uma pequena parte do resumo que fiz do trabalho de Luís Antônio da Silva e Sousa, mas creio que pertence a ele a maioria das citações referentes à história e à estatística de Goiás que tirei de Pizarro e de Pohl.[11]

Durante minha permanência na cidade de Goiás vieram novamente me oferecer diamantes do Rio Claro. Achei-os de uma grande pureza e talvez mesmo superiores aos do Tijuco.[12] É evidente, porém, que se meus escrúpulos não me tivessem impedido de participar do contrabando dessas pedras preciosas, eu as teria adquirido no seu local de origem, e não em Vila Boa, onde seriam compradas de segunda ou terceira mão.

O Conde da Barca, Ministro de D. João VI [13] tinha tentado vários métodos de clarificação da cera indígena, todos sem resultado. Na cidade de Goiás vi um artesão que conseguiu torná-la perfeitamente branca e cujo segredo consistia apenas em derretê-la, retirar a escuma, dividi-la em pequenos blocos e expô-la ao sol. Repetia essa operação até dezesseis vezes, o que levava dois ou três meses, e ao cabo desse tempo a cera ficava quase tão branca quanto a das nossas abelhas domésticas. Usei velas feitas com essa cera, e elas se mostraram satisfatórias. Não obstante, achei sua luz muito mais vermelha do que a das excelentes velas então à venda no Rio de Janeiro. Além disso, faziam mais fumaça e se derretiam mais rapidamente. Devo acrescentar que a cera indígena, mesmo depois de purificada, tinha um gosto amargo. Não me é possível dizer a que abelhas pertencia a cera de Goiás,[14] mas suponho que não se originasse de uma única espécie. Quanto à que nessa época se usava no resto do Brasil, era originária da África. As velas feitas desta última eram mal moldadas e de cor

---

(10) Escrevo sempre Sousa, e não Souza, pois é assim que ele assinou um trabalho intitulado *Memória Estatística*, etc.

(11) Em 1832 o Abade Luís Antônio da Silva e Sousa publicou outro trabalho, com novos e valiosos dados, o qual já tive ocasião de citar várias vezes neste livro. Esse documento intitula-se *Memória Estatística da Província de Goiás dividida pelos Julgados e na forma do Elenco enviado pela Secretaria do Império*, etc.

(12) Ver *Viagem ao Distrito dos Diamantes*, etc.

(13) Ao chegar ao Rio de Janeiro fui muito bem recebido pelo Conde da Barca. Era um homem de valor e de maneiras distintas, que falava o francês com perfeição. Tinha vindo paro o Brasil junto com o Rei, mas quando assumiu o cargo de ministro já se achava, infelizmente, em idade muito avançada e em precárias condições de saúde. Por conseguinte, não teve tempo para conhecer a fundo o país que ia administrar.

(14) É difícil admitir que as abelhas da parte meridional de Goiás, pelo menos na sua maioria, não sejam as mesmas do sertão de Minas *(Viagem pelas Províncias de Rio de Janeiro e de Minas Gerais)*. Gardner, que ao se dirigir de Piauí a Minas passou pelo nordeste da Província de Goiás, diz que as abelhas silvestres são aí extremamente comuns e registra, sob o seu nome vulgar, dezoito espécies desses insetos, cuja maioria pertence – afirma ele – ao gênero *Mellipona*, Illig. Entre as que ele cita, apenas cinco, na verdade, estão incluídas na lista que fiz das abelhas do sertão oriental de Minas. Mas a região de Goiás percorrida por Gardner é bem mais setentrional que a do sertão de Minas por onde passei. A vegetação não é a mesma, como provam as amostras enviadas à Europa por esse naturalista inglês. Entretanto, não é improvável que em regiões distante uma da outra os mesmos insetos tenham nomes diferentes. (Gardner, Travels. 327).

amarelada, mas tinham uma dureza extrema e não se desmanchavam com facilidade, mesmo quando eu trabalhava ao ar livre ou em ranchos abertos.

Quando passei pela segunda vez por Vila Boa (20 a 27 de julho), as manhãs ainda eram frescas e as noites muito agradáveis, mas no meio do dia o calor era terrível. Aliás, essa elevação da temperatura não tinha nada de surpreendente pois os morros que cercam a cidade barram a passagem dos ventos que poderiam refrescá-la, além de refletirem os raios do sol.

Começava então a queimada dos pastos, nos arredores da cidade de Goiás. Como já tive ocasião de dizer, o fogo que consome o capim tem uma cor avermelhada e avança geralmente em várias direções, formando linhas que vão serpeando pelo campo, entre as quais há o intervalo determinado pela distância que separa uma fileira de tufos de capim da outra. Os morros que cercam a cidade me ofereceram certa noite um espetáculo magnífico. Pareciam iluminados por fileiras de lampiões dispostos em vários sentidos. Alguns trechos permaneciam em escuridão total, enquanto outros eram iluminados por um clarão que se refletia sobre toda a cidade. Tão logo o dia amanheceu, tudo se modificou. Uma fumaça avermelhada empestava a atmosfera, o céu tinha perdido a sua luminosidade e o ar se tornara irrespirável. Até então tinha sido queimada apenas uma pequena parte dos pastos, mas me disseram que, quando o fogo se alastra grandes extensões, o calor em Vila Boa, que já é forte, torna-se intolerável.

Fui forçado a ficar oito dias na cidade, a fim de mandar fazer ali várias coisas. Durante todo esse tempo, como ocorrera na minha primeira viagem, jantei no palácio do governador e fiz as outras refeições em casa do Raimundo, sempre cercado por eles de gentilezas e mostras de consideração.[15]

---

(15) A tudo o que já disse sobre a cidade de Goiás neste capítulo e no quarto, acrescento que atualmente está ali instalada a residência do Bispo da Diocese, como ocorrera em outros tempos com a dos prelados: que a Assembleia Legislativa Provincial, composta de vinte membros, também tem ali a sua sede; que a de 1835 instituiu fundos para a construção de um hospital na cidade; que a comarca de que é sede, cuja extensão se acha hoje muito reduzida, tem o nome de Comarca de Goiás; finalmente, que essa comarca compreende, além do distrito da própria cidade, os antigos arraiais de Crixá, Pilar, Meia-Ponte e Jaraguá, que foram elevados a cidade, tendo cada um o seu distrito (Mill. e Lopes de Moura, Dicc. Braz., I, 406 e 407), mas provavelmente não prosperaram muito. Devo ainda observar que a cidade de Jaraguá não se acha incluída entre as que Milliet e Lopes Moura registram, no verbete Goiás de seu dicionário, como pertencentes à comarca cuja sede é a capital da província. Entretanto, não hesito em incluí-la entre as outras, já que no verbete *Jaraguá* (Dicc. Braz., I, 527) aqueles autores afirmam positivamente que essa cidade pertence à Comarca de Goiás.

CAPÍTULO VIII

INÍCIO DA VIAGEM DA CIDADE DE GOIÁS A S. PAULO.
O MATO GROSSO. UMA FAZENDA MODELO.
O ARRAIAL DE BOM FIM

Dados gerais sobre a viagem de Goiás a S. Paulo. O autor passa por outro caminho para ir de Vila Boa a Meia-ponte. Terras situadas depois do Areias. Sítio dos Coqueiros. A palmeira macaúba. Terras situadas depois de coqueiros. França. Descrição geral do Mato Grosso. Monjolinho. As Caveiras, Temperatura. A festa de Pentecostes. Lagoa Grande. A seca. Sítio de Gonçalo Marques. Um bando de ciganos. A fazenda de Joaquim Alves de Oliveira. Retrato do seu proprietário. Descrição de sua casa. Como ele trata seus escravos. O engenho-de-açúcar. As maquinas da descaroçar o algodão o de ralar mandioca. Excelente sistema de cultura. Escoamento dos produtos da terra. Exportação do algodão. A absurda ideia de uma moeda provincial. O autor deixa a fazenda de Joaquim Alves. Descrição geral da região situada entre Meia-Ponte e o Arraial de Bom Fim. Sítio das Furnas. Negociações com a dona da casa. O paiol. Região adiante de Furnas. Sítio da Forquilha. Exibição de prataria. As terras depois da Forquilha. Fazenda das Antas. Comerciantes de Araxá. O missionário. As terras depois da fazenda das Antas. Mudança de temperatura. O lugarejo de Piracanjuba. As terras mais adiante. O Arraial de Bom Fim. Sua localização. Suas ruas, sua praça, sua igreja, suas casas. Suas jazidas. Cultura das terras. Fácil escoamento para os produtos da terra. Poeira vermelha. A festa de N. S.ª da Abadia.

Parti de Vila Boa com a intenção de me dirigir a S. Paulo e em seguida visitar a parte mais meridional do Brasil. A capital da Província de Goiás fica situada, como já disse, a 16° 10', [1] e S. Paulo a 23° 33' 30"[2] de lat. sul e 331° 25' de longitude, partindo do primeiro meridiano da Ilha do Ferro. Ora, deve haver aproximadamente uma distancia de 1 grau e meio, do oeste para o leste, entre o meridiano da primeira dessas duas cidades e o da segunda. Em consequência, para ir de uma à outra segui na direção do sul, com um ligeiro desvio para o leste. Levei três meses para fazer essa viagem, desviando-me quase que unicamente para ir, do Arraial de Bom Fim, até as águas termais denominadas Caldas Novas e Caldas Velhas. Não percorri menos de 242 léguas[3] nessa viagem, incluindo o desvio que acabo de mencionar. Foram setenta dias de marcha e vinte e três de descanso, o que dá em média pouco mais de três léguas e meia por dia, em marcha normal e com burros carregados. Gastei trinta e dois dias para alcançar a fronteira de Goiás, incluindo-se nesse período a visita às águas termais. Ao deixar essa província entrei na de Minas, e após doze dias cheguei finalmente à de S. Paulo. Na Província de Goiás passei pelos arraiais de Meia-Ponte, Bom Fim e Santa Cruz[4] e na de Minas pelos povoados de Pedras, Estiva, Boa Vista e Santana, bem como pelo Arraial de Farinha Podre. Finalmente, em S. Paulo passei pelos arraiais de Franca, Casa Branca e Mogiguaçu,[5] em seguida pelas cidades de Mogi-mirim, S. Carlos e Jundiaí. A

---

(1) Ver o capítulo intitulado *Vila Boa ou a Cidade de Goiás*.
(2) Segundo outros, 24° 30' ou 23° 5'.
(3) Luís d'Alincourt conta 212 léguas pelo caminho direto (Mem. Viag.).
(4) Como Já foi dito, Meia-Ponte recebeu o título de cidade pela Lei provincial de 10 de julho de 1832, Santa Cruz por uma Lei de 1835 e Bom Fim por uma outra de 1836 (Mill. e Lopes de Moura. Dicc. Braz.).
(5) Franca passou a cidade, sob o nome de Vila Franca do Imperador, por um decreto de 1836 da Assembleia Legislativa Provincial de S. Paulo. Atualmente Casa Branca é também cidade (Mill e Lopes de Moura, Dicc. Braz.), mas Moji-Guaçu ainda espera por honra.

estrada tinha sido aberta pouco tempo depois da descoberta de Goiás (1736), ⁽⁶⁾ e por conseguinte data de mais de um século, o que dá também ao viajante a garantia de encontrar um abrigo ao fim de cada jornada. Não obstante, até a cidade de Mogi as terras são despovoadas e incultas, e ao fim de um cansativo dia de viagem eu não tinha, como em Minas, o consolo de poder conversar com um hospedeiro amável, pois os colonos em cuja casa eu me abrigava eram em geral homens rudes, que desconfiavam dos viajantes em consequência da constante passagem por ali das tropas de burros. Até o mês de outubro, época em que entrei na Província de S. Paulo, a seca se fazia sentir em todo o seu rigor. Muitas vezes passei dias inteiros sem avistar mais do que duas ou três plantas em flor, pertencentes a espécies comuns. Os coleópteros tinham desaparecido e os pássaros eram raros. Fui picado por nuvens de mosquitos, e muitas vezes forçado a passar a noite à beira de um rio insalubre, como por exemplo o Rio Grande. No mês de outubro as chuvas começaram a cair, os pastos reverdeceram e se cobriram de flores.⁽⁷⁾ Eu me achava então próximo da zona tropical, mas a vegetação não se mostrava muito mais variada do que a de Minas. Desnecessário é dizer que, numa extensão que compreende mais de 7 graus e passa por regiões equinociais, alcançando terras situadas fora da zona tropical, encontrei grandes diferenças em alguns detalhes da vegetação. Não obstante, durante muito tempo não observei, no seu conjunto, nenhuma modificação. Eram sempre as mesmas matas, alternadas com pastos salpicados de árvores enfezadas. No território de Minas, porém, alguns destes últimos já se apresentavam cobertos exclusivamente de capim. Em breve ultrapassei a região dos buritis, e o capim-flecha voltou a aparecer, caracterizando as pastagens de boa qualidade. Mais adiante, já não vi nos pastos uma única árvore, e finalmente, a pouca distância da cidade de S. Paulo, entrei na *região das florestas*. A flora dos sertões do S. Francisco e do sul de Goiás cedera o lugar a outra.

Já disse, no cap. II, que a estrada de S. Paulo passa por Meia-Ponte. Por conseguinte, fui obrigado a incluir de novo esse arraial no meu itinerário. Entretanto, não existe só um caminho ligando Meia-Ponte a Vila Boa. Há um outro, menos frequentado, e foi esse o que escolhi para a viagem de volta, a fim de passar por uma região que ainda não conhecia.⁽⁸⁾

Já era muito tarde quando terminei os meus preparativos, mas não quis adiar para o dia seguinte a minha partida de Vila Boa, a fim de não dar de novo trabalho aos que tinham ido buscar os meus burros no pasto, que era distante. Segui inicialmente pela estrada que me tinha levado a S. José e ao Rio Claro e cheguei à luz de uma lua belíssima ao lugar denominado Areias, onde dormi de novo ao relento.

Depois de ter andado 3 léguas desde que saíra de Vila Boa, desviei-me do caminho da Aldeia de S. José no lugar chamado Gorgulho e, após contornar a extremidade da Serra Dourada, situada do lado oposto da cidade, tomei outra direção, atravessando uma vasta planície. A paisagem que tive diante dos olhos era muito interessante, com pequenas matas alternando-se com campos pontilhados

---

(6) Ver o livro de viagem de Spix e Martius (vol. I).
(7) Ver meu trabalho *Apercu d'un voyage dans l'interieur du Brésil*, em *Memoires du Muséum*, vol. IX, bem como a *Introdução* de meu trabalho intitulado *História das Plantas mais Notáveis*, etc.
(8) Itinerário aproximado de Vila Boa a Meia-Ponte, pelo caminho menos frequentado:

Até Areias.. 1 légua
De Areias ao Sítio dos coqueiros............... 2 ½ léguas
Dos Coqueiros até Mandinga...................... 4 Léguas
De Mandioga até Monjolinho (habitação).... 5 Léguas
De Monjolinho até Caveiras (habitação)...... 4 Léguas
De Caveiras até Lagoa Grande (casa)......... 3 ½ Léguas
De Lagoa Grande até o Sítio de Gonçalo Marques..... 3 Léguas
Do Sítio até a Fazenda de Joaquim Alves................... 5 Léguas
Da Fazenda até Meia-Ponte ....1 Légua

29 léguas

de árvores mirradas e outros cobertos exclusivamente de capim, o que é raro na região. A Serra Dourada foi ficando para trás, e à minha direita eu via os morros que orlavam a planície.

Tinha feito 2 léguas quando cheguei às margens do Rio Uru, que já mencionei. Atravessei-o por uma ponte de madeira muito mal conservada, como todas as do interior do Brasil.

A pouca distância dessa ponte encontrei uma tropa que se dirigia de S. Paulo a Mato Grosso. Era composta de mais de cem burros, que transportavam variadas mercadorias, sendo a primeira, naquele ano, que vinha diretamente da cidade de S. Paulo. Estávamos então no dia 28 de julho.

Todos os pastos que atravessei haviam sido queimados recentemente. O fogo tinha crestado as folhas das árvores, e uma cinza preta cobria a terra. À exceção das capoeiras, não se via o menor sinal de verde em parte alguma, e no entanto o céu nessa região é de um azul tão luminoso, e a luz do sol tão brilhante, que apesar de toda a sua nudez a Natureza ainda parecia bela.

Nesse dia paramos no Sítio dos Coqueiros, localizado à beira de um córrego e rodeado por uma infinidade de palmeiras, que não difeririam das que eu já tinha visto nas matas vizinhas do Rio dos Pilões, às quais já me referi no capítulo precedente. Como já disse, essa palmeira é chamada ali de *macaúba*. A descrição que fiz dela mostra que é muito semelhante a uma espécie do mesmo nome muito comum no sertão do S. Francisco, a *Acrocomia sclerocarpa* de Martius.[9] Não obstante, eu não afirmaria que as duas árvores sejam idênticas.

Depois do Sítio dos Coqueiros atravessei uma região plana que, até o lugar chamado França, é composta de extensos pastos pontilhados de árvores raquíticas mas que deixa entrever, ao longe, algumas capoeiras. O calor era terrível, e nos pastos que ainda não haviam sido queimados o capim estava inteiramente seco, apresentando uma coloração acinzentada.

Não sei se o lugarejo denominado França tem probabilidade de chegar ao brilhante futuro que o seu nome parece anunciar, mas quando passei por ali não era mais do que um pequeno aglomerado de casebres. Pedimos indicações sobre o caminho aos seus moradores e recebemos informações erradas. Acabamos por nos extraviar, e para grande surpresa nossa fomos parar na Mandinga, a casa onde um mês antes eu tinha assistido à festa de S. João.[10] Mais uma vez passei a noite ali.

No dia seguinte retomei o caminho que tinha deixado. Depois de ter andado 2 léguas através de terras muito planas, onde a estrada era excelente, como na véspera, cheguei ao Mato Grosso, que já descrevi antes.[11] Até então eu tinha percorrido uma região descampada, pontilhada de árvores raquíticas. Pouco antes de começar a mata, as árvores do campo se tornam mais altas e mais juntas umas das outras. Não obstante, a transição de um tipo de vegetação para outro é ali quase tão brusca quanto a que se vê nas proximidades do Sítio da Laje, também chamado de Sítio de Dona Maria.[12]

Atravessei o Mato Grosso durante cinco dias, percorrendo 18 léguas e meia. A estrada, tão boa até então, torna-se extremamente difícil dentro da mata, não passando praticamente de uma trilha estreita e semi-obstruída por galhos e troncos caídos. O trecho da mata que percorri nessa segunda viagem apresenta uma vegetação muito menos vigorosa que a dos arredores de Laje. Aliás, muitos trechos das terras parecem com algumas regiões de Minas Novas que produzem algodão de alta qualidade.[13] São terras fofas e muito favoráveis à lavoura.

---

(9) Ver *Viagem pelas Províncias do Rio de Janeiro e Minas Gerais*
(10) Ver o cap. III deste livro.
(11) Idem.
(12) Idem.
(13) *Viagem pelas Províncias do Rio de Janeiro e de Minas Gerais*.

O milho ali rende na base de 200 por 1, e o feijão de 40 a 50. Parece que se fizeram em outros tempos plantações no meio da mata, pois em vários trechos veem-se grandes clareiras tomadas pelo capim-gordura, planta que, como sabemos, é indício infalível de antigos desmatamentos. Um grande número de colonos estabeleceu-se no meio do Mato Grosso, os quais vendem seus produtos a Vila Boa. Mas como provavelmente começaram a vida ali sem possuir nada, e não receberam o menor incentivo do governo, continuam tão pobres quanto eram. No terceiro dia de minha viagem através da mata passei diante de uma casa digna desse nome num lugar denominado Pouso Alto. Até então eu só havia visto uma meia dúzia de casebres mais miseráveis que os dos Coiapós, cujas paredes eram formadas unicamente por paus enfileirados um ao lado do outro, nos interstícios dos quais a chuva e o vento deviam forçosamente penetrar. Na época de minha viagem uma parte das árvores da mata tinha perdido quase que inteiramente as folhas, e à exceção — creio eu — de quatro espécies de Acantáceas e da Composta vulgarmente chamada *assa-peixe branco,** nenhuma das plantas tinha flor. As hastes do capim-gordura estavam inteiramente secas, e como não há ventilação nas clareiras rodeadas de árvores onde cresce esse capim, o calor que fazia ali era insuportável. O solo permanecera tanto tempo sem receber umidade que os bois e os porcos levantavam nuvens de pó ao andarem à roda das casas das fazendas. Em toda parte ouviam-se queixas contra a falta d'água. Vários córregos tinham secado, e em muitas casas não se conseguia fazer mover o monjolo para moer a farinha.

Deixando Mandinga, fui dormir em Monjolinho, um dos casebres que mencionei mais acima. O proprietário dessa miserável habitação estava vestido de farrapos, mas recebeu-me com uma cortesia extraordinária.

A habitação denominada Caveiras, onde eu devia parar, a 4 léguas de Monjolinho, tinha as paredes feitas também de paus e era tão pequena que minha bagagem não caberia nela. Tive de conformar-me em dormir mais uma vez ao relento. A noite foi muito fria e o orvalho abundante, e embora tivesse mandado armar a minha cama ao pé do fogo foi-me quase impossível dormir. Quando o sol se levantou o termômetro indicava apenas 3 graus Réaumur, (aproximadamente 4ºC), mas logo o calor se fez sentir fortemente, e às três horas da tarde marcava 26 graus (32ºC).

Reiniciamos a viagem e logo passamos por uma propriedade denominada Pouso Alto, que já mencionei, junto da qual um vasto terreno coberto de capim-gordura indicava ter havido ali uma antiga lavoura. A propriedade pertencia, sem dúvida, a um homem abastado, pois ao lhe pedir um pouco de água esta me foi trazida num grande copo de prata preso a uma corrente do mesmo metal, objeto esse considerado de grande luxo no interior do Brasil.

Nesse dia encontrei na mata um bando de gente a cavalo, conduzindo burros carregados de provisões. Um dos homens levava um estandarte, outro um violão e um terceiro um tambor. Procurando saber o que significava tudo isso, fui informado de que se tratava de uma *folia*, palavra cujo sentido passarei a explicar.

Já tive ocasião de dizer em outro relato que a festa de Pentecostes é celebrada em todo o Brasil com muita devoção e em meio a bizarras cerimônias.[14] Tira-se a sorte, no final da festa, para saber quem irá custear as comemorações no ano seguinte. A pessoa sorteada recebe o título de *Imperador*. Para poder celebrar a festa com maior pompa e oferecer um condigno repasto, que é o seu fecho obrigatório, o Imperador sai recolhendo oferendas em toda a região ou encarrega alguém de fazer esse serviço. Mas nunca se desincumbe dessa

---

* Planta pertencente ao gênero *Vernonia* (M. G. F.)
(14) Ver *Viagem pelas Províncias do Rio de Janeiro e Minas Gerais.*

tarefa sozinho. Leva sempre em sua companhia músicos e cantores, e quando chegam a alguma fazenda o pedido é sempre feito por meio de cantigas, em que se misturam louvações ao Espírito Santo. Os cantores e os músicos são geralmente pagos pelo Imperador, mas muitas vezes trata-se de pessoas que estão cumprindo uma promessa. Entretanto, mesmo quando recebem paga pelo trabalho, a quantia é sempre insignificante, pois não há ninguém que não considere uma obra altamente meritória servir dessa maneira ao Espírito Santo. Essas coletas duram às vezes vários meses, e é ao bando encarregado de executá-la que é dado o nome de *folia*. Cada paróquia, cada capela tem possibilidade de reunir muita gente, pois a festa não é celebrada no mesmo dia em todos os lugares. Assim, a *folia* que encontrei no Mato Grosso pertencia à pequena capela de Curralinho, perto de Vila Boa, que só iria celebrar a festa no dia 12 de agosto.

Depois de Pouso Alto cruzei o córrego de Lagoinha, que separa a paróquia e o julgado de Vila Boa da jurisdição de Meia-Ponte. Ao longe avistei os contornos da Serra de Jaraguá, que já mencionei.

Parei nas proximidades do córrego no lugar denominado Lagoa Grande, em casa de um serralheiro, que me permitiu guardar minhas coisas na sua oficina. Perto da casa fica a lagoa que dá nome ao lugar, mas na ocasião ela se achava totalmente seca, tão escassas tinham sido as chuvas nesse ano.

A 3 léguas e meia de Lagoa Grande parei no Sítio de Gonçalo Marques.

No dia seguinte avistei ao longe os morros que circundam Meia-Ponte. Continuava atravessando o Mato Grosso, mas numa encosta árida e pedregosa nada mais encontrei a não ser árvores mirradas espalhadas no meio do capinzal, exatamente como nos campos. Esse tipo de vegetação indica sempre terrenos de qualidade inferior, mais secos ou mais expostos aos ventos.

Depois de Gonçalo Marques encontrei na mata vários bandos de homens que, à primeira vista, me pareceram pertencer a uma sub-raça diferente da dos mestiços descendentes de portugueses. Todos tinham cabelos compridos, ao contrário dos brasileiros, que usam os seus cortados. Seu rosto era mais redondo, e os olhos maiores. A pele era parda, mas sem esse matiz amarelado que caracteriza os mulatos. Dirigi-lhes a palavra e eles me responderam, num sotaque arrastado e nasalado, com uma polidez servil, o que não é comum entre os portugueses. Tratava-se de ciganos. Embora o governo tenha imposto restrições a essa casta de gente,[15] eles ainda vagueiam em bandos pelo interior do Brasil, roubando porcos e galinhas por onde passam. Procuram comerciar fazendo trocas, principalmente de cavalos e burros, e enganando todos os que com eles negociam. Quando lhes nasce uma criança, convidam um fazendeiro abastado para padrinho, nunca deixando de lhe arrancar algum dinheiro. Em seguida fazem o mesmo convite em outro lugar, mais distante, e repetem o batismo tantas vezes quantas for preciso, conforme o número de padrinhos generosos que conseguem arranjar. Alguns, entretanto, estabelecem residência fixa e se dedicam ao cultivo da terra. Foram estes últimos que encontrei no Mato Grosso, os quais se tinham fixado ali havia muitos anos. O comandante de Meia-Ponte, a cuja jurisdição pertenciam, assegurou-me mais tarde que eles se comportavam corretamente e cumpriam os seus deveres cristãos, mas que, apesar das proibições, ainda reincidiam de vez em quando no seu hábito das barganhas.

A 5 léguas de Gonçalo Marques parei na fazenda do comandante de Meia-Ponte, Joaquim Alves de Oliveira, para quem o governador da província me tinha

---

(15) "Por uma inconcebível singularidade", diz Freycinet, "o governo português continua tolerando essa praga pública" (Voyage, Uranie, Historique I, 197). O governo francês também não faz restrições aos ciganos, pois existe um certo número deles em *Montpellier* e não conseguimos entender o que há de bizarro nessa tolerância. Deveriam ser feitos esforços no sentido de incorporar esses homens à sociedade cristã e puni-los quando violarem a lei. Uma vez que eles existem, é evidente que terão de viver em algum lugar. Por que não podemos tolerá-lo como fazemos com os judeus?

dado uma carta de recomendação, tendo nessa ocasião feito grandes elogios a ele. A acolhida que me deu foi perfeita, e passei alguns dias em sua propriedade.

Joaquim Alves de Oliveira amealhara à custa do próprio esforço a sua fortuna, que era considerável. Tinha sido educado por um jesuíta, e parece que absorvera nessa escola o espírito metódico e equilibrado que o fazia sobressair entre os seus compatriotas. A princípio dedicou-se ao comércio, mas como tinha mais pendor para a agricultura, acabou por renunciar quase que inteiramente aos seus interesses mercantis. Não obstante, entregava-se ainda a transações comerciais quando esperava poder obter um lucro razoável. Assim, por ocasião de minha passagem por ali ele tinha acabado de enviar o genro a Cuiabá com uma numerosa tropa carregada de mercadorias variadas. Tinha, porém, o hábito de jamais falar com quem quer que fosse sobre os seus negócios, e ninguém ficava sabendo quando ele ganhava ou perdia dinheiro nas suas transações. Entre todos os brasileiros que conheci, era ele, talvez, o que tinha mais aversão à ociosidade. "Concedo a meus hóspedes", dizia-me ele sorrindo, "três dias de descanso. Ao cabo desse tempo, porém, descarrego sobre eles uma parte dos serviços da casa". As conversas de Joaquim Alves revelavam que ele era dotado de um grande amor à justiça e de uma religião sem mesquinhez. Era um homem de muito senso, de uma grande simplicidade e de uma bondade extrema.

A fazenda, fundada por ele, nunca tivera outro nome a não ser o seu. [16] Tratava-se, inegavelmente, da mais bela propriedade que havia em toda a região de Goiás que eu tinha percorrido. Reinavam ali uma limpeza e uma ordem que eu ainda não vira em nenhuma outra parte. A casa da fazenda era ao rés do chão e nada tinha de extraordinária, mas era ampla e muito bem conservada. Na frente, uma extensa varanda oferecia sombra e ar fresco em todas as horas do dia. O engenho-de-açúcar, conjugado à casa, fora construído de maneira que, da sala de jantar, pudesse ser visto o trabalho que se fazia junto às caldeiras, e da varanda, o que se passava no moinho de cana. Este último dava para um pátio quadrado. O corpo da casa se prolongava numa série de construções, que formavam um dos lados do pátio, nas quais estavam instaladas a selaria, as oficinas do serralheiro, do sapateiro, a sala dos arreios e, finalmente, a cocheira. Outro lado era constituído pelos alojamentos dos escravos casados. Esses alojamentos eram cobertos de telhas e divididos em cubículos por paredes até certa altura. Um muro de adobe fechava os dois lados restantes do pátio.

A casa fora organizada desde o princípio com tamanha perfeição que o seu proprietário já não tinha, por assim dizer, necessidade de dar nenhuma ordem. Cada um sabia o que tinha de fazer e tratava de se colocar no seu posto de trabalho por sua própria conta. Para se fazer entender, bastava ao dono, se quisesse, dizer apenas uma palavra ou fazer um simples gesto. No meio de uma centena de escravos não se ouviam ordens gritadas nem se viam homens apressados andando de um lado para o outro, apenas aparentando grande atividade, mas na verdade sem saberem o que fazer. Em toda a parte reinavam o silêncio, a ordem e uma tranquilidade que se harmonizava perfeitamente com a que a Natureza costuma oferecer naqueles climas amenos. Dir-se-ia que um gênio invisível governava a casa. Seu proprietário ficava sentado tranquilamente na varanda, mas era fácil ver que nada lhe escapava e que lhe bastava um rápido olhar para manter tudo sob controle.

As regras estabelecidas por Joaquim Alves quanto ao tratamento dado aos escravos consistiam em mantê-los bem alimentados e vestidos decentemente, em cuidar deles adequadamente quando adoeciam e em jamais deixá-los ociosos. Todo ano ele promovia o casamento de alguns, e as mães só iam trabalhar nas plantações quando os filhos já podiam dispensar os seus cuidados. As crianças eram então confiadas a uma só mulher, que zelava

---

(16) Matos dá a essa bela propriedade o nome de Engenho de S. Joaquim. É possível que essa denominação lhe tenha sido dada em época posterior da minha viagem.

por todas. Uma sábia precaução fora tomada para evitar, tanto quanto possível, as ciumadas e as brigas: os quartos dos solteiros ficavam situados a uma boa distância dos alojamentos dos casados.

O domingo pertencia aos escravos. Eles não tinham permissão para ir procurar ouro, mas recebiam um pedaço de terra que podiam cultivar em seu próprio proveito. Joaquim Alves instalara em sua própria casa uma venda onde os negros podiam comprar as coisas que são geralmente do agrado dos africanos. Nas suas transações o algodão fazia o papel do dinheiro. Dessa maneira ele livrava os escravos da tentação do roubo, estimulava-os ao trabalho acenando-lhes com os lucros de suas lavouras, fazia com que se apegassem ao lugar e ao seu senhor, ao mesmo tempo que aumentava a produção de suas terras.

Durante minha permanência na casa do comandante de Meia-Ponte visitei as várias dependências de sua fazenda, o chiqueiro, o paiol, o moinho de farinha, o local onde era ralada a mandioca e onde ficava instalada a máquina de descaroçar o algodão, a fábrica de fiação, etc. etc., e em toda parte encontrei uma ordem e uma limpeza incomparáveis. Os fornos do engenho-de-açúcar não tinham sido feitos de acordo com as especificações da técnica moderna. Seu aquecimento era feito pelo lado de fora, o que pelo menos tornava menos penosa para os trabalhadores a operação de cozimento. Um tambor horizontal movido a água punha em movimento doze pequenas máquinas de descaroçar algodão.[17] Era também movida a água a máquina de ralar mandioca, da qual darei aqui uma descrição. A casa onde se achava instalada era construída sobre estacas e embaixo do assoalho fora colocada uma roda em posição horizontal, que era movida pela água que caía de uma calha em plano inclinado. O eixo da roda atravessava o assoalho e se elevava até certa altura, tendo na extremidade outra roda horizontal cujo aro era revestido por um ralo de metal. O eixo e a roda superior ficavam encaixados dentro de um quadrado formado por quatro estacas, cada uma das quais tinha uma chanfradura na parte interna, ao nível do ralo. Quando a roda começava a girar, quatro pessoas seguravam as mandiocas, encaixando-as nas chanfraduras. Tendo esse ponto de apoio, seus braços podiam manter-se firmes e a ação da máquina não sofria interrupção.

Numa parte de suas terras o comandante de Meia-Ponte tinha deixado de lado o método primitivo adotado geralmente pelos brasileiros em suas lavouras. Passara a usar o arado e adubava a terra com o bagaço da cana. Dessa forma não havia necessidade de queimar novas matas todo ano. A cana era replantada sempre no mesmo terreno, que ficava situado perto da casa para facilitar a supervisão do dono e poupar tempo aos escravos. O açúcar e a cachaça eram vendidos em Meia-Ponte e Vila Boa, mas o algodão era exportado para o Rio de Janeiro e Bahia. Joaquim Alves foi o primeiro, como já disse, a demonstrar a vantagem dessas exportações, e seu exemplo foi seguido por vários outros colonos. Por ocasião de minha viagem ele estava planejando aumentar ainda mais suas plantações de algodão e tinha a intenção de instalar no próprio Arraial de Meia-Ponte uma descaroçadora, bem como uma fiação onde pretendia empregar as mulheres e as crianças sem trabalho. Depois de descaroçado, o algodão da região, cuja qualidade é excelente, era vendido no local a 3.000 réis a arroba. O transporte de Meia-Ponte à Bahia custava 1.800 réis a arroba, e até o Rio de Janeiro 2.000.[18] O lucro obtido com as exportações a esse preço era tão

---

(17) Ver a descrição dessas máquinas e dos tambores que menciona aqui em minha *Viagem pelas Províncias do Rio de Janeiro*, etc.

(18) Se Joaquim Alves podia exportar a preços tão baixos é que não existiam encomenda de carregamentos de Goiás para o Rio de Janeiro. O preço do Rio para Goiás era bem mais alto, como se pode ver no capítulo Intitulado *Viagem de Araxá a Paracatu*, em *Viagem às Nascentes do Rio S. Francisco*. O aumento da quantidade de algodão exportado há de ter, sem dúvida, elevado os fretes, mas estes não poderão ter ultrapassado certos limites, pois isso acabaria por tornar impossíveis as exportações, e os próprios tropeiros tinham grande interesse em que elas continuassem.

garantido que Joaquim Alves não vacilara em se oferecer para comprar, à razão de 3.000 réis, o algodão produzido por todos os agricultores das redondezas.

Ao dedicar sua atenção a um produto que podia ser exportado com proveito, o comandante de Meia-Ponte incentivava seus compatriotas a tomar novos rumos, indicando-lhes o que devia ser feito para arrancar sua região do estado de penúria em que a mergulhara uma exploração do ouro mal orientada. Enquanto ele agia de maneira prática, vários de seus concidadãos afirmavam que só havia salvação para a província numa ideia absurda apresentada por Luís Antônio da Silva e Sousa. [19] Segundo eles, a única maneira de deter a decadência sempre crescente da província seria impedir a saída do ouro para fora de suas fronteiras, criando-se para isso uma moeda provincial. Poder-se-ia argumentar, entretanto, que se essa moeda não tivesse valor como metal não haveria força humana capaz de lhe dar algum crédito. Se, pelo contrário, ela fosse de cobre, de ouro ou de prata, acabaria saindo da província de uma forma ou outra, por mais rigorosa que fosse a proibição, como acontece todos os dias com o ouro em pó. Uma vez fora de suas fronteiras, porém, ela só seria aceita pelo seu valor intrínseco, e em consequência os comerciantes de Goiás passarão a vender suas mercadorias por um preço que compense a sua desvalorização. [20] O ouro adulterado que circula em Goiás já pode ser considerado uma espécie de moeda provincial, pois só é aceito ali, e quando o comerciante o remete para fora ele se vê obrigado a reduzi-lo ao seu valor real, purificando-o, para em seguida reajustar os seus preços de acordo com a redução de peso sofrida pelo ouro.

Depois de tantas jornadas tediosas e cansativas através dos sertões, senti-me feliz por me achar numa casa que reunia todo o conforto que a região podia oferecer, onde eu gozava de inteira liberdade e cujo proprietário, um homem esclarecido, tinha por mim toda consideração. O tempo que passei na casa de Joaquim Alves foi muito proveitoso. Meus homens fizeram uma esplêndida caçada nas margens de uma lagoa situada nas proximidades. Quanto a mim, passei para o papel uma parte dos dados que recolhera sobre vários assuntos e obtive novas informações em conversas com o meu hospedeiro.[21]

Deixei a fazenda cheio de gratidão pela excelente acolhida que me deu o seu proprietário e me dirigi a Meia-Ponte, distante dali uma légua.

Até ao arraial atravessei terras montanhosas, pontilhadas de árvores raquíticas, e não tornei a ver o Mato Grosso.

A partir de Meia-Ponte entrei na verdadeira estrada que liga Goiás a S. Paulo. O primeiro arraial que encontrei foi o de Bom Fim, à 18 léguas de Meia-Ponte. Em todo esse percurso a estrada é excelente, e as terras, até então montanhosas, se tornam suavemente onduladas. Os campos oferecem sempre a alternativa de capoeiras e pastos pontilhados de árvores enfezadas, as mesmas que se veem no sertão de Minas. À medida que avançava a estação, a seca se fazia sentir mais duramente, e a vista dos campos era de uma melancolia mortal. Naqueles que tinham sido queimados recentemente só se via uma cinza negra cobrindo a terra, e as folhas que restavam nas árvores mostravam-se inteiramente crestadas. Nos pastos que ainda não haviam sido consumidos pelo fogo o capim tinha uma tonalidade cinza, e as esparsas árvores no meio dele ora se mostravam inteiramente desfolhadas, ora exibiam apenas uma folhagem amarelecida.

---

(19) *Memória sobre o descobrimento*, etc., da capitania de Goiás.

(20) É o que deve forçosamente ter acontecido com a moeda de cobre que o governo provincial instituiu no território de Goiás e à qual foi dado um valor fictício (Ver o capítulo *Quadro* Geral da Província *de Goiás*, em V*iagem às Nascentes do Rio S. Francisco*).

(21) Depois que a revolução modificou o quadro brasileiro, Joaquim Alves foi nomeado deputado à Assembleia Legislativa Geral do Brasil, mas recusou essa honra. Esse homem generoso não somente montou uma farmácia para servir aos pobres do seu distrito, como ainda dotou Meia-Ponte de uma biblioteca e uma impressora. Havia predito que esta última viria a ser usada mais tarde contra ele próprio, e de fato não tardou que fosse caluniado num panfleto repleto de infâmia (Matos, Itin., I, 129, 151; II, 341).

Seria inútil procurar ali o menor vestígio de cultura. Nessa região, como em todas as outras, é nas baixadas que se costuma plantar, e unicamente as queimadas me anunciavam a proximidade de alguma fazenda. (22)

A 3 léguas de Meia-ponte parei no Sítio das Furnas, composto de alguns casebres esparsos e semi-arruinados, construídos numa baixada.

Antes da minha chegada, a dona da casa, cujo marido estava ausente, quis instalar os meus homens num cômodo exíguo e de uma sujeira extrema. Eles lhe haviam pedido permissão para se alojarem no paiol, mas esse pequeno favor lhes foi negado. Ao chegar, reiterei o pedido, e só consegui o que queria depois de muitas súplicas e parlamentações. Entretanto, não tratei pessoalmente com a proprietária. Ela mandava uma mulher negra trazer suas respostas, mas eu ouvia os seus gritos nos fundos da casa, e sempre que a escrava aparecia não deixava de repetir que sua patroa fazia questão de que eu soubesse que ela era casada legalmente e merecia todo o respeito. Esse esclarecimento, tantas vezes repisado, indicava claramente como são os costumes da região. É preciso que o casamento ali seja muito raro para que o considerem dessa maneira um título de honra.

Seja como for, a concessão para dormirmos no paiol não mereceu, certamente, o tempo gasto para obtê-la, pois ficamos pessimamente alojados. As espigas de milho espalhadas pelo chão faziam-nos escorregar a todo momento. As malas, que usávamos como mesas e cadeiras nas nossas paradas, não assentavam no assoalho irregular e não puderam ser utilizadas para esse fim. Se algum objeto nos caía das mãos perdíamos um tempo infinito procurando-o no meio do milho.

Ao deixarmos o Sítio das Furnas atravessamos uma mata e, subindo sempre, acabamos por alcançar um planalto coberto de capim e de árvores enfezadas. Dali se podia descortinar uma imensa extensão de terras. Avistamos de um lado a Serra Dourada e do outro os Montes Pireneus, com seus picos em forma de pirâmide. Esse planalto se estende por duas léguas e meia até o Sítio dos Abrantes.

Ali há um vale coberto de mata, onde passa o Rio Capivari, (23) às margens do qual vi um engenho-de-açúcar de consideráveis proporções pelos padrões da região. O Rio Capivari é um dos afluentes da margem direita do Corumbá, a que já me referi.(24)

Um pouco antes de chegar a Abrantes segui um caminho errado, mas felizmente encontrei um homem que amavelmente me guiou até o rumo certo. Durante o resto da jornada, que foi de 4 léguas e meia, não encontrei mais ninguém, e no entanto eu me achava na estrada mais frequentada da Província de Goiás.

Nesse dia paramos numa casa que, como todas as da região, se achava em péssimo estado de conservação. Chamava-se Sítio da Forquilha, e nas suas proximidades tornei a encontrar o Rio Capivari. O sítio pertencia a mulheres brancas, que não se esconderam à nossa chegada e foram muito mais amáveis que a de Furnas.

---

(22) Itinerário aproximado de Meia-Ponte ao Arraial de Bom Fim:

De Meia-Ponte ao Sítio das Furnas....................3 Léguas
De Furnas ao Sítio da Forquilha.......................4 ½ Léguas
De Forquilha à Fazenda das Antas................... 3 Léguas
Da Fazenda ao lugarejo de Piracanjuba.......... 4 ½ Léguas
De Piracanjuba ao Arraial de Bom Fim . ... 3 Léguas

18 Léguas

Matos calcula a distância entre Meia-Ponte e Bom Fim em apenas 17 léguas, e Luis d'Alincourt em 15. Esta última cifra é sem nenhuma dúvida inexata, pois é evidente que há mais de uma légua entre Meia--Ponte e Furnas, ao contrário do que afirma Alincourt (*Mem. Viag.,* 114).

(23) Existem rios com o mesmo nome nas províncias do Rio Grande, S. Paulo, Santa Catarina, Minas Gerais, etc., o que vem provar que capivaras eram outrora muito comuns no Brasil. Pode-se escrever também Capibari.*

(*) não se usa mais esta forma (M .G .F.).

(24) Millet e Lopes de Moura dizem que os viajantes atravessam o Rio Capivari em canoas (Dicc., I, 238), o que provavelmente só acontece na estação das chuvas.

Logo depois chegaram também ao sítio dois abastados fazendeiros de Meia-Ponte que iam a Bom Fim assistir a uma festa que seria celebrada dentro de alguns dias. Segundo o costume adotado pelas pessoas ricas, eles vieram acompanhados por um moleque também a cavalo, o qual trazia ao pescoço um grande copo de prata preso a uma corrente do mesmo metal. As esporas dos homens eram de prata e o canhão de suas botas orlado com aros desse metal. Placas de prata enfeitavam as rédeas dos cavalos e, finalmente, via-se um facão com cabo de prata metido no cano de suas botas. Essa exibição de riqueza é comum, e na maioria das vezes as pessoas que ostentam todo esse luxo quando viajam a cavalo ou vão fazer visitas não têm em sua casa um único móvel.

Depois de Forquilha, em alguns trechos onde a terra era mais vermelha, os pastos se apresentavam cobertos exclusivamente de capim e de subarbustos o que em Goiás é uma verdadeira raridade. Num trecho de aproximadamente 8 léguas, desde Forquilha até o lugarejo de Piracanjuba, de que falarei em breve, os campos, crestados pelo ardor do sol, tinham mais ou menos o mesmo aspecto que apresenta o nosso Gatinais em meados de outubro, quando já foi feita toda a colheita e o inverno se aproxima.

A 3 léguas de Forquilha parei na Fazenda das Antas, situada acima do rio do mesmo nome e um dos afluentes do Corumbá. A fazenda era um engenho-de-açúcar que me pareceu em péssimo estado de conservação, mas o rancho que fazia parte dela era espaçoso e limpo, e foi aí que nos instalamos.

Como o de Areias, que já mencionei no capítulo III deste livro, esse rancho era cercado por grossos paus da altura de um homem, que formavam uma paliçada e protegiam os viajantes contra a indesejável visita dos cães e dos porcos.

Foi nesse galpão que encontrei os mercadores de Araxá a que já me referi ligeiramente em outro relato.[25] Eles percorriam as fazendas levando cobertores, chumbo para caça e outros artigos, que trocavam por bois. O gado assim adquirido era posto a engordar nas excelentes pastagens de sua terra e depois vendido aos mercadores da Comarca de S. João del Rei, os quais, como já foi explicado em outro relato,[26] vão todos os anos comprar bois no distrito de Araxá.

O proprietário da Fazenda das Antas falou-me demoradamente sobre o missionário capuchinho que era então motivo de todas as conversas. Alguns sacerdotes protestavam contra a pressa exagerada com que o povo se dispôs a seguir o Padre Joseph, a se confessar com ele e a ouvir suas exortações. É bem verdade que os padres da região, quando subiam ao púlpito, pregavam a mesma doutrina que ele, mas seria necessário que tivessem também a mesma conduta. A comparação entre eles e o missionário tinha feito desse digno sacerdote um profeta e um santo, capaz de fazer milagres. Afirmava-se ter ele predito que ia chover em agosto, o mês em que estávamos, e me foi impossível convencer o meu hospedeiro que eu conhecia suficientemente o missionário, com quem passara alguns dias, para ter certeza de que ele não poderia ter dito semelhante coisa.

Após ter deixado a Fazenda das Antas atravessei alguns campos de tom cinza amarelado, onde não se viam senão algumas árvores esparsas, pertencentes a espécies comuns, cujo crescimento chegava apenas à metade de sua altura habitual, que já não é considerável.

Fiquei bastante surpreso ao ver tufos de árvores nos pontos elevados, pois geralmente só costumam ser encontrados nas baixadas. Todavia, se existe de um modo geral no Brasil uma relação entre determinados tipos de vegetação

---

(25) Ver capítulo Intitulado "*Quadro Geral da Província de Goiás*", em *Viagem às Nascentes do Rio S. Francisco*.

(26) Ver o capítulo *Araxá* e suas Águas Minerais, ob. cit.

e a natureza do solo, sua menor ou maior exposição aos ventos e a topografia do terreno, não deixa de haver exceções que escapam ao quadro geral.[27]

Entre a Fazenda das Antas e Piracanjuba, num percurso de 4 léguas e meia, passei por um engenho-de-açúcar cuja moenda não tinha nem mesmo um telhado a abrigá-la. Não vi, porém, nenhuma outra propriedade durante o resto da jornada.

Fazia três dias, isto é, desde o dia 10 de agosto, que a temperatura tinha mudado de maneira extraordinária. Uma brisa constante refrescava o ar, e parecia que o sol perdera a sua força. Afirmaram-me ali que esse vento começava regularmente todo ano, em fins de julho, e durava até o começo das chuvas, em setembro.

Piracanjuba,[28] a que já me referi e onde parei no dia em que deixei a Fazenda das Antas, é uma espécie de lugarejo composto de um punhado de casebres esparsos situados à beira de um riacho, num vale coberto de matas. O dono da casa onde parei recebeu-me muito bem e me presenteou com uma tigela de leite.

A 1 légua de Piracanjuba atravessei o Rio de Jurubatuba,[29] que serve de limite tanto à paróquia quanto ao julgado de Meia-Ponte, pertencendo as terras situadas na outra margem à jurisdição de Santa Cruz.

Nas proximidades de Piracanjuba as terras, de um tom cinza amarelado, não apresentam senão árvores nanicas e esparsas, e esse mesmo tipo de vegetação se estende por um trecho de 2 léguas depois daquele lugarejo, já agora, porém, em solo arenoso e cascalhento. Mas as que passei a encontrar 1 légua antes de chegar a Bom Fim, de um tom vermelho escuro, mostram árvores que embora pertencentes a espécies comuns nascem muito juntas umas das outras, o que dá ao campo um aspecto que não lhe é característico.

Pouco antes de Bom Fim, onde parei, o caminho desce por uma encosta suave até à beira de um pequeno curso d'água, o Rio Vermelho que passa logo abaixo do arraial.

Bom Fim, cuja fundação remonta a 1774[30] é subordinado à paróquia e ao julgado de Santa Cruz.[31] No que diz respeito à sua localização, esse arraial é um dos poucos que tiveram a sorte de contar com a presença do ouro em suas terras. Foi construído numa planície que termina no Rio Vermelho e é um pouco menos elevada que a região que se estende até Meia-Ponte. Uma carreira de árvores ao longo do rio vai acompanhando as suas sinuosidades, e as terras adjacentes, cortadas por capoeiras e pastagens, têm um aspecto muito aprazível.[32]

O Arraial de Bom Fim é, aliás, de pequenas dimensões. Compõe-se de algumas ruas pouco extensas e de uma praça triangular, onde está situada a igreja de N. S. Jesus do Bom Fim.[33] A igreja é muito pequena,[34] mas à

---

(27) Ver o que escrevi a respeito em *Viagem pelas Províncias do Rio de Janeiro*, etc., e meu trabalho *Descrição* da *Vegetação Primitiva da Província de Minas Gerais*.
(28) De paracajuba, que em guarani significa cabeça pintalgada de amarelo.
(29) Nome derivado das palavras guaranis iyriba e tiba, que significa grupo de palmeiras.
(30) Pizarro, Mem., IX, 216.
(31) "Um decreto da Assembleia Geral de 29 de abril de 1833, elevou a paróquia o Arraial de Bom Fim, desmembrando o território sob sua Jurisdição do da cidade de Santa Cruz. (....) Por força de uma lei provincial de 1836, Bom Fim recebeu o título de cidade (....) O distrito a ela subordinado é limitado pelos córregos Passa-Quatro, Peixe e Piracanjuba, e pelos rios Corumbá e das Antas" (Milliet e Lopes de Moura, *diccionario do Brazil*, I, 151).
(32) Eschewege (*Pluto Bras.*, 55) situa nas proximidades de Bom Fim o Rio de Meia-Ponte e o local onde foi construída, por Bartolomeu Bueno, a ponte que deu o nome ao rio, mas o mapa elaborado por esse mesmo autor mostra claramente que é nas vizinhanças da atual cidade de Meia-Ponte, como eu havia dito, que passa o rio em questão, e não nas proximidade de Bom Fim.
(33) Pizarro, Mem., IX, 216.
(34) "Como a igreja de Bom Fim se achasse em ruínas e as rendas municipais fossem insuficientes para cobrir as despesas necessárias à sua reconstrução, um decreto da Assembleia Provincial de 1839 determinou que os reparos fossem feitos às expensas província" (Mill. e Lopes de Moura, *Dicc* Braz., I, 151). Esse fato não demonstra que o título da cidade tenha contribuído muito para a prosperidade de Bom Fim.

época de minha viagem estava sendo construída uma outra. As casas são igualmente pequenas, mas bem conservadas. Ficam afastadas uma das outras, e todas têm um quintal onde se veem principalmente bananeiras e mamoeiros.

Uma regular extensão de terra, escavada até uma profundidade de 2 ou 3 metros, cavoucada e revirada de todas as maneiras, anuncia claramente à entrada de Bom Fim qual tinha sido a ocupação dos primeiros homens que se estabeleceram na região. Tirou-se outrora muito ouro das minas que se veem por todo lado, mas hoje elas se acham praticamente abandonadas. A maioria dos habitantes de Bom Fim passou a dedicar-se ao cultivo da terra. Alguns, entretanto, ainda mandam seus escravos à procura do ouro, mas esse trabalho é feito isoladamente e sem nenhum método, à semelhança do que ocorre na cidade de Goiás. Os negros mineradores recolhem terra nos locais onde sabem que existe ouro e a amontoam à beira do Rio Vermelho, onde ela é lavada. No final da semana cada um é obrigado a entregar ao patrão uma quantia que vai de 900 a 1.000 réis. Eles se sustentam como podem com o que exceder disso, que por direito lhes pertence.

Quanto aos agricultores, eles encontram mercado para os seus produtos em Meia-Ponte, na cidade de Goiás e no próprio arraial, por onde passam forçosamente as tropas que se dirigem de S. Paulo para Goiás e Mato Grosso. Não somente o Arraial de Bom Fim mas toda a região que percorri até ali acha-se em muito melhor situação, devido à sua localização numa rota muito transitada, do que as terras que se estendem a partir da fronteira de Minas até ao Arraial de Corumbá.[35] As fazendas, embora não indiquem opulência, têm melhor aspecto do que as situadas nas adjacências de Arrependidos[36] e Santa Luzia. Entre Meia-Ponte e Bom Fim[37] contei quatro engenhos-de-açúcar, e me afirmaram que havia trinta em todo o distrito do primeiro, o que pressupõe um certo número de escravos e consequentemente uma certa abastança. Independentemente das vantagens que lhes oferece a localização de seu arraial, os colonos de Bom Fim contam ainda com a boa qualidade de suas terras. Em toda a região há terrenos salitrosos, e em consequência eles não precisam despender somas consideráveis com a compra de sal para o gado.

Já falei sobre o tom vermelho escuro das terras vizinhas de Bom Fim. No local onde foi construído o arraial o solo tem a mesma coloração, e disso resulta para os seus moradores um grave inconveniente, que de resto existe também, como já tive ocasião de dizer, em outras partes do Brasil. No tempo da seca a terra se transforma numa poeira impalpável, que suja a roupa e as pessoas, e na época das chuvas forma uma lama pegajosa, que talvez cause uma sujeira ainda maior.

Ao chegar a Bom Fim mandei José Mariano entregar uma carta de recomendação endereçada pelo governador da província ao comandante do arraial, que acumulava as funções de juiz ordinário de todo o julgado de Santa Cruz. O comandante declarou a José que, como havia afluído a Bom Fim um grande número de forasteiros, devido a uma festa que ali seria celebrada em breve, ele

---

(35) Ver o capítulo 1 deste livro.
(36) Os autores do *Dicionário Geográfico* situam o *Registro dos Arrependidos na Província de Minas Gerais*. Por ocasião de minha viagem ele pertencia, indubitavelmente, à Goiás, e tudo indica que, de acordo com os trabalhos de Matos e de Luís Antônio da Silva e Sousa, até o ano de 1836 nada havia mudado nesse particular. Os mesmos autores dão a Arrependidos o nome de *povoação*. À época de minha passagem por ali só havia em Arrependidos o registro, e muito me surpreenderia saber que se formou um arraial naquele lugar deserto, quando Couros e Santa Luzia, situados nas vizinhanças, tinham sido abandonados.
(37) Já tive ocasião de me referir aos grandes inconvenientes da repetição dos nomes de localidades em diferentes partes do Brasil. Quando Pizarro se referiu ao antigo Arraial de Bom Fim, situado outrora às margens do Rio Claro e hoje desaparecido, julguei a princípio que se tratava da atual vila do mesmo nome, nas vizinhanças de Santa Cruz, e teria persistido nesse erro se eu próprio não tivesse visitado as duas localidades. Não deve, pois, causar surpresa vê-lo registrado num livro que trata não apenas de uma província mas do Brasil inteiro, ou seja *Diccionario do Brazil*. A descoberta de diamantes num córrego perto de Bom Fim e a proibição de se procurar ouro na região, decretada em 1749, são fatos que dizem respeito, inegavelmente, à história do Arraial de Bom Fim situado do Rio Claro.

iria encontrar grande dificuldade em me arranjar uma casa. Resolvi, pois, alojar-me num rancho bastante confortável, localizado à entrada do arraial, onde podia ficar sozinho e tinha inteira liberdade de movimento.

O comandante veio visitar-me logo depois da minha chegada e me ofereceu gentilmente os seus préstimos. Não tardou a ser imitado pelo vigário de Meia-Ponte e um jovem sacerdote, Luiz Gonzaga Fleury, que tinham vindo ao arraial para assistir à festa de N. S. da Abadia, celebrada todos os anos com grande solenidade em Bom Fim e Traíras, arraial da comarca do norte.

Essa festa tem por finalidade relembrar um milagre operado por intercessão da Virgem numa abadia qualquer da França. O mais curioso, porém, é que a festa, celebrada com grande pompa em remotos arraiais do Brasil, é inteiramente desconhecida dos católicos da França, o país, segundo dizem, onde ocorreu o milagre. Seja como for, um grande número de pessoas aflui para o arraial, vindo de Santa Luzia, de Meia-Ponte e de lugares ainda mais distantes. Mas não é tanto a devoção que atrai para ali essa multidão de gente, e sim o variado programa das festividades.[38] Com efeito, as comemorações não se limitam apenas a uma missa cantada e a um sermão. Soltam-se também bombas e foguetes, encena-se uma ópera e se realiza um simulacro de torneio — divertimentos profanos que se misturam às solenidades religiosas, como ocorre na festa de Pentecostes. Os que figuram na ópera e no torneio pertencem geralmente às famílias mais abastadas das vizinhanças. No torneio sempre é representada uma passagem qualquer da história de Carlos Magno e dos doze pares de França, que ainda é muito apreciada pelos brasileiros do interior.

Se para assistir à festa de Bom Fim me bastasse permanecer no arraial apenas mais um dia eu teria feito esse sacrifício. Mas não me achava disposto a perder muito tempo. Não creio, aliás, que minha partida tenha desgostado alguém, pois desconfio de que uma certa pessoa receasse que eu fosse ficar chocado com certas inconveniências que os participantes da festa não se envergonhavam de cometer, mas das quais tinham plena consciência, o que já era alguma coisa.

No dia de minha chegada a Bom Fim fui fazer uma visita, à noite, ao comandante do arraial. Em sua casa tive oportunidade de ouvir os músicos que iriam tocar durante a representação da ópera, e mais uma vez pude apreciar o talento natural dos brasileiros para a música.

---

(38) Poderíamos dizer o mesmo das festas em nossas aldeias.

CAPÍTULO IX

AS ÁGUAS TERMAIS DITAS CALDAS NOVAS, CALDAS VELHAS E CALDAS DE PIRAPITINGA

Descrição geral da viagem de Bom Fim à Caldas. Sítio do Pari. Exemplo de longevidade. Resultado do cruzamento da raça branca com a negra. Uma queimada. Sítio de Joaquim Dias. Habitaçõeas quase sempre em grupos. Sítio de Gregório Nunes. Um ancião. Os homens de ontem e de hoje. Árvores que florescem antes de ter folhas. Sítio de Francisco Alves. Habitações que indicam apenas a miséria. Costumes dos habitantes do lugar. Terras situadas depois de Francisco Alves. Insetos, pássaros, mamíferos. Sapezal. Chegada a Caldas Novas. Boa acolhida. Excursão a Caldas Velhas. A Serra das Caldas. O Ribeirão de Água Quente. As três principais fontes de água mineral. História de Caldas Velhas. A verdadeira nascente do Ribeirão de Água Quente. O autor sobe a Serra das Caldas. Descrição de seu cume. Descrição de Caldas Novas. O Córrego das Caldas. Calor. Terrenos auríferos. Caldas de Pirapitinga. Regresso. A festa de S. Luís. Chegada a Santa Cruz.

Ao deixar o Arraial de Bom Fim desviei-me da estrada de S. Paulo para ir visitar as águas minerais conhecidas pelos nomes de Caldas Novas e Caldas Velhas,[1] cujas qualidades eram muito decantadas, principalmente para o tratamento de doenças da pele.

Viajando com todos os meus acompanhantes, fui forçado a gastar seis dias para cobrir as 22 léguas e meia que separam Bom Fim de Caldas Novas. Graças às constantes viagens que o governador fazia a essas termas, a estrada era larga e em excelentes condições. A região, quase desabitada (1819), mostra-se plana ou ondulada em alguns trechos, mas em sua maior parte é montanhosa, elevando-se gradativamente. Ora percorremos várias léguas sem vermos outra coisa senão campos pontilhados de árvores enfezadas, ora encontramos capoeiras alternando-se com pastos, que nas proximidades das Caldas se apresentam quase que exclusivamente cobertos de gramíneas e subarbustos. Em extensos trechos tornei a encontrar a bela *Vellozia* que já tinha visto entre Arrependidos e o Arraial de Santa Luzia, característica de lugares elevados. Como em todas as outras partes, a seca ali fora muito prolongada. Não se viam flores, nem pássaros, nem insetos, a não ser a danosa espécie dos mosquitos hematófagos, que nos atacavam aos milhares. Não havia o menor vestígio de lavoura, nenhum viajante pelo caminho, apenas uma monotonia sem igual, uma solidão imensa, sem nada que pudesse suavizar por um instante o meu tédio.

A primeira habitação que encontramos, três léguas depois de Bom Fim, foi o Sítio do Pari,[2] situado num lugar aprazível às margens do Rio dos Bois, que segundo me disseram vai desaguar no Corumbá. Foi ali que fizemos alto.

---

(1) Itinerário aproximado de Bom Fim a Caldas Novas:
De Bom Fim ao Sítio do Pari..................... 3 léguas
De Pari ao Sítio de Joaquim Dias ....3 Léguas
De Joaquim Dias ao Sítio de Gregório Nunes.......4 ½ Léguas
De Gregório Nunes ao Sítio de Francisco Alves.......3 Léguas
De Francisco a Sapezal............................4 Léguas
De Sapezal a Caldas Novas.................... 5 Léguas
———
22 ½ Léguas

(2) Os paris são armadilhas para prender o peixe, que já descrevi no meu livro *Viagem pelas Províncias do Rio de Janeiro e Minas Gerais*.

A casa tinha sido primitivamente um rancho que o governador da província mandara construir ao lado de um casebre arruinado, para lhe servir de abrigo em suas viagens. Os moradores do casebre transformaram o rancho em casa e ali se instalaram.

O chefe da família era um velho centenário, que ainda conservava toda a sua lucidez. Como o clima da região é muito saudável, não me espantaria encontrar ali outros exemplos de longevidade.[3]

Entre os numerosos moradores do Sítio do Pari, todos parentes uns dos outros, havia alguns que eram perfeitamente brancos, de cabelos louros e faces coradas, e outros de tez parda e cabelos encarapinhados, que traíam a sua origem africana. Apesar da pouca simpatia existente entre brancos e mulatos, essas misturas não são incomuns nas famílias pobres, que não podem ser muito exigentes em seus casamentos ou ligações. Muitas vezes, também, algumas famílias onde houve miscigenação voltam a ter descendentes brancos em consequência de novos cruzamentos. Assim, um dos moradores do Pari era evidentemente um quarterão. Tinha casado com uma mulher da raça branca, e os cabelos de seu filho eram louros e lisos. De tantos e tão variados cruzamentos resulta muitas vezes que se torna difícil determinar se um homem é realmente branco ou se deve ser incluído entre os mestiços.

Antes de chegar ao Sítio do Pari notei que pairava no ar uma névoa avermelhada, que me pareceu ser o resultado da queima dos pastos da vizinhança. Os que atravessamos no dia seguinte tinham acabado evidentemente de sofrer a ação do fogo. Andamos muito tempo sem vermos outra coisa senão uma cinza escura cobrindo o solo e árvores despojadas de sua ramagem verde. Finalmente alcançamos o fogo, que avançava na nossa frente. Uma labareda rubra e crepitante, impulsionada pelo vento, ia traçando celeremente uma comprida linha, e nuvens de fumaça subiam para o céu. Bandos de andorinhas e um grande número de aves de rapina voejavam no meio do fumo, ora mergulhando com incrível rapidez, ora subindo gradativamente, afastando-se de vez em quando para reaparecerem logo depois. Meus homens me disseram que acontece sempre assim quando se ateia fogo aos pastos, e que as aves de rapina vêm à caça das perdizes e codornas[4] escorraçadas pelas chamas, ao passo que as andorinhas perseguem os insetos em fuga.

Durante toda a jornada atravessamos apenas dois riachos, o Rio Preto e o Passa-Quatro. Essa parte do Brasil é, como Minas, tão bem irrigada que o fato de termos encontrado apenas dois riachos num dia de marcha constitui uma raridade.[5] Fiz alto numa pequena habitação recém-construída, caiada por dentro e por fora e imaculadamente limpa. Tratava-se do Sítio de Joaquim Dias, provavelmente o nome de seu proprietário, situado a pouca distância do Passa-Quatro, cujas margens são orladas por uma carreira de árvores e que vai desaguar no Rio do Peixe,[6] um dos afluentes da margem direita do Corumbá. Diante da casa há um vasto terreiro em declive suave, e mais além pequenas capoeiras. Ao redor veem-se morros de altura desigual.

A casa de Joaquim Dias não ficava isolada. Perto dela havia duas outras. Em lugares pouco habitados é raro encontrar-se uma casa onde não haja outras

---

(3) Quando, em 1816, Eschwege visitou o Arraial de Desemboque, que até então tinha pertencido à Província de Goiás e se compunha de apenas sessenta e cinco casas, foram-lhe apresentados dois anciãos robustos e desempenados, um com 108 anos e o outro com 115.

(4) Pohl relaciona a perdiz dos brasileiros ao *Tinamus rufescens* e a codorniz ao *Tinamus brevipes*. Tenho a impressão de que a codorna é idêntica à codorniz. Se a minha coleção de pássaros, reunida com tanto trabalho, não se tivesse perdido em parte, juntamente com as etiquetas, essa questão talvez pudesse ser resolvida. Desnecessário é dizer que os nomes de *perdiz e codorniz* foram aplicados pelos portugueses a espécies diferentes das que se encontram na Europa.

(5) Em minha *Viagem pelas Provindas do Rio de Janeiro e de Minas Gerais* pode-se verificar que o sertão de Minas apresenta tristes exceções.

(6) Somente na Província de Goiás existem vários cursos d'água com o nome de Rio do Peixe, que também é encontrado no Mato Grosso, em Minas, S. Paulo, etc.

nas proximidades. O primeiro que chega trata logo de arranjar vizinhos, persuadindo seus parentes, amigos e compadres⁽⁷⁾ a morarem perto dele. Por sua vez, os pobres procuram estabelecer-se junto de outros cuja miséria é menor que a sua.

Depois de deixarmos o Sítio de Joaquim Dias subimos e descemos vários morros elevados e pedregosos, e em seguida alcançamos um planalto perfeitamente regular e de aproximadamente duas léguas e meia de extensão. Depois dele a região começou a mudar.

O proprietário do Sítio de Gregório Nunes, onde passei a noite depois de uma jornada monótona e fatigante, era um octogenário ainda em pleno uso de todas as suas faculdades. Filho de um dos primeiros paulistas que tinham vindo para a Província de Goiás em busca do ouro, ele fora testemunha da formação dos mais antigos núcleos de moradores da região. À época de minha viagem fazia vinte e quatro anos que ele se tinha instalado na casa que ocupava então. Logo que ali chegou, plantou na frente do seu sítio duas gameleiras, e já vinha desfrutando de sua sombra havia muitos anos. "Os homens de hoje não se parecem com os de antigamente", disse-me o velho, e no que se referia à sua terra ele estava com a razão. Os atuais habitantes da Província de Goiás, debilitados pelo calor e pela ociosidade, não parecem descendentes dos intrépidos paulistas que atravessaram sertões ainda desconhecidos, sujeitos a todas as privações, enfrentando todos os perigos e deixando a impressão de que pertenciam a uma raça superior de homens.

Depois do Sítio de Gregório Nunes a região, muito montanhosa, passou a oferecer aspectos variados, apresentando ora capoeiras ou pastos pontilhados de árvores enfezadas, ora campos cobertos exclusivamente de capim, ora ainda, como nos arredores da Fazenda das Antas e de Piracanjuba,⁽⁸⁾ trechos em que as árvores são anãs e crescem muito afastadas umas das outras.

No meio de algumas capoeiras que atravessei vi plantas lenhosas que, tendo perdido as folhas, estavam cobertas de flores antes que tivessem nascido folhas novas. Tratava-se de Bignoniáceas, de uma Malpiguiácea e do sebastião-de-arruda (*Physocalyma florida*, Pohl),* cuja madeira é rosada.⁽⁹⁾ Entre as árvores encontra-se em abundância o *mutombo* (*Guazuma ulmifolia*, Aug. St.- Hil), que depois de ter ficado por algum tempo despojado de sua ramagem apresentava nessa ocasião (17 de agosto) flores e brotos, e ao mesmo tempo se mostrava carregado de frutos maduros, remanescentes da frutificação anterior. Não são as chuvas que determinam a renovação da folhagem dessas plantas lenhosas, pois elas não costumam cair na estação em que estávamos. Fazia vários meses que não chovia, e mesmo as pessoas mais velhas do lugar não se lembravam de ter visto uma seca tão prolongada quanto a desse ano (1819). Tampouco a causa poderia ser o retorno do calor, pois as paineiras-do-campo (*Pachira marginata*)** e a caraíba começaram a florir em junho, depois de terem perdido as folhas. Entretanto, não existe vegetação sem um pouco de umidade. Tudo leva a crer, pois, que essas árvores sejam do tipo que se contenta, para o desenvolvimento de seus brotos, com o pouco de água que suas raízes conseguem retirar do solo, ajudadas pelo orvalho que é sempre abundante. Esses brotos, aliás, não necessitam de tanto reforço quanto os outros, pois que deles resultarão apenas órgãos atrofiados, presos a pedúnculos extremamente curtos.⁽¹⁰⁾

Essa época foi certamente uma das mais felizes de toda a minha viagem. Desde o Rio dos Pilões eu não tivera a mais leve censura a fazer aos meus

---

(7) Já mostrei em outra parte como são fortes, no interior do Brasil, os laços do compadrio.
(8) Ver capítulo precedente.
(9) Aug. S. Hill., *Flora Brasiliae meridionalis*, III, 140.
(*) Árvore de nossas matas pertencentes à família das Litráceas (M.G.F.).
(**) Provavelmente esta espécie de Bombacáceas está hoje posta em outro gênero (M.G.F.).
(10) Ver a teoria desenvolvida por mim em minha obra intitulada *Morfologia Vegetal.*

homens. Gozava de perfeita saúde e me ia habituando cada vez mais às fadigas e privações de cada dia. Chegava quase a lamentar que esse tipo de vida em breve fosse acabar. A paz e a liberdade que eu desfrutava naquelas solidões seriam certamente um dia motivo de nostálgicas lembranças. As pessoas que eu conhecia, nem que fosse por poucos instantes, mostravam-me apenas o seu lado bom. E me assustava a ideia de me ver de novo numa sociedade onde as pessoas se acham tão próximas umas das outras que em todas as coisas que fazem, por menores que sejam, acabam sempre por se magoar; onde as paixões atingem o mais alto grau de exaltação e onde parece sempre haver alguém pronto a achar erros nos outros para prejudicá-los.

Depois de ter percorrido 4 léguas a partir do Sítio de Gregório Nunes, parei numa propriedade denominada Sítio de Francisco Alves. Havia ali um engenho-de-açúcar ao ar livre, como são geralmente os dos colonos de poucas posses, e uma dúzia de casinhas esparsas. Uma delas pertencia ao proprietário e as outras eram habitadas por escravos e agregados. Todas, porém, tinham uma aparência igualmente miserável, sendo impossível distinguir a do dono. Os trajes dos moradores desses humildes casebres combinavam perfeitamente com a miséria que eles indicavam. O mais bem vestido trazia apenas calções de algodão e uma camisa do mesmo tecido, traje habitual dos habitantes mais pobres do interior do Brasil.

O Sítio de Francisco Alves fica a apenas 2 léguas de Santa Cruz, e muita gente prefere, para ir de Bom Fim a esse arraial, usar o caminho por onde eu passara, ao invés da estrada direta, que dizem ser muito pedregosa.

Depois de Francisco Alves até as termas, num trecho de 9 léguas, a região ainda era inteiramente desabitada quando por lá passei.

Durante as primeiras 4 ou 5 léguas vi uma grande quantidade de brejos, onde cresce o buriti e dos quais já tive ocasião de falar várias vezes. Nesses brejos havia nuvens de mosquitos, que nos atormentaram durante quase todo o percurso entre Francisco Alves e o próximo local onde paramos. Durante o dia eram os borrachudos e abelhas de várias espécies que nos atacavam, substituídos à noite pelos pernilongos. Os mosquitos são sempre mais numerosos nos trechos ainda desabitados. Presumo que a queima sistemática das matas e pastos contribua para destruí-los. Em oposição, veem-se muito poucos pássaros nas regiões desertas e uma grande quantidade deles onde há habitações por perto. As aves de rapina são atraídas pela presença, nesses lugares, de aves domésticas, e as outras espécies pelas flores e frutos das laranjeiras, pelas plantações de milho e arroz e pelos grãos que caem dos paióis. É nas regiões desertas que se encontra o maior número de animais selvagens. Depois de Francisco Alves meus homens viram alguns cervos e rastros de onça.

Devo às viagens que Fernando Delgado fez às termas de Caldas o fato de não me ver obrigado a dormir ao relento. Em sua honra tinha sido construído um rancho coberto de folhas de palmeira, à beira de um riacho. Foi lá que dormi. O lugar tinha o nome de Sapezal, que significa campo de sapé, capim empregado para cobrir as choças (*Saccharum* Sapé, Aug. de St.-Hil.).*

Depois de Sapezal, avistamos no horizonte a Serra das Caldas, cujo cume, parecendo truncado, é perfeitamente plano em todo o seu comprimento. Erramos o caminho, mas a sorte nos favoreceu, pois acabamos chegando ao riacho junto ao qual ficam as termas de Caldas Novas.

Eu levava uma carta de recomendação do capitão-geral para o proprietário de uma pequena fazenda (Fazenda das Caldas), situada a pouca distância das águas termais. O homem não estava em casa quando cheguei, e sua mulher instalou-me num dos cômodos da casa onde se alojava o general quando vinha para os banhos. Era um cômodo muito pequeno, e o dono da casa, quando

---

* O sapé tem hoje o nome científico de *Imperata brasiliencis* (M.G.F.).

chegou, me pediu muitas desculpas por não me ter sido dado um melhor alojamento.[11] Ficou combinado que eu iria no dia seguinte ao lugar denominado Caldas Velhas, onde ficavam as mais antigas fontes de água mineral. Ser-me-ia fornecido um guia, e eu me propus levar José Mariano e apenas um burro de carga.

No momento de partir, José Mariano demonstrou má-vontade em me acompanhar, e foi Marcelino que levei comigo. Quando eu parava em algum lugar mais demoradamente, todos os meus acompanhantes sentiam-se inibidos. Era um novo modo de vida que iam ter, gozariam de menos liberdade e teriam, talvez, queixas a fazer das pessoas em cuja casa se hospedavam. Aborreciam-se; ficavam tristonhos, mostravam-se insatisfeitos.

O proprietário da Fazenda das Caldas, cheio de atenções para comigo, ofereceu-se insistentemente para me servir de guia na excursão que eu ia fazer, mas eu fiz questão que ele ficasse em casa. Propôs-me então que eu levasse o seu irmão.

A Serra das Caldas não dista mais que três quartos de légua da fazenda. Sua altura não é muita, e vista de longe tem a forma de um prisma trapezoidal e alongado, perfeitamente plano no seu cume. Seguimos na direção da serra por uma trilha pouco frequentada e ao chegarmos à sua base mudamos de rumo. O caminho se tornou, então, pedregoso e acidentado. Contornamos um dos lados mais curtos da serra e por algum tempo caminhamos paralelamente a um dos lados mais extensos. Esse lado, muito mais irregular do que o flanco oposto, apresenta ora depressões profundas, ora saliências abruptas. O outro, pelo contrário, é formado por uma suave encosta, sem nenhuma anfractuosidade. Veem-se aí apenas gargantas por onde escoam as águas, formando sulcos sinuosos.

Nessa excursão atravessamos quase sempre pastos ressequidos, como todos nessa época, aliás. Entretanto, vi neles algumas plantas de lugares elevados, particularmente a Mirtácea n.º 881.

Finalmente, depois de andarmos 3 léguas entramos numa mata e logo adiante chegamos à beira de um rio bastante largo, mas pouco profundo, que corria celeremente sobre um leito coberto de seixos e cujas águas eram de uma limpidez inimaginável. Desci do cavalo para matar a sede, e tive grande surpresa ao verificar que as águas do rio eram quentes. Meu guia informou-me que se tratava do Ribeirão d'Água Quente, alimentado pelas fontes das Caldas Velhas, que ficavam nas proximidades. Acrescentou que em nenhuma estação o volume de suas águas aumentava ou diminuía de maneira sensível. Apressei-me a medi-lo e verifiquei que tinha 34 passos de largura e 2 palmos e meio de profundidade. Mergulhei em suas águas o termômetro e ele subiu a 28°(35°C) (20 de agosto). Depois de atravessarmos o rio continuamos dentro da mata e alcançamos, em poucos minutos, o local onde ficam as fontes. Lá tornamos a encontrar o rio, que não tinha mais que 2 ou 3 passos de largura. Numa das margens a mata chegava até a beira d'água, na outra havia uma faixa estreita coberta de capim-gordura, com a serra se elevando quase a pique logo depois. Nesse lugar sombrio e agreste, de aspecto tão romântico, viam-se duas choupanas de folhas de palmeira, construídas pelos banhistas. Do mesmo lado ficavam as três fontes de água termais, que tinham sido alargadas e aprofundadas a fim de que as pessoas pudessem banhar-se nelas. A que se achava situada mais acima, e perto das duas choupanas, tinha uma forma oval, e para protegê-la havia sido feita uma cobertura de folhas de palmeira.

---

(11) Fiz mal em não procurar saber, na ocasião, o nome desse homem tão afável. Mas como ele era ainda moço à época de minha viagem, e o Dr. Faivre se refere (*Analyse Des Eaux Thermales Caldas Novas*, p. 1) ao tenente Coelho, proprietário da Fazenda das Caldas em 1842, dizendo tratar-se de um filho de Martinho Coelho, que em 1777 tinha descoberto as novas águas minerais, é quase certo que tenha sido o tenente o fazendeiro que me recebeu com tanta amabilidade.

Essa fonte, que em certa época do ano alimenta o Ribeirão d'Água Quente, tem o nome de Poço da Gameleira. É uma fonte cristalina e borbulhante que fornece água em abundância. O termômetro, mergulhado nela, subia a 37,5°C. Sua água não tem nenhum sabor; faz espumar o sabão abundantemente e não escurece a prata. Bebi uma boa quantidade dela antes de comer e durante a refeição, sem esperar que esfriasse, e no entanto não me senti indisposto, como acontece geralmente quando bebemos água quente. Banhei-me na fonte durante muito tempo sem sentir o menor mal-estar, e enquanto me achava dentro d'água uma multidão de peixinhos circulava à minha volta com uma rapidez extrema. A segunda fonte, denominada Poço do Limoeiro, nasce a pouca distância da outra, à beira do rio, ao qual junta suas águas. Assim como no Poço da Gameleira, o termômetro subiu também ali a 37,5°C. A terceira, mais quente que as precedentes, tem o nome de Poço do General, e sua temperatura era de 38,7°C. Meu guia afirmou-me que, além dessas três fontes, havia mais de uma centena de outras, não só às margens do rio como também no seu leito, desde as suas cabeceiras até o ponto onde ele é cortado pela estrada. Eu próprio gostaria de ter podido contá-las, mas isso foi impossível, já que do Poço do General a mata é muito fechada, impedindo-me de nela penetrar. De resto, a largura do rio no ponto onde o atravessei, a pouca distância da fonte, e a temperatura de suas águas pareciam provar que o meu guia não fugia muito da verdade.

As águas termais denominadas Caldas Velhas foram descobertas há muito tempo. O célebre Anhanguera (Bartolomeu Bueno) atravessou, segundo dizem, o Ribeirão d'Água Quente quando penetrou em Goiás, e o caminho aberto à sua passagem, hoje abandonado, cortava esse rio um pouco abaixo do ponto onde ele é atravessado atualmente (1819) pelos que vão banhar-se nas fontes. Doze ou quinze anos antes de 1819 havia ainda, nas vizinhanças de Caldas Velhas, um sítio cujo proprietário fiquei conhecendo, mas hoje não ficou dele nenhum vestígio, e a descoberta das Caldas Novas, menos distantes e de águas mais quentes, fez com que fossem inteiramente abandonadas as antigas fontes. A estas últimas atribuíam-se também propriedades curativas, principalmente no tratamento do reumatismo e das doenças de origem venérea. Afirma-se que Tristão da Cunha Menezes, que governou Goiás de 1783 a 1800, recuperou todo o seu vigor banhando-se nelas.[12]

No tempo da seca o Ribeirão d'Água Quente começa, como já disse, no Poço da Gameleira, mas não é essa a sua verdadeira nascente, que fica localizada na serra, a meio-quarto de légua das fontes minerais. Na época das chuvas, as águas da nascente, muito frias, misturam-se com as do poço, tornando menos quentes as águas do ribeirão. Após um percurso de 2 léguas, o Ribeirão d'Água Quente se lança no Piracanjuba, que por sua vez vai desaguar no Corumbá.[13] Até a sua confluência suas águas se conservam quentes,[14] e no entanto — segundo garantiu o meu guia — peixes de considerável tamanho costumam subir a sua corrente.

A visita a Caldas Velhas me tomou muito tempo, e por conseguinte não pude voltar no mesmo dia para Caldas Novas. Meu guia mostrou-se temeroso de que no lugar agreste onde nos encontrávamos, e tão perto da serra, fôssemos atacados durante a noite por alguma onça. Achou que devíamos voltar e armar nosso acampamento no primeiro trecho descampado que encontrássemos. Mas nessa ocasião eu me achava bem disposto, cheio de vigor, e não acreditava no perigo. Insisti em passar a noite numa das choupanas próximas das fontes. Amarramos nossos burros por perto, no meio do capim-gordura, e nada veio

---

(12) Pizarro, Mem. Hist., IX.

(13) E não *Curombá*.

(14) Vê-se que Pizarro se enganou quando diz (Mem., IX, 224) que O Ribeirão d'Água Quente só conservara o seu calor numa pequena parte do seu curso.

perturbar o nosso sossego. Durante a noite o calor foi sufocante, e ao nascer do sol o termômetro marcava 18,7°C.

De regresso a Caldas Novas seguimos o mesmo caminho que tínhamos tomado para ir às fontes mais antigas. Mas não quis me afastar da serra sem fazer uma coleta de plantas.

Subimos por um dos flancos mais extensos da serra, e que era o menos escarpado, e só tivemos de apear dos burros quando nos achávamos quase no seu cume. Como já disse, esse lado não apresenta em toda a sua altura nenhuma anfractuosidade. É árido e pedregoso, e sua vegetação à época de minha viagem estava inteiramente ressequida. Mas as gargantas por onde escoam as águas na estação das chuvas traçavam linhas sinuosas de um verde exuberante. O planalto que encima a serra deve ter, segundo o meu guia, cerca de 3 léguas de comprimento por 1 de largura. É bastante regular e coberto de árvores enfezadas, pertencentes às mesmas espécies encontradas nos pastos. Havia ali um grande número de mangabeiras, uma pequena árvore cujos frutos, quando muito maduros, como os da nespereira e da sorveira, têm um agradável sabor. Com o suco leitoso dessa árvore fabrica-se também, conforme experiências feitas pelo Abade Vellozo, uma borracha de excelente qualidade. [15] Nos lugares mais baixos o terreno é úmido e pantanoso, [16] e neles cresce o imponente buriti, elevando-se acima do espesso capinzal. Entretanto, nem ali, nem em qualquer outra parte encontrei plantas em flor. Observamos no planalto rastros de veados e outros animais, e o meu guia declarou que os animais selvagens eram ali muito comuns, mas que somente seu irmão os caçava[17].

Ao chegar a Caldas Novas verifiquei que todas as minhas coisas tinham sido colocadas no quarto que o governador ocupava quando vinha às termas. Meu hospedeiro, sempre amável e atencioso, tinha feito esse arranjo durante minha ausência.

Foi Martinho Coelho que descobriu, em 1777, as águas termais de Caldas Novas [18] mas elas permaneceram desconhecidas durante tantos anos que Casal, em 1817, e Pizarro em 1822 mencionam apenas as Caldas Velhas, e foi somente depois das viagens que ali fez o Capitão-geral Fernando Delgado que as pessoas começaram a frequentá-las.

As novas fontes de águas termais, denominadas Caldas Novas, ficam situadas num vale estreito, à beira de um riacho de água fria que desce da serra. Não só nas margens do riacho como no seu leito existe um grande número de fontes de água quente, mas à época de minha viagem apenas quatro delas tinham sido adaptadas para o uso, dispondo de uma espécie de banheira de pouco mais de um metro de profundidade, abrigada por uma pequena cobertura de folhas de palmeiras, à semelhança do que tinha sido feito em Caldas Velhas. Era ao meu hospedeiro que se deviam esses melhoramentos. A fonte denominada Poço Quente tinha uma temperatura de 44°C. No Poço d'Água Morna o termômetro marcou 38,7°C, no Poço do Meio, 41°C e no Poço da Pedra, 40°C (21 de

---

(15) Existem duas espécies de mangabeiras, que têm entre si muita coisa em comum mas que botânicos devem saber distinguir, a *Hancornia speciosa*, Gomes,* encontrada em vários pontos do Brasil tropical, e a *Hancornia pubescens*, Nées e Martius, de flores um pouco maiores que só foi vista até o presente na Província de Goiás.

(*) *Hancornia speciosa* é espécie dos cerrados, realmente de distribuição ampla (M.G.F.).

(16) É bem possível que na estação das chuvas essas baixadas pantanosas sejam cobertas pelas águas, e é talvez por isso que alguns autores afirmaram haver na serra várias lagoas (Silva e Sousa, *Mem. Goiás*; Mill. e Moura, *Dicc.*, I, 201).

(17) Casal atribui, como eu, à Serra das Caldas uma forma quadrada, mas parece acreditar seus lados sejam iguais ao acrecentar que medem 4 léguas (*Corog. Bras.*,I, 351). Luis Antônio da Silva e Sousa nada diz sobre a extensão do platô, mas calcula assim como o meu guia, que tenha 1 légua de largura.

(18) Faivre, *Anal.*, 1. — Depois de ter relatado esses fatos, Faivre ajunta que Martinho Coelho, durante sua permanência em Caldas Novas, foi perturbado por incursões dos Coiapós e Xavantes. Mas não posso deixar de considerar inexatas as referências aos ataques atribuídos a estes últimos. Com efeito, conforme já foi dito no cap. VI deste livro, os Xavantes habitam o norte da província, e é nas terras pertencentes ao Arraial de Pilar que faziam devastações (Casal, *Corog.*, I; Pizarro, *Mem.*, IX, 197, 239).

agosto). As águas dessas fontes, independentemente de estarem quentes ou frias, não têm nenhum sabor e me pareceram muito leves. Como as de Caldas Velhas fazem espumar abundantemente o sabão e não escurecem a prata. Essas águas gozam de grande fama em Goiás, no tratamento de moléstias de pele e de vários tipos de males.[19] Quando por ali passei havia uma dezena de enfermos banhando-se em Caldas Novas, todos pertencentes a famílias pobres de Meia-Ponte, Santa Luzia e Bom Fim. Às vezes, porém, costumam aparecer ali doentes de Mato Grosso e até mesmo do Rio de Janeiro. Algumas choças de folhas de palmeiras servem de alojamento aos banhistas.[20]

O riacho à beira do qual se encontram as fontes chama-se Córrego das Caldas. Embora as águas quentes das fontes se juntem a ele, e algumas cheguem mesmo a brotar em seu leito, elas não são suficientemente abundantes para que aqueçam todo o seu volume de água. Depois de um curso de 1 légua, esse córrego deságua no Pirapitinga,[21] um dos afluentes do Corumbá.

Conforme me anunciara o governador da província,[22] que passara uns dias em Caldas, o calor que fazia ali era muito grande. No dia 20 de agosto, em Caldas Novas, o termômetro marcava 12,5°C ao nascer do sol. No dia 21 em Caldas Velhas e à mesma hora, ele subiu, como já disse, a 18,7 graus.

As terras próximas das fontes são todas auríferas, e a principal ocupação do proprietário da Fazenda das Caldas era mandar os quatro ou cinco escravos que possuía procurar ouro.[23]

Deixei as fontes para ir ao Arraial de Santa Cruz,[24] sendo forçado, como já disse, a seguir até Francisco Alves a mesma estrada por onde tinha passado. Mandei meus homens na frente e, acompanhado pelo meu hospedeiro, desviei-me um pouco do caminho para ir visitar uma fonte de águas termais situada numa mata à beira do Rio Pirapitinga, que dá o nome à fonte (Caldas de Pirapitinga).

---

(19) Faivre, em seu excelente trabalho sobre Caldas Novas e a morfeia, confirma inteiramente o que eu disse sobre essas águas, declarando que as achou "límpidas, incolores, inodoras e sem sabor" (Anal., 8). Acrescenta que a análise mostrou a presença de nitrogênio, de três ácidos — o clorídrico, o carbônico e o silícico — de potássio, de sódio, de magnésio, além de traços de cálcio e de alumínio. "Usadas no tratamento da morfeia", diz ele ainda, "elas não apresentaram nenhum efeito curativo (...); por via oral, sua ação sobre o organismo deve ser bem fraca, mas usadas em banhos deverão constituir um estimulante para a pele (...). Devido a sua elevada temperatura, provavelmente poderão curar reumatismos crônicos e certas úlceras." Comuniquei ao Prof. Pouzin, da escola de Farmácia de Montpellier, que pelos seus conhecimentos da matéria é um competente juiz, os escassos resultados de minhas observações sobre as águas de Caldas Novas, entregando-lhe também um extrato do trabalho de Faivre, publicado por Sigaud (Du climat, 508). Após um cuidadoso exame, ele chegou à conclusão de que as águas em questão não diferem realmente das comuns a não ser por sua elevada temperatura, e na sua opinião elas devem ser classificadas entre as águas termais simples. Fiz mais ainda: entreguei a própria análise de Faivre ao Prof. Pelouze, químico competente e membro do Instituto de França, que a considerou cientificamente correta e concordou plenamente com a opinião do Prof. Pouzin. É provável, pois, que no tratamento das moléstias da pele as águas sulfurosas de Araxá, de Salitre, da Serra Negra de Paracatu e de Farinha Podre deem melhor resultado que as das Caldas Novas e Velhas. É de supor, enfim, que em lugar destas, conviesse mais usar as águas do Rio Pardo, de que falarei ligeiramente mais adiante e que se encontra a 1 légua da estrada de Goiás, no distrito de Casa Branca, Província de S. Paulo.

(20) De acordo com o trabalho de Faivre, citado acima, em 1842 havia em Caldas Novas um lugarejo provisório, com umas cinquentas casas. Todos sabem com que rapidez os lugares onde existem fontes de águas minerais mudam de aspecto, tão logo ficam em voga. Por volta de 1811 ou 1812 não existiam no balneário de Mont-d'Or senão cabanas de madeira, e tudo ali era agreste. Alguns anos mais tarde o lugar já exibia avenidas e belos hotéis. Em 1829 meu amigo, o Dr. Lallemant, sua família e eu mal conseguimos um lugar onde nos alojarmos em Vernet, e no entanto éramos os únicos visitantes. Pouco tempo depois surgiram ali, como num passe de mágica, enormes prédios. Não me causa pois, surpresa, apesar da extrema lentidão com que são feitas as modificações mais insignificantes nas regiões desabitadas, que tenha havido alguns melhoramentos em Caldas; não me espantaria também se a região que se estende desde as fontes até Bom Fim e Santa Cruz estiver mais povoada, e muito menos que alguns nomes tenham sido mudados desde a época da minha viagem. Vimos o balneário de Arles passar a chamar-se Amélie e o Saut d'Anníbal, que fica nas proximidades, ter o seu nome trocado para Saut de Castellane.

(21) *Pyra*, peixe; *pitiunga* mal-cheiroso, indígena.

(22) É bem provável que Fernando Delgado tenha ido a Caldas na estação da seca, e talvez no mês de agosto, como eu.

(23) Ainda era assim em 1842 (Faivre, Anal.).

(24) Itinerário aproximado de Caldas a Santa Cruz:
    De Caldas Novas a Sapezal ....5 Léguas
    De Sapezal ao Sítio de Francisco Alves.............4 Léguas
    De Francisco Alves ao Arraial de S. Cruz.......2 ½ Léguas

---
11 ½ Léguas

Suas águas são muito mais quentes que as de Caldas Velhas e Novas, fazendo o termômetro subir a 48,7°C. Afora isso, nada ali foi digno de nota.[25]

Despedi-me, finalmente, de meu anfitrião, que durante minha permanência em Caldas me cumulara de atenções, e fui reunir-me ao meu pessoal.[26]

Esse dia era a véspera da festa de S. Luís, celebrada na França, e eu quis comemorá-la, com meus homens, em pleno sertão. A vida que eu levava no Brasil, apesar das fadigas e privações por que tinha de passar, agradava-me cada vez mais, e, como já disse, era com certo temor que eu pensava no meu regresso à França. Mas a França é a minha pátria, e lá estavam reunidos todos os objetos de minha afeição. Forçoso era, pois, que eu a revisse um dia. Como poderia eu deixar de me interessar por sua felicidade sem que com isso me desinteressasse da minha própria? Ao chegar a Sapezal indiquei aos meus homens os pontos onde deviam se colocar, e ao anoitecer eles atearam fogo aos pastos que margeiam o riacho junto ao qual ficava localizado o rancho. Em poucos instantes uma chama brilhante estendeu-se em linha reta dos dois lados do córrego. Cada tufo de capim parecia uma tocha, e assim tivemos um espetáculo pirotécnico pouco dispendioso e mil vezes mais bonito do que os que se preparam nas cidades com tanta arte e simetria. Eu tinha trazido comigo, do Rio de Janeiro, um barrilote de aguardente de Portugal, e guardara cuidadosamente uma pequena quantidade da bebida para celebrar a festa. O álcool provocou alegria geral. Marcelino pôs-se a tocar violão e a cantar modinhas, acompanhado por José Mariano. Laruotte valsou com cada um dos dois, e a noite terminou com o jogo-dos-quatro-cantos, que os meus ajudantes brasileiros ainda não conheciam e que os divertiu bastante. Esse instante de alegria foi de curta duração. Terríveis aborrecimentos e contrariedades sem número iriam em breve tomar o seu lugar.

De Sapezal eu me dirigi ao Sítio de Francisco Alves e no dia seguinte parti para Santa Cruz, distante dali duas léguas e meia.

Ao deixar o sítio atravessei o Rio do Peixe, que já mencionei. Suas águas estavam muito baixas e tinham grande limpidez, sendo sua largura comparável à de nossos rios de quarta ordem (25 de agosto). Afirmaram-me que acima e abaixo de Francisco Alves havia muito ouro em seu leito, mas que no trecho defronte do sítio não existia nenhum, o que podia ser atribuído à natureza ou antes à forma dos seixos que nesse local cobrem o fundo do rio.

A cerca de 1 légua e meia de Francisco Alves a região se torna mais montanhosa e ao mesmo tempo mais cheia de matas. Atravessamos as matas e cruzamos dois riachos cujas margens, outrora exploradas pelos mineradores, estão cheias de pedras amontoadas e de resíduos das lavagens. Logo depois chegamos a Santa Cruz.

Eu tinha uma carta de recomendação para o comandante do povoado. Depois de várias e infrutíferas tentativas para localizá-lo consegui finalmente o meu intento, e ele alojou-me numa casa bastante ampla e confortável mas que, tendo ficado desabitada por muito tempo, se tinha transformado num repositório de pulgas e bichos-de-pé (*Pulex* penetrans).*

---

(25) Pelo que diz Faivre, parece que a fonte que menciona aqui não é a única encontrada nas proximidades do Pirapitinga (Anali.).

(26) Faivre informa que o bondoso tenente Coelho nada cobra aos enfermos que vêm alojar-se em suas terras, junto as fontes de água quente. Na Europa o terreno seria medido em milímetros, e cada milímetro teria o seu preço. Vê-se por aí quão distantes os brasileiros ainda estão de nossa avançada civilização.

(*) Esta espécie pertence hoje a outro gênero (M.G.F.)

CAPÍTULO X

O ARRAIAL DE SANTA CRUZ. UMA PENOSA CAMINHADA

História do Arraial de Santa Cruz de Goiás. Seus atuais habitantes. Sua miséria. Sua localização. Suas jazidas. Suas ruas, casas e igrejas. Limites do julgado de que Santa Cruz é sede. População. Sítio Novo. Terras situadas entre essa propriedade e o Rio Corumbá. Esse rio. Uma tropa de burros. Sítio de Pedro da Rocha. Algumas malas e um burro. Descrição geral da região situada entre o Corumbá e o Paranaíba. Sítio da Posse. Emigrantes geralistas. Condições atmosféricas. O Braço do Veríssimo; seu rancho. O Sítio do Veríssimo. Calor. Desconfortos. Uma jornada fatigante. O Sítio do Ribeirão. Parada desagradável. Fertilidade. Dificuldade de escoamento dos produtos da terra. Mosquitos perniciosos. José Mariano. O Sítio do Riacho. Falta de meios de instrução e de assistência religiosa para os habitantes da região. Fazenda dos Casados. Incêndio na mata.

    O Arraial de Santa Cruz de Goiás, ou simplesmente Santa Cruz, situado a 17° 54' de latitude sul, é um dos mais antigos povoados da província.[1] As terras que o cercam já produziram muito ouro e foram habitadas por homens que possuíram um grande número de escravos. Já teve a sua época de esplendor, mas acabou por ter a mesma sorte de todas as outras povoações fundadas por mineradores. O ouro esgotou-se, os escravos morreram, e Santa Cruz entrou numa fase de decadência que ultrapassa (1819) a de todos os outros arraiais que eu tinha visitado até então.[2] E o minerador que na época de minha viagem passava por ser o mais rico da região não possuía mais que três escravos. A estrada que liga Goiás a S. Paulo passou durante muito tempo por Santa Cruz, e nessa época as tropas deixavam aí algum dinheiro, mas até essa escassa fonte de renda foi tirada ao arraial, pois a partir de Bom Fim toma-se uma outra estrada que torna o caminho quatro léguas mais curto.
    A maioria dos habitantes de Santa Cruz é formada atualmente (1819) por agricultores pobres, que só vão ao arraial aos domingos. A população permanente do povoado, muito escassa, é composta de um pequeno núcleo de artesãos, de prostitutas, de dois ou três proprietários de cabarés e, finalmente, de alguns mulatos e negros livres, que passam a maior parte de sua vida sem fazer nada. São estes últimos que ainda saem à cata do ouro. Quando a seca põe a descoberto uma parte do leito dos rios Corumbá e Peixe, ou de alguns córregos vizinhos, esses homens lavam a areia e os seixos nos pontos onde as águas depositaram o ouro em pó. Às vezes a féria diária é proveitosa, mas quando

---

    (1) Pizarro conta (Mem., IX, 216) que um certo Manuel Dias da Silva, ao atravessar o sertão a caminho de Cuiabá, descobriu por volta de 1729 terras auríferas onde foi erguido o Arraial de Santa Cruz, tendo fincado ali uma cruz com a seguinte inscrição: Viva o Rei de Portugal. Acrescenta que o Rei da Espanha queixou-se dessa posse indevida, mas que sua reclamação não foi levada em conta, tendo sido Dias da Silva recompensado pelo seu governo. Não tenho menor intenção de negar esses fatos, mas confesso que dificilmente consigo explicar como poderia o Rei da Espanha ter-se queixado da implantação dessa cruz numa região tão deserta e tão distante de suas possessões, ou mesmo como poderia isso ter chegado ao seu conhecimento.
    (2) Apesar do estado de decadência e miséria em que recaiu, o Arraial de Santa Cruz foi elevado a cidade pela Assembleia Provincial de 1835 e passou a ser cabeça de uma das comarcas da Província de Goiás (Mill. e Lopes de Moura, *Dicc. Braz.*, II, 488). É evidente que, quando se pretendeu criar uma nova comarca entre a de Goiás e a fronteira meridional da província, não havia melhor escolha para a sua sede a não ser Santa Cruz. Todavia, habituado como me achava a ver como cabeças de comarca unicamente cidades de uma certa importância, como Sabará, Vila do Príncipe, S. João del Rei, etc., etc., não consigo imaginar agora o pobre Arraial de Santa Cruz transformado em sede de comarca.

eles conseguem amealhar alguns vinténs abandonam o trabalho, vão beber cachaça e gozar o ócio junto das amantes.

Embora Santa Cruz seja sede de um julgado e de uma paróquia, o arraial é tão pobre que não se encontra nele uma única loja, e nas poucas e miseráveis vendas que ainda existem ali só há praticamente cachaça. (3) Eu precisava urgentemente de cravos para ferrar os burros. No arraial havia apenas um ferreiro, o qual, não dispondo nem de ferro nem de carvão, tinha ido para o campo. Os agricultores das redondezas não têm mercado para os seus produtos. Pagam o dízimo de acordo com a extensão de suas lavouras e plantam apenas o suficiente para o sustento da família (4) e a aquisição, por meio de trocas, de sal e ferro. Quase nada mandam para o arraial, havendo ali uma escassez quase total de gêneros de primeira necessidade. Tive de recorrer a pessoas influentes para conseguir obter uma quarta de milho.(5)

Santa Cruz é cercada de matas e construída sobre uma plataforma alongada, um pouco acima de um riachinho denominado Córrego Vermelho. Uma centena de passos, em suave declive, separa o arraial do córrego. Como esse trecho tivesse tido outrora muito ouro, os mineradores haviam-no esburacado de todo jeito. Mais tarde cresceu ali uma capoeira, mas atualmente um mato rasteiro tomou conta de tudo. Do outro lado do Córrego Vermelho veem-se alguns morros abruptos e cobertos de mata, dominando o arraial.(6)

Este se compõe de duas ruas largas e bem traçadas, que se estendem paralelamente ao córrego. As casas são pequenas e mal conservadas, sendo que muitas delas se acham hoje abandonadas. Vê-se que todas foram caiadas em outros tempos, mas agora o reboco das paredes já se desprendeu quase que totalmente. Há duas igrejas em Santa Cruz, a paroquial, dedicada a Nossa Senhora da Conceição, e uma capelinha semi-arruinada, consagrada a N. S. do Rosário.

O território do julgado e da paróquia de que Santa Cruz é sede tem uma extensão de 40 léguas aproximadamente, de norte a sul, indo desde o Rio Jurubatuba até o Paranaíba, na fronteira da província. Ainda não tem limites fixos a oeste, onde existe imensa região ainda desabitada e desconhecida.(7) A paróquia inteira de Santa Cruz não conta com mais de 3.000 fiéis (1819), incluindo os escravos, e a igreja paroquial só tem uma outra filiada a ela, a de Bom Fim.(8)

---

(3) como já disse em outro relato, as vendas costumam ter não apenas cachaça mas mantimentos diversos.

(4) Ver o capítulo intitulado *Quadro Geral* da Província de *Goiás — Consequências* do Dízimo, em Viagem às Nascentes do Rio S. Francisco.

(5) A quarta do Rio de Janeiro equivale a 1 decalitro, e a de Goiás a um pouco mais.

(6) Infelizmente, não procurei saber o nome dessas elevações. Trata-se provavelmente do Morro do Clemente, onde segundo Casal e Pohl existem ricas Jazidas cuja exploração é impraticável devido à falta de água. "A Província de Goiás", diz Eschwege, "é uma das mais ricas em ouro, em todo o Brasil. Suas montanhas ainda não foram exploradas, e o máximo que se fez até hoje foi esgravatar em alguns pontos a sua superfície. (...). Quando a população for mais numerosa e os brasileiros puderem explorar suas jazidas com regularidade elas irão oferecer lucros que hoje só podem ser obtidos com imensos sacrifícios". (*Pluto Bras*., 78).

(7) O Abade Luis Antônio da Silva e Sousa, que concorda comigo quanto ao comprimento do território de Santa Cruz, no sentido norte-sul, acrescenta (*Mem. Estat.*) que ele tem 60 léguas ou mais em sua maior extensão. Segundo o mesmo autor, havia em 1832 nesse território — que é quase do tamanho de Portugal, sem o Algarve — 816 roças, 19 engenhos-de-açúcar, 387 tecelagens, 15 oleiros, 22 fabricantes de telhas, 22 alfaiates, 24 sapateiros, 22 carpinteiros, 2 marceneiros, 20 seleiros, 2 pedreiros, 16 serralheiros, 8 ourives, 12 lojas e 31 cabarés. Há de causar espanto haver nessa lista um número de ourives quatro vezes maior que o de pedreiros, mas isso se explica pelo fato de que todas as mulheres de fazendeiros usam joias de ouro, ao passo que todo mundo consegue fazer facilmente sua própria casa, com a ajuda dos escravos, bem como os toscos moveis que a compõem. A partir de 1832 o território de Santa Cruz tornou-se menor, ao ser criada a cidade de Bom Fim, desmembrada dele. Em consequência, há muito o que subtrair das estimativas fornecidas por Luís Antônio da Silva e Sousa, não se devendo pensar que tenha havido grandes progressos com esse desmembramento, pois infelizmente as coisas pouco mudaram. Em 1844 o colégial eleitoral de Santa Cruz ainda contava apenas com 14 membros (Mill. e Lopes de Moura, Dicc. Braz., II. 487).

(8) Posteriormente à minha viagem determinou-se que ficaria subordinada a Bom Fim a igreja de Mãe de Deus, do Arraial de Catalão (Luis da Silva e Sousa, Mem. Est., 29), sobre o qual direi algumas palavras mais adiante. Em 1832, Bom Fim foi desmembrado da Paróquia de Santa Cruz, como já disse, ficando ainda o arraial dependendo dele. Entretanto, parece que atualmente já não é assim, pois Milliet e Lopes de Moura dão a Catalão o título de paróquia (freguesia).

Embora minha coleta de plantas nessa viagem estivesse longe de ser satisfatória, minhas malas se achavam praticamente cheias, e eu precisava de outras e de um burro para transportá-las. O comandante de Santa Cruz esforçou-se inutilmente para me arranjar novas malas e outro animal, e acabei vendo-me forçado a partir sem conseguir nada. Todavia, indicou-me um fazendeiro que morava nas vizinhanças de Corumbá e que, segundo ele, poderia vender-me o que eu queria.

Depois de Santa Cruz[9] atravessei terras razoavelmente cobertas de matas, e a uma légua do arraial passei por um engenho-de-açúcar muito bem organizado, que pertencia ao comandante. Não querendo passar a noite no próximo abrigo, devido às sua péssimas condições, desviei-me do caminho e fui dormir no Sítio Novo, propriedade que me pareceu ter tido outrora uma certa importância, mas cujas casas semi-arruinadas eram agora, em sua maioria, habitadas unicamente por morcegos.

No dia seguinte, ao pretender retomar a estrada eu me extraviei, andando duas léguas a mais. Durante essa cansativa jornada de 6 léguas não observei nenhuma mudança no aspecto da região, nem na sua vegetação. Depois de caminhar 2 léguas cheguei ao Sítio do Brejo, composto de duas ou três choupanas miseráveis cujas paredes, feitas segundo o costume com paus cruzados, não tinham nem mesmo sido rebocadas com barro. A pouca distancia dali passei por outro sítio, que não era melhor do que o anterior, e alcancei finalmente o Rio Corumbá, às margens do qual havia um engenho-de-açúcar cujo estado era tão precário quanto o dos dois sítios.

O Corumbá, que eu já conhecia quando passei pelo arraial do mesmo tem sua nascente nos Montes Pireneus, num lugar denominado Curral, segundo me informaram. Depois de receber as águas de numerosos rios e córregos ele vai desaguar, como já foi dito, no Paranaíba. No ponto onde o atravessei, o rio devia ter na ocasião mais ou menos a mesma largura do Loiret a uma centena de passos abaixo da Ponte d'Olivet. Na estação das chuvas deve ser muito mais largo. Acima e abaixo do ponto de travessia o seu leito é atravancado por grandes pedras, que na estação da seca afloram à superfície mas provavelmente ficam submersas em outras épocas. Nas suas duas margens viam-se grandes árvores cuja folhagem verde e viçosa, assim conservada pela umidade do terreno, me alegrou por alguns instantes os olhos cansados das cores pardacentas dos campos. O Corumbá era um dos rios cujo pedágio tinha sido concedido, por três gerações, à família de Bartolomeu Bueno. À época de minha viagem a terceira geração ainda não se extinguira.[11] Mostrei minha carta-régia ao rapaz encarregado de receber o pedágio e, após criar algumas dificuldades, ele me dispensou do pagamento, como tinha ocorrido em outros

---

(9) Itinerário aproximado do Arraial de Santa Cruz ao Rio Paranaíba:
De Santa Cruz ao Sítio Novo.....................2 ½ Léguas
De Sítio Novo ao Sítio de Pedro da Rocha.................4 Léguas
De Pedro da Rocha ao Sítio da Posse........................3 Léguas
De Posse ao Sítio do Braço do Veríssimo................4 ½ Léguas
Desse sítio ao Sítio do Veríssimo............................4 ½ Léguas
De Veríssimo ao Sítio do Ribeirão.............................5 Léguas
De Ribeirão ao Sítio do Riacho................................4 Léguas
Do Riacho ao Porto Real da Paranaíba........................4 Léguas

31 ½ Léguas

Verifica-se, pelo curto itinerário de Luis d'Alincourt, que ele não parou por Santa Cruz e o seu caminho foi diferente do meu.

(10) Ver o cap. II deste livro.

(11) Como foi explicado no cap. XIV de meu relato *Viagem às Nascentes do Rio S. Francisco*, a honra da descoberta da Província de Goiás pertence realmente à família Bueno. Não é menos verdade, porém, que Manuel Correia ali chegou antes deles. Eschwege discorda dos historiadores quando data a expedição de Batolomeu Bueno, pai, como sendo anterior à de Manuel Correia, que ele diz ter ocorrido em 1719, quando na verdade remonta a 1670 (Pluto Brasiliensis, 54).

lugares. As pessoas e as mercadorias fazem a travessia em canoas, ao passo que os animais são induzidos a fazê-la a nado, presos à canoa por cordas longas. Cada pessoa paga 40 réis, os animais com carga, 120, e os sem carga, 80.

A pouca distância do Corumbá eu tinha encontrado uma numerosa tropa que se dirigia para Cuiabá, e à beira do rio uma outra aguardava a sua vez de passar. Conversei com o mercador a quem pertencia essa tropa e ele me disse que era composta de sessenta bestas de carga. Levava também uma dúzia de molecotes da Costa da África, e estava vindo de S. Paulo com destino a Cuiabá. Achava que seria forçado a vender a longo prazo quase toda a sua mercadoria, não esperando poder retornar a S. Paulo antes de dois anos. Negócios desse tipo são muito lucrativos, não há dúvida, mas os proveitos que trazem são na verdade comprados muito caro. Os paulistas que empreendem essas intermináveis viagens através do sertão devem forçosamente ter conservado alguma coisa do espírito aventureiro e da perseverança de seus antepassados.

Após ter atravessado o Corumbá andei ainda uma légua para chegar ao Sítio de Pedro da Rocha, onde havia malas e burros para vender. Eu aprendera tão bem, por minha própria experiência, a me aproveitar de todas as ocasiões, naqueles lugares onde faltavam as coisas mais indispensáveis à vida, que receando não encontrar malas para comprar a não ser em Mogi Mirim, a primeira cidade da Província de S. Paulo, resolvi comprar as que me ofereceram ali, embora fossem muito caras, e pela mesma razão adquiri também um burro, cujo preço foi igualmente alto.

Do Corumbá ao Paranaíba contam-se no mínimo 25 léguas. Nesse percurso a região, ora montanhosa, ora levemente ondulada, continua a apresentar alternadamente matas e pastagens, aquelas nas baixadas e estas nas encostas e no alto dos morros. O terreno mostra-se muitas vezes pedregoso e arenoso, e nesses trechos as árvores têm menos vigor e nascem afastadas umas das outras. As espécies são sempre as mesmas, invariavelmente. Até onde a vista pode alcançar não há o menor traço de cultura, o menor sinal de gado nos pastos, apenas uma profunda solidão, uma tediosa monotonia. Não existe ali nenhuma fazenda (1819), mas a algumas léguas de distância uns dos outros encontram-se, à beira da estrada, uns poucos e miseráveis sítios, e junto deles os indefectíveis ranchos abertos de todos os lados. Os proprietários mandam construir esses abrigos ao lado de suas casas a fim de atraírem as tropas e darem saída ao seu milho. Mas nesse ano não havia milho em parte alguma, pois ele é plantado em quantidade rigorosamente calculada para fazer face à procura, e a seca tinha atrapalhado todas as previsões. Quando vemos a indolência e o tédio estampados no rosto dos agricultores estabelecidos ao longo da estrada, é difícil deixarmos de sentir um certo desprezo por eles. Esses homens são de uma pobreza extrema, e nada fazem para sair dela. Por toda a parte se estendem pastagens excelentes, quase em todos os lugares há terrenos salitrosos que poupariam aos proprietários o gasto com sal para o gado, e no entanto eles possuem no máximo duas ou três vacas que lhes fornecem um pouco de leite. Suas roupas se resumem, como entre os mineiros mais pobres, nuns calções de algodão grosso e numa camisa do mesmo tecido, usada com as fraldas para fora. Os mais abastados acrescentam a essa indumentária um colete de lã.

No dia em que deixei o Sítio de Pedro da Rocha fui atormentado sem cessar durante a jornada por dezenas de pequenas abelhas e borrachudos, que me obrigavam a piscar ininterruptamente os olhos a fim de evitar que entrassem neles, e isso me cansou terrivelmente. Meu desconforto chegou ao auge quando fui colher plantas à beira de um brejo. Se eu parava de agitar o lenço por um instante que fosse meu rosto se cobria de mosquitos.

A uma légua de Pedro da Rocha passei defronte do Sítio do Palmital, composto de alguns casebres e um rancho. A partir daí não encontrei nenhuma outra propriedade até o Sítio da Posse, onde parei.

Havia ali apenas um miserável casebre coberto pela metade, onde morava o proprietário. e um outro praticamente em ruínas, que servia de rancho. A seca era tão grande que ao nos aproximarmos desse miserável abrigo nossos pés afundaram na poeira, e os cavalos e porcos levantavam a todo instante turbilhões à nossa volta.

O Sítio da Posse pertencia a um mineiro que se fixara ali recentemente. Eu já havia encontrado numerosos geralistas[12] recém-estabelecidos na Província de Goiás. Esses homens alegavam que tinham abandonado sua província porque as terras ali já estavam todas tomadas. A verdade, porém, é que, emigrando, procuravam fugir da justiça ou de seus credores.

No dia seguinte ao do pernoite em Posse não encontramos durante a jornada nenhuma outra habitação a não ser uma humilde choupana com um rancho ao lado. Do alto de um morro bastante elevado pudemos descortinar uma grande extensão de terras, mas a bruma seca que encobria tudo nos impediu de distinguir as coisas com nitidez.

Como já tive ocasião de dizer em outro relato,[13] a partir do dia 22 de agosto o céu perdeu toda a sua luminosidade. Uma névoa pardacenta tirava à atmosfera toda a sua transparência, e à tarde o disco do sol podia ser encarado de frente sem causar ofuscamento. No dia 30, quando deixei Posse, houve trovoadas e vimos alguns relâmpagos. Mas a chuva não veio. Estávamos ainda longe da época em que ela devia começar.

Paramos num sítio composto de alguns casebres esparsos, erguidos à beira de um riozinho que tem o nome de Braço do Veríssimo,[14] assim chamado porque deságua no Rio Veríssimo. Sua nascente fica a 8 léguas do sítio, num lugar denominado Imbiriçu, segundo me informaram. Seu curso não vai além de 12 ou 13 léguas e suas águas têm fama de serem muito piscosas, mas até então (1819) não havia sido encontrado ouro em seu leito.

Uma tropa que se dirigia de S. Paulo a Cuiabá achava-se também ali, e era a terceira que eu encontrava desde Meia-Ponte. Foi-me cedido um pequeno cômodo cuja parte da frente, inteiramente aberta, servia de rancho. Os sacos de couro bruacas[15] que continham as mercadorias da tropa tinham sido empilhados cuidadosamente entre as estacas que serviam para amarrar os burros. Nossa fogueira foi armada ali, perto da dos tropeiros, e os negros formavam círculo, acocorados ao redor delas, enquanto seus patrões se estendiam nas redes, amarradas ao ar livre nos mourões do curral.

A modesta propriedade onde parei no dia seguinte tem o nome de Sítio do Veríssimo, por se achar situada nas margens desse rio. Esse pequeno curso d'água, que se lança no Corumbá, estava quase seco nessa época, mas cresce muito de volume na estação das chuvas.

Embora a névoa atenuasse bastante os ardores do sol, fazia mais calor do que comumente viera fazendo desde meados de março, e por volta das três

---

(12) Nome que em muitos lugares é dado aos habitante da Província de Minas Gerais.

(13) Ver o capítulo intitulado *Quadro Geral da província* de *Goiás — Clima e Salubridade,* em *Viagem às Nascentes do Rio S. Francisco.*

(14) Escrevo esse nome da mesma maneira que Casal e Luís d'Alincourt, e como é pronunciado na região. Não creio que seja aceitável a grafia usada por Pizarro, que escreveu Viríssimo.

(15) "E por grupos apinhoados.
   Em seu centro estão arreios
   Sacos, couros e bruacas.
   Fileiras de estacas toscas
   No terreno em frente se alçam,
   Em que estão presas as bestas
   Sacudindo seus bornais."
   Bacharel Teixeira (em Minerva Bras., 592).

horas da tarde o termômetro marcava geralmente entre 31 e 32,5° graus. Assim, ao chegarmos ali estávamos todos afogueados, e justamente quando precisávamos de um abrigo que nos desse um pouco de conforto achamo-nos instalados num miserável rancho aberto de todos os lados, com nossas bagagens amontoadas na poeira, e burros e porcos levantando nuvens de pó à nossa volta.

Após passarmos a noite no Sítio do Veríssimo pusemo-nos de novo a caminho. Havia mais de sete horas que estávamos caminhando, sob um calor terrível, e tínhamos feito 5 léguas quando chegamos ao Sítio do Ribeirão, situado à beira de um riacho, onde devíamos parar. Eu estava morto de fome e com os nervos à flor da pele. Sentia-me incapaz de dar mais um passo. Entretanto, como fosse impossível guardar minhas coisas nas taperas de que se compunha o sítio, José Mariano quis forçar-me a andar mais 2 léguas e se mostrou muito impertinente, como sempre acontecia ao fim de uma jornada fatigante. Mas eu insisti em ficar ali mesmo no Ribeirão, alojado não importa onde. Acabamos por nos instalar à beira do riacho, num local onde não havia a menor sombra. O dono do sítio pediu-me muitas desculpas por não me poder oferecer melhor abrigo, e desde o primeiro momento percebi por suas maneiras amáveis que ele não era natural da Província de Goiás. Não me enganei nesse ponto, pois se tratava de um mineiro.

Em todo o percurso que fiz nesse dia e nos precedentes, o solo era pedregoso e de má qualidade. Entretanto, existem nas baixadas terras excelentes, e todos os agricultores foram unânimes em afirmar que o milho ali rende na proporção de 240 por 1. É em Paracatu que eles encontram mercado mais garantido para os seus produtos, mas essa cidade fica distante dali 30 léguas. A viagem não se faz em menos de doze dias em carro-de-boi, o único meio de transporte de que dispõem, e muitas vezes, ao chegar ao seu destino, o agricultor ainda encontra grande dificuldade em vender os seus produtos.

Depois que deixamos o Ribeirão fomos atormentados o dia todo por abelhas, borrachudos, pernilongos e um minúsculo mosquito cuja picada queima como uma fagulha, sem deixar traços. Tratava-se, creio eu, de um mosquito que nas vizinhanças do Rio de Janeiro é chamado de *miruim*.[16]

A escassez de água se fazia sentir de uma forma desesperadora. O céu mostrava-se sempre brumoso, mas apesar disso reinava um calor seco que causava um terrível mal-estar. Diante de condições tão adversas, José Mariano tornou-se insuportável por seu mau-humor e impertinência. Eu jamais deixava de lhe dar atenção, mas era totalmente impossível adivinhar as causas de sua insatisfação, e o mais provável era que estivesse insatisfeito consigo mesmo. Ele me era absolutamente indispensável em minhas viagens por aqueles sertões, onde me seria impossível arranjar outro arrieiro, e isso me fazia suportar seus caprichos com uma paciência inalterável. Mas o meu mérito era pequeno, pois essa paciência era ditada simplesmente por uma necessidade imperiosa. As pessoas que moram nas cidades dão pouca atenção ao mau-humor de seus criados, pois dispõem de mil modos de se subtraírem a ele. Mas é um verdadeiro suplício ter diante dos olhos, em todas as horas do dia, uma fisionomia triste

---

(16) Não creio que se deva escrever meroé. — Quando passei por Ubá pela primeira vez, em 1816. fui atormentado por um minúsculo díptero cujo nome não fiquei sabendo e que provavelmente não era outro senão o *miruim*. Eis o que escrevi então: "Os mosquitos a que me refiro, extremamente pequenos, não entram nas casas, mas basta permanecermos imóveis por alguns instantes num lugar úmido para sermos atacados por nuvens desses insetos e o efeito de sua picada, semelhante a uma queimadura, se faz sentir durante muito tempo. No dia em que aqui cheguei sentei-me à beira do rio para descrever uma planta da família das Violáceas, e não tardou que uma multidão desses pequenos insetos me deixasse o corpo em fogo. Permaneci obstinadamente no lugar, decidido a terminar a descrição, mas posso afirmar que sofri um verdadeiro martírio. O suor escorria do meu rosto como se eu tivesse feito um exercício violento, minha respiração estava acelerada, e quando afinal saí dali sentia-me cansado como se acabasse de fazer uma longa corrida."

e carrancuda, e ouvir constantemente respostas ásperas de quem só recebe de nós um tratamento gentil.

A 4 léguas de Ribeirão paramos no Sítio do Riacho, composto de três ou quatro casebres pertencentes a diferentes pessoas. O dono de um deles, de aspecto mais apresentável, recebeu-me amavelmente em sua casa, cedendo-me o seu melhor cômodo. Passei um dia nesse sítio, para dar descanso aos burros, e aproveitei o tempo para colher plantas e pôr em ordem minhas malas, que me serviam ao mesmo tempo de museu, de biblioteca e de armário ambulantes.

A região onde eu me encontrava distava pelo menos 25 léguas de Santa Cruz, no entanto dependia dessa paróquia. Até as margens do Paranaíba, que forma o seu limite meridional, bem como o de toda a província, não existia nenhuma outra capela que dela dependesse. Antigamente o vigário de Santa Cruz fazia todos os anos uma viagem até o Paranaíba para confessar os moradores do lugar, mas cansou-se de ficar afastado de sua casa tanto tempo, e o vigário da Aldeia de Santana, que a princípio o substituiu, foi embora dois anos depois. [17] O vigário de Santa Cruz tinha muitas coisas com que se ocupar, para que perdesse tempo com os seus paroquianos. Dedicava-se ao comércio, de que parecia entender bastante, e quando o visitei ele me falou de seus negócios com toda a naturalidade. Adaptara-se aos costumes da região, e não poderia ser considerado mais culpado do que tantos outros. Seria injusto, nesses casos, censurar um determinado indivíduo em particular. Uma reforma geral nos costumes é que seria necessária. Seja como for, os habitantes dessa região não vão jamais à missa (1819), não recebem os sacramentos quando estão doentes e se acham privados de qualquer tipo de instrução religiosa e moral. Se ainda têm algumas noções da religião cristã, isso se deve provavelmente a tradição de família que o tempo acabará por fazer desaparecer.[18] A palermice e a grosseria demonstradas por esses infelizes não deve, pois, causar surpresa. As poucas pessoas com quem eles se comunicam de longe em longe, e unicamente no tempo da seca, são os tropeiros, afora o convívio com seus escravos e seus rudes empregados (camaradas). Nada há para despertar a sua inteligência, para reavivar os seus conceitos morais, e nada, por assim dizer os liga à sociedade humana.

Depois de Riacho as terras são muito boas e os capões se multiplicam A cerca de 1 légua do Paranaíba penetramos numa mata de exuberante vegetação, que se estendia até a beira do rio.

Ainda nas proximidades do sítio passei diante da Fazenda dos Casados, onde há um engenho-de-açúcar. Ao redor da casa se agrupavam várias outras, pertencentes ao *agregados*, o que dava ao lugar o aspecto de um pequeno povoado. Desnecessário é dizer que a casa do proprietário diferia pouco das outras, e mesmo da senzala. Essa forma de igualdade, generalizada nessa parte da província, nada provava senão uma uniforme rusticidade de hábitos. Os tropeiros encontram nessa fazenda as provisões de que necessitam, mas um mercado tão precário não seria suficiente, dada a importância da propriedade. Seu dono enviava também a Araxá açúcar, cachaça e outros produtos, em lombo de burro. A viagem não levava mais que doze dias.[19]

---

(17) Ver capítulo seguinte.

(18) É evidente que a situação que descrevo aqui há de ter mudado em aspectos, desde que se construiu uma igreja em Catalão ou em suas vizinhanças e esse arraial foi elevado a paróquia.

(19) Luís d'Alincourt diz (Mem. Viag., 71) que de 1818 a 1823 a Fazenda dos Casados cresceu consideravelmente porque os filhos do proprietário, depois de casados, construíram suas casas junto à do pai, vivendo todos em boa harmonia. Nesse mesmo espaço de tempo, acrescenta o autor, a população das terras vizinhas da estrada também aumentou bastante, devido aos mineiros que emigraram para ali. — É a 4 léguas da fazenda que se acha situado o Arraial de Catalão. 1818 havia ainda poucos colonos nesse lugar, mas em 1823 eles já eram numerosos, tendo construído ali uma capela (Alincourt. Mem., 73). Mais tarde Catalão passou a ser filiado a Santa Cruz e tudo indica que posteriormente acabou por ser transformado em paróquia. Não se deve pensar, porém, que essas modificações sejam devidas a um crescimento real da população; causadas simplesmente por deslocamentos.

A Fazenda dos Casados fica situada a apenas 1 légua do Sítio do Riacho, e até as margens do Paranaíba, isto é, nem percurso de 3 léguas, encontrei de longe em longe uma propriedade pelo caminho. A fertilidade do solo e a proximidade do rio, à beira do qual as tropas às vezes acampam, hão de ter certamente induzido os agricultores a se estabelecerem na região.

No meio da mata que margeia o Paranaíba, e que já mencionei acima, tinham sido cortadas as árvores numa extensão de alguns hectares, para aí ser feita uma roça. Conforme o costume, havia sido ateado fogo aos troncos abatidos, e o fogo se propagou pela mata. Vi árvores gigantescas, queimadas pela base tombarem com estrondo, arrastando em sua queda as que ainda não tinham sido atingidas pelas chamas. Dessa maneira, em troca de alguns alqueires de milho, os agricultores arriscam por sua imprevidência destruir uma floresta inteira. E não está longe o tempo em que os brasileiros irão lamentar a extinção total de suas matas.[20]

Não tardei a alcançar as margens do Paranaíba, e pouco depois deixei para sempre a Província de Goiás.

Quando estive na Fazenda de Ubá em 1816, o dono dessa bonita propriedade, João Rodrigues Pereira de Almeida, recebeu a visita de um coronel que vinha de Goiás, onde tinha ocupado um cargo importante, e se dirigia ao Rio de Janeiro. Era um homem digno, instruído, sensato, de trato afável e conversa inteligente. Tinha viajado muito e falava várias línguas, inclusive um francês perfeito. Passamos juntos dez dias. Falou-me muito sobre a província que acabava de deixar, e tive o cuidado de anotar nossas conversas.

A estada desse oficial em Goiás remonta provavelmente aos primeiros anos deste século. Ao transcrever suas palavras neste livro tornarei menos incompleto o esboço de uma monografia da Província de Goiás que tentei traçar. Elas mostrarão como são antigas as misérias da província e quão pouca atenção recebiam do governo nos tempos coloniais. Mostrarão também quanto seria de desejar que uma administração sábia e inteligente despertasse finalmente de sua apatia os seus habitantes e os estimulasse a fecundar, pelo trabalho, os germes da prosperidade que uma Natureza generosa semeou à sua volta.

"A população de Goiás", disse-me o coronel, "soma apenas 50.000 habitantes, incluindo os negros. Vila Boa, sua capital, não conta com mais de 3.000. As terras da província são excelentes e produzem açúcar, café e algodão em abundância, mas, como não dispõem de meios de exportar seus produtos, seus habitantes cultivam apenas o necessário para o seu sustento. Não exercem nenhum outro ofício, e em troca dos artigos manufaturados trazidos em lombo de burro só têm o ouro para oferecer.

> (20) Um dia chegará, íncola insano,
> Que o suor de teu filho a estrada banhe,
> Que arquejando, cansado, em longos dias
> Em vão busque um esteio, que levante
> O herdado casal curvado em ruína!
> Um dia chegará que a peso de ouro
> Compre o monarca no seu vasto império
> Estranhos lenhos, que mesquinhos teçam
> Dos fastígios reais a cumieira!
> E os templos do Senhor o pinho invoquem
> Para o altar amparar das tempestades!
> MANOEL DE ARAÚJO PORTO ALEGRE.

Já levantei a minha voz há muito tempo (ver *Viagem pelas Províncias do Rio de Janeiro e de Minas Gerais*) contra a destruição intempestiva das florestas. Mas forçoso é reconhecer que não são os brasileiros os únicos que merecem censura pela devastação das matas. Esse grave erro é o resultado da imprevidência e do egoísmo, e em toda parte há homens imprevidentes e egoístas. Apesar das sábias regulamentações em vigor, das exortações dos agrônomos, mil vezes repetidas, e dos males causados pelos desmatamentos indiscriminados, continua na França a derrubada de florestas que deveriam ser conservadas. Colinas que outrora eram cobertas de pinheiros, nos Pireneus, não apresentam hoje esparsos tufos de capim. Basta que surjam ali alguns arbustos, para serem logo arrancados.

"A esperança de encontrar esse precioso metal foi o único motivo que levou alguns homens aventureiros a se embrenharem no coração da mata, deixando para trás vastas terras despovoadas e incultas. A escassa população do Brasil acha-se disseminada numa superfície imensa, ao passo que se os colonos só se tivessem afastado do litoral à medida que lhes faltassem as terras todo esse vasto império ter-se-ia tornado incontestavelmente rico e florescente. Diluído numa grande quantidade de água, até o licor mais forte passa desapercebido.

"Os antigos caçadores de ouro eram geralmente homens sem fortuna, que nem sempre foram recompensados pelos seus esforços. Muitas pessoas ainda fazem hoje em Goiás gastos consideráveis, na esperança de encontrarem riquezas, e acontece muitas vezes que, depois de muitas buscas, verificam que não avançaram um passo para melhorar sua situação.

"Nesse tipo de trabalho são empregados os negros. Um escravo custa, em Goiás, 200.000 réis, mas muito pouca gente se acha em condição de pagar esse preço à vista. A compra é feita a crédito, e durante todo o tempo em que o amo se ocupa em treinar o escravo para o trabalho os juros vão-se acumulando. Quando chega o momento de saldar a dívida o escravo ainda não rendeu nada; o proprietário vende então uma parte do que possui, e assim se vai tornando cada dia mais pobre.

"Uma das principais causas do empobrecimento da província é o desprezo com que são encarados os laços de família. Os casamentos são raros e sempre ridicularizados, sem dúvida um conceito que se originou da imoralidade dos primitivos colonos. Os brancos levam uma vida desregrada, em companhia de mulheres negras ou índias; interessam-se pouco pelas crianças que nascem dessas uniões passageiras e não se preocupam em aumentar os seus bens, que mais tarde serão herdados por parentes afastados. Suas amantes, sabendo que não podem contar com uma ligação duradoura, apressam-se em tirar proveito da ascendência que exercem sobre eles e acabam de arruiná-los.

"Por outro lado, a mestiçagem vai aumentando cada vez mais, e já não se encontra na província um número de brancos suficiente para ocupar os cargos públicos.

"As crianças nascidas dessas uniões ilegítimas e passageiras não recebem qualquer educação; cedo se habituam a todos os vícios, corrompem-se na ignorância, não conhecem nem família nem pátria e se recusam a trabalhar, sob pretexto de que o sangue dos brancos corre em suas veias.

"Seria conveniente que o governo estimulasse os casamentos através de isenções de impostos, ao mesmo tempo que desencorajasse o celibato por meio do aumento das taxas.

"A Província de Goiás é cortada por grandes rios, e o principal deles, o Tocantins, é facilmente navegável. Para dar escoamento aos produtos da região bastaria mandar construir algumas barcas, instalar às margens do rio, de espaço a espaço, uma espécie de armazém onde se vendessem víveres e estabelecer postos militares nas vizinhanças. O governo já percebeu as vantagens desse plano e há bastante tempo vem concitando os habitantes de Goiás a se cotizarem para que seja usado o transporte fluvial. Mas eles são tão pobres que ninguém se apresentou como acionista".[21]

Com ligeiras diferenças, esse é o mesmo e lamentável quadro que eu próprio já tracei em outro relato, pormenorizadamente. Assim, em 1819 já fazia muitos anos que a situação da Província de Goiás era precária, e os trabalhos de Matos e Gardner parecem indicar que não houve nenhuma melhora posteriormente.

---

(21) Provavelmente no governo de Francisco de Assis Mascarenhas, Conde de Palma.

Introduziram-se algumas reformas, resolveram-se problemas de pouca importância, mas não chegou ao meu conhecimento que alguma medida de vulto tenha sido tomada para restaurar as finanças, desenvolver a agricultura e o comércio, incutir um pouco de energia no povo da região, despertar seus brios e melhorar seus costumes. Estão latentes ali — torno a repetir — os elementos de uma grande prosperidade. Esperemos alguma coisa do bom senso da espécie humana, e contemos também com o correr dos anos e com a Providência. (22)

---

(22) "A Província de Goiás poderia ser", diz Eschwege (*Pluto Brasiliensis*, 69), "uma das mais produtivas e mais florescentes do Brasil se sua sua administração não tivemos sempre sido confiada a homens ineptos e sem escrúpulo. No antigo governo, cada funcionário cuidava apenas de seus interesses particulares, e ainda acontece frequentemente depois que a capitania passou a ser governada por uma assembleia provincial." — A Fernando Delgado, que foi indubitavelmente um homem de bem, sucedeu Manuel Inácio de Sampaio, a quem foram feitas acusações tão graves, (Schaeffer, Bras.) que é impossível não considerá-las como calúnias. Depois da revolução que deu ao Brasil uma completa independência, Sampaio foi obrigado a deixar o governo, sendo instituída uma *junta administrativa*. Em breve essa junta foi substituída por outra, chamada *provisória*, cujos membros foram nomeados pelo Príncipe Regente D. Pedro I. Finalmente, a partir de 1824, a administração de Goiás foi confiada, como a das outras províncias do Império, a um e um presidente e um secretário, assistidos por um conselho provincial (MiII. e Lopes de Moura, Dicc. Braz., I, 401). É evidente, pelo que diz Matos (Itinerário, I), que desde a sua origem o governo provincial teve a sua ação entravada por intrigas surdas e mexericos. A intriga é comum a todos os países, mas floresce principalmente naqueles onde o trabalho é pouco conhecido. É a ocupação dos homens ociosos, e assim parece ter estabelecido o seu império entre os brasileiros. A falta de homens capazes deve ter também um grande obstáculo para o estabelecimento de um governo honesto e regular na Província de Goiás. Aos habitantes da região — torno a repetir — não falta inteligência, mas essa qualidade não é suficiente para fazer um bom administrador. A Instrução também é essencial para isso, e não havia de ser sob a vigência do regime colonial que os goianos iriam poder adquiri-la. Um dos membros da primeira junta era um sacerdote que comia à mesa do governador frequentemente e lhe servia de joguete. Esse homem me falou um dia de uma transação que me pareceu pouco lícita. "Mas reverendo", disse-lhe eu, "trata-se de uma simonia". "Não, retrucou-me ele, o "o senhor vai ver que não é assim", e me recitou em latim a série de impedimentos dirimentes do casamento. Depois dessa época as coisas não mudaram muito, infelizmente. Já dei a conhecer qual era a situação do ensino em Goiás, em 1832. Parece que mais recentemente — forçoso é dizê-lo em louvor do governo provincial — foi instituída em Vila Boa uma cadeira de Filosofia e outra de Latim e que, além do mais, ensinam-se ali Geometria e Francês (MiII. e Lopes de Moura, *Dicc. Braz.*, I, 106) . Mas uma instrução tão elementar quanto essa não basta para formar homens capazes, e além do mais é de supor que não sejam os melhores professores do Brasil que se vão fixar em Goiás, pois é com grande dificuldade que se encontram homens dispostos a se enterrar numa província tão remota para exercerem outras funções muito mais bem remuneradas que as de professor de Geometria e Francês (ver o relatório feito à Assembleia Legislativa do Império, relativo ao ano de 1946). Por outro lado, poucos goianos dispõem de recursos para mandar seus filhos para a Escola de Direito de S. Paulo ou da capital do Brasil, distantes dali mais de duzentas léguas. Forçoso é convir que os pais devem também relutar em colocar entre eles próprios e os seus filhos uma extensão tão grande de terras desérticas. De acordo com o relatório feito por Joaquim Marcelino de Brito, Ministro de Estado do Brasil. A Assembleia Geral Legislativa de 1847, havia apenas dois goianos na Escola de Direito de S. Paulo, dois na de Medicina do Rio de Janeiro, 4 na de Direito de Olinda e dois no Colégio D. Pedro II do Rio. Diante de tudo isso e dos dados que mencionei neste livro, não podemos deixar de reconhecer que, embora os sucessivos governos de Goiás, desde a sua descoberta até os nossos dias tenham cometido os mais graves erros, e embora possam ser acusados de negligência, de imperícia e até mesmo de malversação das finanças, mesmo os homens mais hábeis e mais bem intencionados irão encontrar sempre obstáculos imensos, se não intransponíveis, no isolamento da província, na sua escassa população espalhada por uma área demasiadamente extensa, na extrema miséria de seus habitantes e na indolência que leva um clima excessivamente quente.

CAPÍTULO XI

AINDA A PROVÍNCIA DE MINAS. OS ÍNDIOS MESTIÇOS DO PARANAÍBA

O Paranaíba, limite da Província de Goiás. Dados sobre esse rio. A travessia, no Porto Real do Paranaíba. Soldados mineiros. Distrito privilegiado concedido aos índios mestiços. Mosquitos irritantes. A Aldeia do Rio das Pedras. Sua localização, suas casas. Descrição dos índios que a habitam. Seu capitão, sua história, seus privilégios. A agricultura, sua principal ocupaçao. Escoamento dos produtos de suas terras. Ausência absoluta de assistência espiritual e de meios de instrução. O vocabulário dos índios, comparado com o da língua geral e o dialeto de S. Pedro dos índios; ortografia; pronúncia; considerações sobre as mudanças sofridas pela língua geral. A Aldeia da Estiva. Sua localização, sua história. Dados sobre seus habitantes. As nuvens de mosquitos às margens do Rio da Estiva. A abandonada Aldeia de Pisarrão. A Aldeia da Boa Vista. Seus habitantes. Uma festa. Reflexões sobre a maneira como os homens de nossa raça se portam em relação aos índios. A felicidade dos índios mestiços do Paranaíba. Vantagens da mistura de raças. Resultados dessas misturas. Por que a antropologia é uma ciência ainda quase ignorada.

Antigamente a Província de Goiás ultrapassava de 34 ou 35 léguas o seu limite atual, ou seja, ia até o Rio Grande. Como, porém, o território compreendido entre esse rio e o Paranaíba fizesse parte do julgado de Desemboque,[1] ele teve a mesma sorte deste e do de Araxá quando em agosto de 1816 foram ambos anexados à província de Minas.[2] O Paranaíba passou então a constituir o limite meridional de Goiás.

Esse rio tem sua nascente na Comarca de Paracatu,[3] na vertente oriental da cadeia que divide suas águas das do S. Francisco (Serra do S. Francisco e do Paranaíba). Seus principais afluentes são o Rio das Velhas, o S. Marcos e o Corumbá, e embora os dois últimos rios venham de pontos mais distantes perdem o seu nome ao se reunirem a ele. Grandes pedras afloram à sua superfície bem como à do Paranaíba,[4] e infelizmente impedem que este último seja navegável. Que eu saiba, nunca foi encontrado ouro em seu leito, mas o rio tem fama de ser muito piscoso. Todavia, convém observar que o peixe só morde o anzol na época das chuvas, o que, aliás, é o comum em todos os rios da região[5]

---

(1) O Arraial de Desemboque, situado na margem esquerda do Rio das Velhas, deve sua fundação a alguns mineiros e é mais antigo que Araxá. Tudo indica que os seus habitantes, favorecidos pela decantada fertilidade das terras circunvizinhas, gozem de uma certa prosperidade. Eschwege diz (Braz., I, 99) que em 1816 Desemboque ainda contava apenas com 65 casas e que havia 181 fazendas em todo o julgado, cuja população era calculada em 3.945 habitantes espalhados numa área de aproximadamente 500 léguas quadradas. É de admirar que Pizarro, em trabalho publicado em 1822, ainda tenha situado Desemboque na Província de Goiás e não mencione, a não ser ocasionalmente, a anexação desse Arraial a Minas. Desemboque foi elevado a cidade e conta em todo o seu distrito, segundo Millet e Lopes de Moura (Dicc., 325), com 5.000 habitantes os quais tiram grande proveito do cultivo das terras. O mate, ou *congonha* (*Ilex paraguariensis*, Aug. De S. Hillaire — e não paraguayensis, como já se escreveu) é muito comum nos arredores de Desemboque, conforme afirmam os mesmos autores.
(2) Ver o capítulo intitulado "O Arraial de Araxá", etc., em *Viagem as Nascentes do Rio S. Francisco.*
(3) Pohl, Reise I, 242.
(4) *Viagem ao Distrito dos diamantes e Litoral do Brasil*
(5) Num livro de leitura indispensável aos que desejam conhecer a geografia do Brasil, o *Dicionário Geográfico*, etc., os autores julgaram necessário mudar o nome do Paranaíba para Paranaíva (II, 239) porque, segundo eles, esse rio é chamado ora de *Paraíba*, ora de *Paranaíba* e até mesmo de *Paraná*. Nos dois pontos onde eu o atravessei ouvi que o chamavam de Parnaíba, o que evidentemente é uma corruptela de Paranaíba. Uma vez que este último nome é o adotado por autores que merecem crédito, como Manuel Aires de

Eu já tinha atravessado o Paranaíba para ir de Araxá a Goiás. O ponto onde é feita essa travessia quando se vai para S. Paulo, e que tem o nome de Porto Real do Paranaíba, fica muito mais perto de sua nascente, mas suas águas ali já são volumosas. Não obstante, a prolongada seca que se fazia sentir à época de minha viagem tinha reduzido o rio a um terço de sua largura normal. Suas duas margens elevam-se muito pouco acima do nível das águas, mas são bastante íngremes e cobertas de árvores de folhagem exuberante. A travessia se faz numa espécie de balsa feita com duas canoas amarradas uma à outra, tendo sobre elas uma prancha. O pedágio é recolhido por dois soldados do regimento de Minas, pertencentes a uma guarnição militar instalada a alguma distancia dali, às margens do Rio das Velhas. Os soldados ocupam uma pequena casa na margem esquerda do Paranaíba (1819).

Um deles estava viajando, e o outro me recebeu com a cortesia que distingue os mineiros e, em particular, os soldados do regimento dessa província. Ele fez questão de partilhar comigo o seu jantar. Conversamos muito sobre a sua terra, de que eu sempre lembrava com um profundo sentimento de gratidão. Os soldados do regimento de Minas, como já disse em outro relato, são escolhidos entre as boas famílias, têm maneiras educadas e merecem o respeito que lhes é tributado.

A região que eu ia percorrer antes de entrar na Província de S. Paulo, constituída pelo trecho entre o Paranaíba e o Rio Grande, tem cerca de 30 léguas de extensão. Forma um distrito privilegiado de 3 léguas de largura, o qual, como veremos mais adiante, foi concedido aos descendentes de várias tribos indígenas e é composto de terras de excelente qualidade.

Ao reiniciar a viagem[6] segui por alguns instantes ao longo do rio, atravessando as matas que o bordejam. Em geral, o trecho que vai do Paranaíba até a Aldeia do Rio das Pedras é montanhoso e coberto de matas.

Depois de Santa Cruz fomos vítimas dos mosquitos. Tão logo atravessamos o rio as abelhas deixaram de nos atormentar, mas, o que foi muito pior, passamos a ser perseguidos por nuvens de borrachudos e outros mosquitos. Tínhamos de agitar as mãos ou um lenço diante do rosto, incessantemente, a fim de evitar que ficassem cobertos de borrachudos. Sua picada provoca inchação e uma coceira atroz. Mas esses insetos não têm, felizmente, os mesmos hábitos dos mosquitos em geral, que picam no momento em que pousam no nosso corpo; pelo contrário, eles primeiramente passeiam sobre nossa pele, o que nos dá tempo de afugentá-los.

A Aldeia do Rio das Pedras, onde parei depois de ter feito 2 léguas a partir do Paranaíba, foi construída num trecho cheio de árvores, sobre a encosta de um morro que vai em declive suave até à beira de um riacho, cujo nome é o mesmo da aldeia. Esta compõe-se de umas trinta casas espalhadas aqui e ali. A maior parte delas, coberta de palha, pouco difere

---

Casal, Pizarro, Eschwege, Pohl e Matos, pareceu-me que devia conservá-lo. Aliás, os autores do *Dicionário* deram eles próprios o exemplo em seu verbete *Corumbá*. Os geógrafos mencionados acima acrescentam que o *Paranaíva* nasce nas montanhas situadas ao sul do Rio Tocantins, afluente do Maranhão." Não visitei as nascentes do Paranaíba, mas acho preferível a versão de Pohl, já mencionada, porque ela é exata e se conforma com tudo o que sei a respeito desse rio. Luís d'Alincourt é ainda mais preciso que Pohl, pois diz positivamente que o Paranaíba tem sua nascente ao norte da Serra da Marcela, perto da do Rio Preto (*Mem. Viag.*, 70). Mas não posso aceitar essa indicação baseado unicamente nas informações desse autor. — O termo Paranaíba vem do guarani *pararayba*, que significa *rio que deságua num pequeno mar*.

(6) Itinerário aproximado de Porto Real do Paranaíba até a Fazenda das Furnas:

De Porto Real à Aldeia do Rio das Pedras...................2 Léguas
Dessa aldeia à Aldeia da Estiva................................... 2 Léguas
Da Estiva à Aldeia da Boa Vista..............................4 Léguas
De Boa Vista à Fazenda das Furnas............................1 ½ Léguas

9 ½ Léguas

Devo dizer que Luís d'Alincourt registra 4 ½ léguas da Estiva a Boa Vista e 5 do Paranaíba à Estiva (Mem. Viag., 11), e Joaquim da Costa Galvão (in Matos, Itin.) 6 léguas de Estiva a Furnas.

das dos luso-brasileiros, e embora algumas delas tenham as paredes e tetos feitos de folhas de palmeira, como as choças dos Coiapós, [7] são muito maiores e mais altas que as destes.

À exceção de um ou dois indivíduos, não via na Aldeia do Rio das Pedras indígenas de raça pura. Quase todos eles são fruto de uma mistura da raça americana com a dos negros. [8] Sua pele, muito mais escura que a dos índios, é praticamente negra; têm o peito largo, o pescoço curto e grosso, quase sempre acrescido de um enorme bócio; as pernas não são finas como as dos índios, a cabeça é grande e angulosa, e o nariz desmesuradamente chato; os olhos são amendoados, mas menos afastados um do outro que os dos índios de raça pura, e os lábios não são tão grossos quanto os dos negros; têm barba e usam os cabelos compridos, os quais são bastos, muito duros e no entanto crespos. Aí estão os traços gerais desses mestiços. Não obstante, observam-se entre eles diferenças individuais bastante notáveis. Vi, por exemplo, umas poucas crianças que, embora de pele quase negra, tinham os cabelos inteiramente lisos. Seja como for, é incontestável que os habitantes da Aldeia se aproximam menos dos negros que dos índios americanos, e é como índios que são em toda a região. Ficou patenteado, pela fiel descrição que fiz deles, que esses mestiços, tanto homens quanto mulheres, são de uma feiura extrema. Entretanto, todos têm um ar tão manso e afável que não tardamos a esquecer o que sua fisionomia tem de desagradável. Conversei com vários deles e verifiquei que têm mais senso e mais capacidade de raciocínio do que os índios puros em geral, os quais não passam de crianças grandes. Encantou-me particularmente o capitão da aldeia[9], que conversou comigo durante muito tempo e respondeu todas as minhas perguntas com grande cortesia e boa vontade.

De acordo com as informações que me foram dadas por ele e outros indígenas, a Aldeia do Rio das Pedras originou-se da maneira que passo a explicar. À época em que os paulistas formaram na Província de Goiás os seus primeiros núcleos os Coiapós, sem dúvida irritados pelas crueldades praticadas por alguns deles, começaram a atacar os tropeiros na estrada de S. Paulo a Vila Boa e a espalhar o terror entre eles. Antônio Pires, que tinha civilizado várias tribos indígenas na região de Cuiabá e era conhecido por sua intrepidez, foi chamado a socorrer a incipiente colônia. Já de idade avançada, ele não pôde colocar-se à frente da expedição e mandou em seu lugar o filho, o Coronel Antônio Pires de Campos, acompanhado de um grupo de índios de várias tribos diferentes, principalmente Bororos e Parecis.[10] Os Coiapós foram subjugados e tratados com inominável crueldade.[11] A estrada voltou a oferecer segurança e a fim de evitar que novos ataques viessem a ser realizados no futuro foi doada a Antônio Pires e ao seu bando uma faixa de terra dos dois lados da estrada, de 1 légua e meia de largura, que se estende desde o Paranaíba até o Rio Grande.

---

(7) Ver cap. V deste livro.

(8) Esses mestiços eram antigamente chamados de *caribocas* (Marcgraff, *Hist. Nat. Bras.*, 268). Não vi menção a esse nome em parte alguma, mas parece que não caiu inteiramente em desuso, pois Casal diz que da mistura de brancos e negros com os Parecis surgiram os *mamelucos* e *curibocas,* os quais formam o núcleo da população de Cuiabá. Marcgraff dá também o nome de *caboclos* a essa mesma mistura, e muito recentemente George Gardner, explorador que merece crédito, empregou-o com o mesmo sentido (Travels, 22). Devo dizer, porém, que as palavras *caboclo* e *caboco* sempre me pareceram ser usadas num sentido pejorativo para designar todo indivíduo que pertence à raça indígena. Haja vista o fato de chamarem de caboco ao índio Botocudo que me servia de acompanhante, e no entanto ele pertencia à raça americana pura. É sem dúvida aos caribocas que o Conde de Suzanet se refere quando fala em mulatos indígenas (*Souvenirs*, 226), mas essas palavras me parecem conter uma contradição, pois mulatos indígenas não poderiam ser mulatos.

(9) Infelizmente não anotei o nome desse digno índio, mas é quase certo que ele chefiava a aldeia quando por ali passou Echwege em 1816. Consequentemente, seu nome devia ser Leopoldo.

(10) Já se escreveu também Paresis, Parisis. Parexis e Paricys. Uso a grafia que mais se aproxima da pronúncia usada na região (em francês, *Parechis*). Aparentemente os Parecis formavam uma das mais importantes nações indígenas da região de Cuiabá, mas hoje se acham parcialmente, se não de todo, aniquilados. Os Bororos, divididos em várias tribos, eram mais poderosos que os outros indígenas e ao mesmo tempo mais susceptíveis de ser civilizados (Casal, *Corog.*, I, 302); Pizarro, Mem., IX, 104).

(11) Pohl, Reise, I, 349.

É este o local onde fica situada hoje a Aldeia do Rio das Pedras e que Pires escolheu para se estabelecer. A aldeia foi construída por volta de 1741 às expensas da Fazenda Real, sendo uma de suas casas reservada a Antônio Pires. Antes dessa época os jesuítas já tinham formado uma aldeia no lugar denominado Santana, destinada aos índios do litoral. Eles pretenderam imiscuir-se no governo da aldeia de Antônio Pires; este se opôs às suas investidas, mas para satisfazê-los cedeu-lhes alguns índios do norte de Goiás, que foram levados para a Aldeia de Santana. Todavia, depois de ter lançado os fundamentos de sua pequena colônia, Pires regressou a Cuiabá, levando consigo as mulheres e os filhos dos indígenas. Ao que parece, ele possuía numerosos escravos, e naqueles tempos os brasileiros ainda não tinham o costume de promover o casamento entre os negros. Os de Antônio Pires devem ter procurado, naturalmente, as únicas mulheres com as quais podiam manter relações, e a população atual da aldeia prova suficientemente que não foram mal recebidos.[12] A miscigenação, uma vez iniciada, deve ter-se propagado mais facilmente ainda entre os negros nascidos no Brasil e as filhas de africanos e índios. Os casamentos legítimos vieram substituir as uniões passageiras, e ainda hoje (1819) não é raro ver negros livres ou mulatos se interessarem por mulheres da aldeia, o casamento lhes dá — como acontece no litoral [13] — privilégios reservados aos índios e que mencionarei mais adiante. Antes da anexação dos julgados de Araxá e Desemboque à Província de Minas, a Aldeia das Pedras pertencia, como se sabe, à Província de Goiás. Seus habitantes foram várias vezes convocados pelos comandantes militares dessa província para lutarem contra as nações indígenas ainda não "submissas, e não há como desmerecer sua bravura e fidelidade. [14] Todavia, o governo de Goiás não soube reconhecer seus serviços; confiou-os à tutela de homens cruéis e opressores, e como tudo indica que nenhum padre se dispusesse a passar sua vida no meio deles, esses pobres neófitos — diz Pizarro — que tinham abraçado a religião católica sem conhecê-la não tiveram por mentor senão um homem que se viu constrangido a aceitar esse encargo e que, longe de elevar-lhes o espírito, teria sido capaz de corromper irremediavelmente por seus maus exemplos os homens mais virtuosos. [15] Isso não é tudo. Em 1809 [16] eles tiveram a bárbara ideia de transferir uma parte da população do Rio das Pedras, através de centenas de léguas e sob um sol ardente, para o local denominado Nova Beira, onde pretendiam estabelecer um posto militar (presídio). Desgraçadamente, os infelizes assim arrebatados às suas famílias e à sua terra pereceram todos, e por ocasião da minha viagem restavam na aldeia

---

(12) Os índios, de um modo geral, têm grande atração pelos negros. Já mencionei esse fato em outro relato (ver *Viagem pelas Provindas do Rio de Janeiro e de Minas Gerais*).

(13) Ver *Viagem ao Distrito dos Diamantes*, etc.

(14) Esses dados e o que direi mais adiante sobre a origem das aldeias vizinhas da do Rio das Pedras não concordam inteiramente com sucintas informações dadas por Casal, Pizarro e Pohl. Mas era difícil a esses autores saberem exatamente a verdade, ao passo que os índios que me forneceram as indicações registradas aqui as receberam dos próprios descendentes dos mais antigos habitantes do lugar. De resto, Pohl não se acha inteiramente de acordo com Casal e Pizarro, e este último também entra em contradições, pois ora diz que o primeiro agrupamento dos bororos ficava situado a légua e meia do Rio das Velhas, ora que se localizava às margens do Rio Grande — o que é evidentemente inexato (ver Casal, Corog., I, 354; Pizarro, *Mem.*, IX. 104, 222; Pohl, *Reise*, I, 141).

(15) *Mem. Hist.*, IX. 104 — Eschwege, Bras. I, 82.

(16) Não posso deixar de considerar inteiramente inexata a data de 1796, dada por Eschwege. Quanto à de 1811, registrada por Casal e Pizarro, é provavelmente mais verdadeira que a de 1809, indicada acima e corroborada pelos índios, os quais, mal sabendo contar, poderiam facilmente ter-se enganado quanto a datas e fatos. Sua transmigração está associada, evidentemente, aos planos de navegação de Fernando Delgado e de seu predecessor, o Conde de Palma (Francisco de Assiz Mascarenhas). Mas este último assumiu o governo em 1809, e é pouco provável que, achando-se em vias de deixar Goiás, tenha dado ordens para a transferência dos índios, nem que Fernando Delgado tenha tomado essa medida no momento mesmo em que o substituía no governo. Os dois governadores eram homens bem intencionados, mas não podiam conhecer a imensa região que lhes cumpria administrar. Não havia ninguém para orientá-los e é evidente que haveriam de cometer alguns erros.

apenas dezoito famílias. Um fato tão lamentável devia ter despertado a desconfiança dos Bororos, e quando, em 1816, Eschwege foi enviado à região para fixar os limites de Goiás e Minas Gerais, os pobres indígenas imaginaram que iriam reduzi-los à escravidão. Entretanto, o coronel alemão tranquilizou-os a esse respeito e lhes ofereceu uma pequena festa, que decorreu em ambiente de alegria, e quando partiu todos os habitantes da aldeia lhe testemunharam sua gratidão de uma maneira tocante.[17]

A Aldeia do Rio das Pedras passou, juntamente com os julgados de Desemboque e de Araxá, à jurisdição da Província de Minas Gerais. Descrevo a seguir o regime a que se achava submetida à época de minha viagem.

Os índios mestiços tinham como chefe um capitão e dois oficiais subalternos escolhidos entre eles, os quais eram subordinados ao comandante do Rio das Velhas, administrador geral das várias aldeias situadas entre esse rio e o Paranaíba. Todos os habitantes do lugar achavam-se isentos do dízimo, mas em caso de necessidade deviam servir de auxiliares no destacamento militar do Rio das Velhas. Até 1819 seu trabalho limitava-se a atravessar a balsa de uma margem à outra do Paranaíba. Eram chamados um de cada vez pelo capitão da aldeia e prestavam serviço durante um mês, tendo por remuneração apenas 1.500 réis por 30 dias de trabalho. Mas não havia atraso no pagamento.

As terras dos índios eram inalienáveis, à semelhança do que ocorria com as dos indígenas do litoral [18] Todavia, os luso-brasileiros podiam estabelecer-se nelas na qualidade de *agregados*, com o consentimento de seus legítimos donos e a ratificação dos chefes destes. Não somente era-lhes vedado vender suas propriedades como também, ao se retirarem, eram obrigados a abrir mão de todas as benfeitorias, como compensação pelos danos causados às terras, tendo em vista o sistema de agricultura dos brasileiros. Até 1819 o número de agregados portugueses era bem pequeno, uma vez que havia nas vizinhanças da aldeia terras tão boas quanto as que faziam parte de seu território e em condições muito mais vantajosas.

Todos os índios mestiços do Rio das Pedras eram agricultores. Cada um tinha sua plantação particular, mas cumpria ao capitão punir os preguiçosos, e de tempos em tempos o comandante do Rio das Velhas enviava um militar para percorrer as plantações. Uma vez que a aldeia ficava situada à beira de uma estrada, seus habitantes encontravam fácil escoamento para os seus produtos e vendiam tudo o que cultivavam, como prova o fato de estarem em geral bem vestidos.

Não havia entre eles ninguém que soubesse um ofício e não se viam também na aldeia nem vendas nem lojas. Os seus moradores compravam dos tropeiros os artigos de que tinham necessidade ou então faziam trocas com os fazendeiros das redondezas, fornecendo-lhes algodão fiado por suas mulheres e peles de veado.

Os índios do Rio das Pedras estavam subordinados à paróquia de Santana, onde havia também uma aldeia, como explicarei mais adiante. Já vimos que, no princípio, havia sido designado um padre de costumes escandalosos para orientar essa pobre gente, mas à época da minha viagem já não tinham mais pastor. A Província de Goiás era tão pobre que, ao lhe tirarem a administração desse território, julgaram dever deixar-lhe as rendas deste. Surgiram dificuldades entre essa província e a de Minas no que se referia ao pagamento do vigário de Santana. Este se afastou, e fazia dois anos que os índios da aldeia se achavam privados de assistência espiritual e de qualquer espécie de instrução. Ninguém na Aldeia do Rio das Pedras sabia ler, e me pareceu que não tinham grande facilidade em contar o dinheiro.

---

(17) *Brasilien die neue Welt*, I. 85.
(18) Ver *Viagem ao Distrito dos Diamantes e Litoral do Brasil*.

Os índios mestiços dessa aldeia não tinham conservado nenhum dos costumes de seus ancestrais e seguiam totalmente os hábitos brasileiros. Todavia, quando conversavam entre si deixavam de falar o português e — o que é bastante curioso — usavam um idioma que, salvo algumas ligeiras diferenças, era a *língua geral* dos índios do litoral. É pouco provável que essa língua fosse a dos Bororos e Parecis. O capitão da aldeia me disse que, de fato, eles tinham uma outra, mas que os antigos paulistas falavam todos a *língua geral*. Sabiam rezar nessa língua, e os índios de Antônio Pires tinham-na forçosamente aprendido com eles e com seus escravos.

Darei aqui um pequeno vocabulário do idioma falado na Aldeia de Rio das Pedras e nas outras duas situadas nas vizinhanças, a da Estiva e a de Boa Vista, comparando-o com o da *língua geral,* tal como se encontra no dicionário dos jesuítas, e também com o dialeto derivado dessa língua e em uso entre os índios da sub-raça Tupi, da Aldeia de S. Pedro, na Província do Rio de Janeiro.

	Dialeto da Aldeia do Rio das Pedras	Dicionário dos Jesuítas	Dialeto de S. Pedro
Deus	Nhandinhara	Tupana	Tupan
Sol	Araçu		Jacy
Lua	Jaçu	Jacy	Jacitata
Estrelas	Jaçutata	Jacitata	
Terra	Hubu		Apuava
Homem	Apûha	Apyaba	Cunhã
Mulher	Cunhã	Cunhã	Pytanga
Criança de peito	Pitangeté	Mytanga	
Rapaz	Curumim		
Moça nova	Cunhatemhi		
Moça mais velha	Cunhabuçu		
Cabeça	Nhacanga		Nhacanga
Cabelos	Java	Acanga	Java
Olhos	Teça	Ab'a	Ceça
Nariz	Inchim	Ceça	Itchi
Boca	Juru	Tim	Juru
Dentes	Hanha	Juru	
Orelhas	Namby		Namby
Pescoço	Jaura	Namby	Jajiura
Peito	Putchia	Ajuru	
Ventre	Chuhé		
Coxa	Juna		
Pernas	Ituman		Cetuma
Pé	Ipuranga	Cetyma	Iporongava
Braço	Jua	Py	Juva
Mãos	Ipó	Jyba	Ipó
Pedaço de pau	Uira	Pó	
Folha	Urarova		
Fruta	Ua		
Cavalo	Cavaru		Cavaru
Burro	Cavaru tupichi	Cabaru	
Anta	Tapiraté		
Veado	Çuaçu		
Passarinho	Ura minim		
Bicho-de-pé	Tunga	Tumbyra	Tunga
Rio	Uaçu		
Água	Ug	Y'g	Y'g
Carne	Çoó		
Peixe	Pyrá	Pyrá	Pyrá
Bom	Catu	Catu	

126

Mau	Iahé		
Bonito	Puranheté		
Feio	Yeyayeté		
Vermelho	Pyrangaçu	Pyranga	Pyran
Branco	Manotchi	Morotinga	Morotchim
Preto	Ondigua	Uma	Sun
Pequeno	Merim chiqueté	Merim	Merim
Grande	Truceté	Turuçu	Tupichava

No que se refere à grafia das palavras acima, segui a adotada pelos jesuítas, ou seja, a da língua portuguesa, obedecendo as regras indicadas no final do vocabulário do idioma dos Coiapós.[19] Acrescentarei que nas palavras *Jaçu* e *Jaçutata*, a pronúncia do ç se aproxima do th *inglês*; que o h é geralmente aspirado; que o r tem o mesmo som do l; que em *chuh* o *ch* é pronunciado como na língua alemã, bem como o g em ug; que a palavra *hubu* tem um som gutural, da mesma forma que *chuhé e iuha*, sendo muito difícil representá-los graficamente; finalmente, que o b de *nambi* e o *a* de *ondigua* mal se pronunciam. Desnecessário é dizer que a língua das aldeias é muito gutural e falada com a boca quase fechada. Esse modo de falar é, como já foi dito, uma das características da raça americana.

A maioria das palavras constantes do vocabulário dado acima são bastantes semelhantes às encontradas no dicionário da *língua geral* elaborado pelos jesuítas[20] e no meu vocabulário do dialeto de S. Pedro dos Índios. Infelizmente, esse vocabulário é composto de um número muito pequeno de palavras e o próprio dicionário da língua geral é igualmente muito restrito. Entretanto, é de supor que *nhandinhara, chué, uira, urarova, iahé* e *ondigua*, que não são encontrados em nenhum dos dois, façam parte da língua dos Bororos ou dos Parecis. O capitão da aldeia confirmou-me isso, particularmente com referência ao termo *nhandinhara*, Deus, tão diferente do *tupan* dos Guaranis e dos índios do litoral, que pertencem igualmente à sub-raça Tupi [21] — *os índios mansos* de Vasconcelos.

Creio já ter feito referência ao extraordinário fato de serem o idioma *tupi (língua geral)* e seus diferentes dialetos falados numa imensa extensão do litoral, bem como de ter essa língua chegado, com algumas modificações e sob a de *Guarani*, até as missões do Uruguai e finalmente aos confins do alto Paraguai.[22] Se não fosse conhecida a maneira como foi ela introduzida nas aldeias do Rio das Velhas, seria de causar espanto encontrá-la jogada, por assim dizer, como um oásis em pontos imensamente distantes não só do litoral como da região das Missões. Outro fato que de imediato pode também causar surpresa é que há uma diferença bem maior entre o dialeto das aldeias e a língua do dicionário dos jesuítas do que entre esse dialeto e o que é falado e uma enorme distância do Rio das Velhas, na Aldeia de S. Pedro dos Índios. Mas convém não esquecer que o dicionário da *língua geral* foi composto no século XVI. E se o tempo modifica as línguas que pareciam fixadas para sempre por obras imortais, com mais fortes razões devem ocorrer grandes alterações nos

---

(19) Ver o cap. V deste livro.

(20) *Dicionário Português e Brasileiro.*

(21) Não devemos esquecer que o nome Tupi não designa realmente nenhuma nação constituindo antes um apelido pejorativo dado pelos Tapúias aos índios do litoral (*Viagem ao Distrito dos Diamantes e Litoral do Brasil*, II). Chamando-os de *Tupis*, os Tapúias pretendiam sem dúvida ridicularizar os adoradores de *Tupan*, ou seja, segundo Vasconcelos, a *Excelência Terrificante*.

(22) Hervas diz que não há mais diferença entre o tupi e o guarani do que entre o português e o castelhano. Depois da época em que ele viveu, os dois dialetos indígenas devem ter sofrido modificações acentuadas, pois com alguns conhecimentos de português pode-se conversar facilmente com os espanhóis como eu próprio fiz várias vezes, e no entanto os dois índios guaranis que eu trouxe das missões do Uruguai para o Rio de Janeiro não conseguiam entender uma só palavra de tupi.

idiomas usados apenas oralmente.⁽²³⁾ As mudanças introduzidas gradativamente na *língua geral* do litoral foram forçosamente difundidas pelos paulistas e sobretudo pelos jesuítas em todos os lugares onde ela era falada, e daí a semelhança muito mais acentuada entre o dialeto do Rio das Velhas e o de S. Pedro dos Índios do que entre o idioma destes últimos e o dicionário dos jesuítas dois séculos para trás.

Depois de ter deixado o Rio das Pedras andei 2 léguas e cheguei a uma outra aldeia, chamada Aldeia da Estiva. Compunha-se esta unicamente de um rancho aberto de todos os lados, destinado aos viajantes, e de uma quinzena de casas, construídas desordenadamente ao longo de uma praça comprida. Havia muito tempo que eu não via um lugar tão bonito quanto aquele onde se achava localizada a aldeia. O terreno onde fora erguida estendia-se por um encosta suave acima de um pequeno rio, que também tinha o nome de Rio da Estiva. Suas margens eram formadas por duas faixas de terra úmida e coberta de capim, que acompanhavam todas as sinuosidades do rio e se perdiam com ele ao longe. A excessiva seca que se vinha prolongando fazia vários meses tinha permitido que se ateasse fogo a esse capinzal, e na ocasião em que passei por lá o capim já começava a brotar de novo, compondo uma fita larga e ondulada, de um verde suave, que contrastava ao mesmo tempo com os tons pardacentos das pastagens vizinhas e o verde escuro de uma estreita fileira de árvores e arbustos que orlavam o rio.

A Aldeia da Estiva deve sua origem à do Rio das Pedras. Havia sido desmembrada uma parte da população desta última a fim de formar outra aldeia no lugar denominado Pisarrão e propiciar aos viajantes um novo ponto de pouso. Os habitantes que tinham sido transferidos não ficaram satisfeitos com suas novas terras, e a Aldeia de Pisarrão, embora situada à beira de uma estrada e a uma distância de 4 léguas do Rio das Pedras, logo foi abandonada. Uma parte de seus habitantes transferiu-se para a Estiva, onde atualmente vivem onze famílias (1819), e o resto estabeleceu-se no lugar denominado Boa Vista, de que falarei em breve.

O capitão da Aldeia da Estiva tinha-me hospedado em sua casa. Ao anoitecer, os habitantes do lugar reuniram-se ali, de volta de suas lavouras, e pude observá-los à vontade. Como os da Aldeia das Pedras, eram todos mestiços de índios com negros e fisicamente tão pouco atraentes quanto aqueles. Todavia, jamais vi homens tão altos e tão robustos. Mostravam a mesma cordura, a mesma delicadeza, o mesmo bom senso dos mestiços do Rio das Pedras. Viviam da mesma maneira, falavam a mesma *língua geral* e se dedicavam igualmente ao cultivo da terra, demonstrando pelo seu modo de vestir que não viviam na indigência. Enquanto me encontrava entre eles chegou à aldeia um agricultor das redondezas com alguns burros carregados de linguiças, de carne de porco salgada, de cachaça e de rapaduras.⁽²⁴⁾ O homem encontrou fácil saída para os seus produtos, seja vendendo-os seja trocando-os por algodão fiado ou peles de veado.

À tarde fui coletar plantas nas margens do Rio das Pedras. Durante todo o dia eu havia sido atormentado pelos borrachudos, mas à beira da água e nos brejos eles se tornaram insuportáveis. Quando voltei tinha as mãos inchadas, e embora não tivesse permanecido mais do que meia hora lá fora sentia-me tão cansado pelo esforço despendido em me livrar dos mosquitos e tão irritado pelo ardor de suas picadas que minha respiração estava ofegante. Eu me comportava como se estivesse embriagado.

---

(23) Ver o capítulo VI deste livro.

(24) As *rapaduras*, como tive ocasião de explicar várias vezes, são espécies de tijolos feitos de açúcar mascavo (*Viagem pelas Provindas do Rio de Janeiro*, etc.). Não é unicamente no Brasil que se fabricam rapaduras; elas são igualmente feitas no Peru, onde são chamadas de *raspaduras* (*Voyage au Perou*, II 206).

Entre a Aldeia da Estiva e a de Bela Vista, num trecho de 4 léguas, atravessei uma região ora plana, ora ondulada, sempre coberta de pastos estorricados pelo ardor do sol.

A 2 léguas da Estiva passei pela Aldeia de Pisarrão, [25] que se compunha de algumas casas, uma capelinha e um rancho construído numa baixada, à beira de um rio que tem o mesmo nome da aldeia. Mas tudo estava deserto. Quando os habitantes do Rio das Pedras se transferiram, como já disse, uns para a Estiva, outros para Boa Vista, alguns permaneceram, na verdade, no local. Mas acabaram por abandonar a sua aldeia e se estabelecer nas redondezas.

Ao deixarmos Pisarrão entramos numa grande planície arenosa, cuja vegetação se compunha exclusivamente de capim rasteiro. Depois da planície as terras se tornaram mais vermelhas e em consequência melhores, e as árvores mirradas reapareceram nos pastos.

O lugar onde parei era também uma aldeiazinha, a de Boa Vista, [26] a qual como já foi explicado deve sua origem a uma parte dos habitantes que foram transferidos do Rio das Pedras para o Pisarrão. Situada a duas léguas da Estiva, Boa Vista compõe-se de oito ou dez choupanas construídas numa baixada, à beira de um riacho de águas velozes. Não havia ali, em 1819, mais que oito famílias, mas vi um grande número de jovens e de crianças. Convém dizer que as mulheres do Rio das Pedras são tão fecundas quanto as de Boa Vista, e como os moços se casam tão logo atingem a maioridade, é de supor que o vazio deixado nas populações das aldeias pela transmigração tenha sido logo preenchido.

Os mestiços de Boa Vista não são tão belos quanto os da Estiva, e me pareceram menos civilizados. Tão logo foi descarregada a minha bagagem, o rancho onde me alojei encheu-se de mulheres que me pediam descaradamente colares e pulseiras. As da Estiva e do Rio das Pedras, pelo contrário, permaneciam em suas casas, como as luso-brasileiras. A causa da diferença que notei no aspecto físico dos habitantes dessas aldeias escapou aos meus meios de observação. Quanto às diferenças entre os costumes de uns e de outros, muito provavelmente são devidas ao fato de que Boa Vista não teve a vantagem de ser dirigida por um homem sensato, como aconteceu com as outras duas aldeias.

Os índios de Boa Vista ofereceram-me todos os produtos da região, o que prova que não descuidam do cultivo de suas terras. Devem encontrar escoamento fácil para as suas colheitas, pois ali, como na Estiva e no Rio das Pedras, há um rancho para os viajantes e a estrada também passa pela aldeia.

Quando ali cheguei era dia de festa. Um de seus moradores tinha acabado de derrubar um trecho da mata, o qual, depois de queimado, iria servir para fazer uma roça. Todos os lavradores pedem a ajuda dos vizinhos para esse tipo de serviço e em seguida lhes oferecem um repasto, com muita cachaça, o qual termina sempre com danças e batuques. Os índios dançaram a noite inteira, cantando e batendo palmas para marcar o compasso, o que sem dúvida os divertia muito, mas que aos ouvidos de um europeu parecia mais apropriado a um enterro do que a uma festa. "Os primitivos habitantes da América", diz Eschwege[27] ao se referir aos índios da Estiva, "aproveitam todas as ocasiões para se divertir ao passo que os forasteiros — os europeus — se entregam à melancolia, oprimem essa pobre gente de todas as maneiras e lhes invejam o pouco de alegria que lhes é permitido desfrutar."

---

(25) Eschwege escreveu erroneamente *Bizarrão*. É também incorreto escrever *Estive* (Bras., I. 86). Ao adotar grafia Pisarrão, sigo a pronúncia usada no lugar. Talvez a forma mais correta seja *Pissarrão*.
(26) O nome Boa Vista designa, no Brasil, centenas de lugares diferentes.
(27) Bras., I, 86.

Enfraquecidos, irritados pelo calor das regiões tropicais, os homens da raça caucásica tornam-se apáticos e perdem a alegria. Quanto à opressão de que são frequentemente culpados em relação aos índios — é a força substituindo o direito. Isso é o que nos oferece, em toda parte e em todos os tempos, a história de nossa espécie. Aproveita-se da fraqueza dos enfermos e dos velhos, e se a lei não cercasse de proteção os bens dos órfãos, eles também não tardariam a ser espoliados.

Essas considerações, aliás, não se aplicam aos índios das três aldeias do Rio das Velhas (1819). É sem dúvida lamentável que com relação à moral e à religião eles estivessem, por assim dizer, entregues à própria sorte, como ocorre em maior ou menor grau com todos os indígenas do Brasil. Todavia, jamais vi índios tão felizes quanto aqueles. Raros eram os portugueses que se tinham estabelecido entre eles. Ninguém os incomodava, ninguém perturbava o seu repouso, e eles nem mesmo pagavam o dízimo. Tinham poucas necessidades e poucas tentações. Suas terras eram excelentes e com pouco trabalho produziam o suficiente para o seu sustento. Com o algodão colhido em suas terras fabricavam em casa os panos com que se cobriam, e eles próprios faziam também seus utensílios de cerâmica. O sal e o ferro eram os únicos artigos que se viam obrigados a comprar, e a quantidade de dinheiro que obtinham com a venda de seus produtos era muito maior do que a necessária para essas pequenas compras. Viviam na mais perfeita paz e união, como é comum entre os índios. Aproveitavam-se das genuínas vantagens da civilização e ignoravam suas desvantagens. Desconheciam o luxo, a cupidez, a ambição, e essa mania de previdência que persegue os homens de nossa raça e lhes envenena o presente em nome de um futuro incerto. Infortunadamente, porém, toda essa felicidade iria em breve chegar ao fim, como veremos mais adiante.

O que venho de contar a respeito dos diversos grupos indígenas vizinhos do Rio das Velhas demonstra que eu tinha algumas sólidas razões em que me apoiar quando, há muito tempo, tentei incutir no governo brasileiro a ideia de estimular de todas as maneiras as uniões legítimas de índios com africanos. Como se vê, estou em condições de dizer que desses casamentos resultaria uma raça mista dotada de melhores qualidades do que a raça americana propriamente dita, mais capaz do que esta de resistir à superioridade dos brancos e mais de acordo com o nosso estado de civilização, e que aos poucos se iria amalgamando com a população atual. Esse é o único meio — repito — de evitar que os frágeis remanescentes das nações indígenas desapareçam para sempre de uma terra que outrora lhes pertenceu e que tanto precisa de homens.[28]

O exemplo dos mestiços do Paranaíba acabará por mostrar — se isso for necessário — que, tanto entre os homens quanto entre os animais, as raças se aperfeiçoam ao se cruzarem. O mestiço nem sempre é superior às duas raças que lhe deram origem, mas é sempre melhor do que uma delas. Se os mulatos herdaram a inconstância da raça africana, por outro lado se distinguem dela, tanto homens quanto mulheres, por traços físicos mais belos e particularmente por uma vivacidade de espírito e uma facilidade de apreender as coisas que são consideradas apanágio dos brancos. Os Mamelucos,[29] bem inferiores em inteligência aos homens da raça branca, levam vantagem sobre os índios por suas qualidades exteriores: as mulheres são quase sempre encantadoras, os homens bem constituídos e a história do Brasil atesta irrefutavelmente a força destes últimos, sua intrepidez, sua audácia e a superioridade que sempre demonstraram em relação a seus ancestrais maternos. Descendentes de

---

(28) *Viagem pelas Províncias do Rio de Janeiro*, etc.
(29) Ver o que escrevi sobre os Mamelucos em *Viagem pelo Litoral do Brasil*. — Ver também Ferdinando Denis, Brésil, 45, e todas as histórias do Brasil. Desnecessário é dizer que os descendentes de negros e índias não se chamam *cabres*, como pensou um viajante francês (Suz.. *Souvenirs*, 224). Os *cabras*, e não *cabres*, são filhos de negros e mulatos.

negros e de índias, os Curibocas, como acabamos de ver, sobrepujam as duas raças que lhes deram origem por sua constância, seu bom senso e sua capacidade em atingir um mais alto grau de civilização que os seus ancestrais.

Se pudéssemos fazer um estudo comparativo entre os mulatos nascidos das belas e inteligentes negras da Costa do Ouro e os que descendem das estúpidas mulheres do Congo ou de Bengala, talvez fosse possível encontrar algumas diferenças, que não poderiam ser descobertas ao primeiro golpe de vista. Não acontece o mesmo com os Curibocas. Não somente eles apresentam notáveis diferenças individuais, segundo pude observar, como também seus cabelos, que nos mulatos são sempre crespos, se apresentam muitas vezes inteiramente lisos. A. d'Orbigny observou também [30] que a mistura de duas raças nem sempre apresenta alterações dignas de nota. Os cabelos de mestiços filhos de negro e de índia guarani são, de acordo com o mesmo autor, ora crespos, ora quase lisos, e ao passo que se nesses mesmos mestiços o nariz é apenas ligeiramente achatado, o dos habitantes do Paranaíba é desmesuradamente largo, como já foi visto. Tanto uns quanto outros são mais índios do que negros, mas a mestiçagem embelezou os Guaranis e enfeou os Bororos.

Registremos esses fatos singulares, mas aguardemos, para tentar explicá-los, que estejamos de posse de outros dados. Talvez a antropologia seja uma ciência tão obscura ainda porque age mais no campo das especulações do que das observações.

---

(30) *L'Homme Americain*, I, 143.

CAPÍTULO XII

A CACHOEIRA DE FURNAS. O RIO DAS VELHAS E A ALDEIA DE SANTANA. O ARRAIAL DE FARINHA PODRE. TRAVESSIA DO RIO GRANDE.

A Fazenda das Furnas; a cachoeira situada nas vizinhanças. Mosquitos. Poeira vermelha. O Rio das Velhas. Destacamento acantonado às margens desse rio. Direitos alfandegários. Ordem dada ao comandante do destacamento para deixar a região; consequentemente dessa ordem. Um tirano em pequena escala. Aldeia de Santana; sua localização, suas casas, sua história. Retrato de alguns índios anciãos. A apatia dos índios. Dona Maria Rosa. Dificuldade que encontra o autor para anotar algumas palavras da língua dos Chicriabás. O seu vocabulário. Um dialeto altamente sistematizado. Maneiras de pronúncia que caracterizam a raça americana. Descrição de uma paisagem. Travessia do Rio das Velhas. Terras situadas do outro lado do rio. Sítio da Rocinha. Mudanças de domicílio. Ideias religiosas Marcelino. Dormida ao relento à beira do Uberava Verdadeira. Um ancião. Uma tropa. Pendor dos brasileiros para o comércio. Dias extremamente quentes sucedendo-se a noites frias. Tijuco. Inconvenientes dos ranchos. Lanhoso. Aspecto da região situada depois desse lugar. O Arraial de Farinha podre. Sua localização, suas casas, sua igreja, sua história. Terras vizinhas muito favoráveis à cultura e à criação de animais. Perspectivas futuras. José Mariano adoece. O autor é atormentado pelos bichos-de-pé. Os agricultores de Farinha Podre. Terras situadas depois desse arraial. Guarda da Posse. Remédios regionais. A aprazível região situada depois de Posse. O Rio Grande. Suas margens, sua insalubridade. Como é feita a sua travessia. O autor entra na Província de São Paulo.

Da Aldeia de Boa Vista dirigi-me à Fazenda das Furnas, a única de certa importância que encontrei depois da Fazenda dos Casados.[1] Havia ali um rancho espaçoso e um engenho-de-açúcar, sendo fabricada na fazenda toda a cachaça vendida nas redondezas, principalmente nas aldeias.

O engenho de Furnas fica situado num vale profundo, cortado por um ribeirão que tem o mesmo nome e é um dos afluentes do Rio das Velhas.[2] A fazenda dista apenas uma légua e meia de Boa Vista, mas resolvi parar ali para poder visitar uma cachoeira muito afamada e que ficava a pouca distância da propriedade.

Levei comigo José Mariano. Descemos até o vale, atravessando um mato cerrado e cheio de espinhos. Quando alcançamos o fundo do vale, por onde corre o Ribeirão das Furnas, fomos obrigados a seguir pelo seu leito a fim de evitar o denso matagal que cobre as suas margens. Tive de tirar os sapatos, mas era com grande dificuldade que caminhava sobre as pedras do rio, escorre-

---

(1) Itinerário aproximado de Furnas ao Rio Grande:
De Furnas ao Registro do Rio das Velhas............................ 3 Léguas
Do Registro ao Sítio da Rocinha.. 1 Légua
De Rocinha a Uberava Verdadeira..3 Léguas
De Uberava à Fazenda do Tijuco ....5 Léguas
Do Tijuco a Lanhoso, aldeia semi-abandonada.....................3 Léguas
Da Aldeia ao Arraial de Farinha Podre.................................3 Léguas
Do Arraial ao posto militar de Guarda da Posse...................4 Léguas
De Posse ao Rio Grande..3 Léguas

                                        25 Léguas

(2) casal, Corog. I, 224.

gadias e pontiagudas, tanto mais quanto as picadas das pulgas tinham deixado meus pés em lastimável estado. Depois de uma caminhada de alguns minutos, chegamos finalmente ao pé da cachoeira.

Havia ali como que um anfiteatro, formado de um lado por pedreiras escarpadas que compunham um hemiciclo e do outro por uma mata cerrada. No fundo do hemiciclo e ligeiramente à esquerda, as águas do ribeirão se precipitam com força de uma altura de cerca de 45 metros[3] produzindo um estrondo que se ouve de longe. Em sua queda, elas formam uma bela cortina branca e espumosa além de lançarem três jatos laterais menos volumosos. Caem numa bacia quase circular e dali escoam celeremente por um leito sulcado de pedras, entre morros quase a pique e cobertos de matas.

A bacia circular onde caem as águas é cercada por uma relva espessa composta de musgos, fetos e gramíneas, cujo verdor perene é mantido pela neblina que envolve a cachoeira. Begônias de uma suave tonalidade rosa, uma espécie miúda de Lobelia, de longa corola e tom vermelho alaranjado, e uma Gesnèra de flores brilhantes e cor carmesim florescem aqui e ali no meio da relva. As árvores agrupadas ao longe, como já disse, formam uma espessa barreira verde que me encantou particularmente, tanto mais quanto em todos os outros lugares as plantas lenhosas se achavam desprovidas de sua folhagem e os pastos, estorricados pelo sol, exibiam uma uniforme coloração acinzentada.

Por trás da cascata as pedreiras, até um terço de sua altura a partir do cume são nuas e escarpadas, deixando entrever sua superfície enegrecida através da cortina prateada que cai ruidosamente. A um terço de sua altura a pedreira forma uma gruta irregular e pouco profunda, atapetada de samambaias. Daí para baixo ela se apresenta nua e enegrecida, como no seu cume. A cintilante alvura da cascata em combinação com as intermitentes zonas de verdura entrevistas por trás dela, no meio do negror das pedras, produz um belo e pitoresco efeito.[4]

A pedreira negra e escarpada onde brota a cachoeira se prolonga para a esquerda, e nesse ponto, abaixo dela, o terreno forma uma encosta muito íngreme, no alto da qual se vê uma compacta fileira de arbustos, que oculta a base da pedreira. Do meio deles se elevam algumas palmeiras, cujo tronco, tão delgado como um bambu, termina num gracioso penacho de folhas recurvas.

Deixamos o lugar onde cai a cascata e subimos à direita, por entre as árvores que cobrem o terreno, agarrando-nos aos seus ramos. Não foi sem alguma dificuldade que conseguimos alcançar o ponto de onde a cachoeira se precipita.

Enquanto nos achávamos na base da cascata nenhum mosquito nos atormentou. Tão logo, porém, regressamos ao rancho, fomos assaltados por uma nuvem de borrachudos.

Para conseguir manter-me sentado e escrever, necessitei talvez de mais coragem do que se tivesse sido acometido de uma dor violenta. Durante muito tempo os bichos-de-pé nos deixaram em paz, mas desde Santa Cruz eles nos vinham atacando em todos os lugares onde parávamos. Ninguém naquelas regiões se dá ao trabalho de varrer o seu rancho, e esses insetos, como se sabe, proliferam na poeira.

A estrada desce até o vale por onde passa o Ribeirão das Furnas, e ao deixar a fazenda pude admirar mais uma vez a cascata.

---

(3) Não tendo eu próprio medido a cachoeira, tomo emprestados a Casal e Pizarro os algarismos indicados aqui (*Corog.*, 350 — *Mem.* , IX, 224). Eschwege registra apenas 16.5 metros. É bem possível que esses números estejam abaixo da realidade, mas por outro lado sou levado a crer que há um certo exagero nos registrados por Casal e Pizarro. Do resto, os três autores dedicam apenas algumas linhas à bela cachoeira de Furnas, sendo que os dois últimos, que não tiveram ocasião de visitá-la, referem-se a ela de maneira bastante inexata, como veremos mais adiante.

(4) Casal diz que pássaros de várias espécies constroem seus ninhos nas fendas da rocha e criam seus filhotes intrepidamente, à vista de todo mundo, indiferentes ao estrondo da cascata. Não vi ali nenhum pássaro, e duvido que a neblina que envolve permanentemente a gruta permita que alguma ave ou animal a habite. Pela minha descrição, vê-se que Pizarro enganou-se também quando diz que a água desaparece imediatamente após a sua queda, para reaparecer um pouco mais adiante.

Depois de Furnas, como acontecera entre Boa Vista e essa fazenda, a terra tem um tom vermelho escuro, e à medida que íamos caminhando levantávamos nuvens de pó, que deixavam imundas nossas roupas. A seca se prolongava, e a exceção das gabirobas [5] e de algumas outras Mirtáceas, nenhuma planta nos campos tinha flor (9 de setembro).

A 2 léguas de Furnas passamos pela Aldeia de Santana. Depois de andarmos ainda cerca de 1 légua penetramos numa mata cerrada e após descermos por algum tempo chegamos ao Rio das Velhas e ao posto fiscal (Registro do Rio das Velhas) situado em suas margens. Esse rio, que convém não confundir com outro do mesmo nome e que é afluente do S. Francisco, nasce na vertente ocidental da Serra do S. Francisco e do Paranaíba, nos arredores de Desemboque, e vai desaguar no Paranaíba. [6]

No ponto onde é cortado pela estrada de Goiás, o rio deve ter, época da cheia, a mesmo largura do Loiret a algumas centenas de passos acima da ponte de Olivet. Suas águas correm ali em linha sinuosa por entre barrancos cobertos de mata. Quando cheguei às suas margens extensos bancos de pedras chatas e ásperas afloravam à sua superfície, formando uma corredeira, Na margem direita havia uma pequena construção onde ficava aquartelado o destacamento militar do posto. À volta viam-se algumas casinholas e mais distante, no porto havia um rancho destinado aos tropeiros. Do outro lado do rio fora construído um outro rancho, com algumas casinholas esparsas a seu redor, entre as quais mal se distinguia a do funcionário civil (*fiel*).

Quando cheguei, o comandante do destacamento, que tinha a patente de alferes, encontrava-se do outro lado do rio. Fui procurá-lo e lhe apresentei minha portaria, pedindo-lhe que me desse permissão para descarregar minha bagagem no quartel. Ele me atendeu com a máxima boa-vontade, e eu pude ter, afinal, a satisfação de me alojar numa casa decente e me livrar por algumas horas do tormento dos borrachudos e outros mosquitos.

O destacamento do Rio das Velhas compunha-se de dezesseis soldados do regimento de Minas, mas não havia ali mais que seis ou oito. O restante tinha sido repartido entre os vários postos dos julgados de Araxá e Desemboque, tais como o Paranaíba, o Rio Grande, etc. A função dos soldados do Rio das Velhas consistia em examinar os documentos dos viajantes, verificar se tropas que vinham de Goiás não levavam ouro ou diamantes e, em caso de necessidade, dar mão-forte ao fiel. A este cumpria receber o pedágio, que elevava a 75 réis por pessoa e 160 por cavalo ou burro. Cabia a ele também receber as taxas cobradas sobre as mercadorias que iam de S. Paulo a Goiás. Entretanto, para favorecer os negociantes que passavam muito tempo sem vender nada, o fiel tinha permissão de receber deles uma obrigação no valor correspondente ao da taxa que deviam pagar. Ao chegarem ao seu lugar de origem, os negociantes saldavam a dívida junto ao administrador da região, em troca de um recibo, e ao passarem de novo pelo Registro entregavam ao fiel esse recibo e recebiam de volta a obrigação. No Rio das Velhas só pagavam na hora os negociantes que não mereciam confiança.

Antes da anexação dos julgados de Araxá e Desemboque à Província de Minas, o território de Goiás se estendia, como já foi dito, até o Rio Grande, que hoje separa a primeira província da de S. Paulo. Foi, pois, nas margens do Rio Grande que se instalou inicialmente o posto fiscal. Mas naquela época as terras nos arredores do rio eram insalubres e despovoadas, e, à exceção de um, todos

---

(5) Todas as espécies inferiores de *Psidium*, de bagas arredondadas, têm o nome de *gabiroba* sendo chamada de *araçá* as que têm o fruto em forma da pêra. *

* Guabiroba é, hoje, colocada no gênero *Camponesia*; o gênero *Pisidium* abrange não só os araçás, mas também as goiabas (M.G.F.)

(6) Luis d'Alincourt situa sua nascente na Serra da Canastra (*Mem. Viag.*, 67) e Millet e Lopes de Moura nas Serras da Pindaíba e da Marcela (Dic,. II 671). A Serra da Pindaíba é, provavelmente, um segmento da Serra do S. Francisco e do Paranaíba.

os soldados ali acantonados morreram. Por essa razão o posto foi transferido para as margens do Rio das Velhas. Todavia, como a região do Rio Grande se tivesse tornado, à época de minha viagem, menos deserta e menos insalubre parece que se cogitava de fazer as coisas voltarem ao que eram antes.

Fazia poucos minutos que eu me instalara no quartel quando o comandante recebeu ordem de partir para Vila Rica e passar a guarda do posto aos soldados da Guarda Nacional (milicianos) que deviam vir de Paracatu. Um deles já tinha chegado e dado ciência da vinda dos outros. O comandante ficou muito abalado com essa mudança, que não tinha outro objetivo senão fazer com que sua tropa participasse de algumas manobras. Os militares do regimento de Minas destacados para lugares remotos geralmente só são substituídos ao cabo de alguns anos (1819). Eles se instalam de forma mais ou menos definitiva nos lugares, e quando são transferidos deixam para seus sucessores as provisões e os objetos que compõem o seu domicílio. Fiando-se nesse costume, o comandante do Rio das Velhas tinha trazido para junto de si a família, que era numerosa, e cultivara um pedaço de terra, cujos frutos já começava a colher. Achava penoso ser forçado a fazer, antes do tempo, os gastos com uma viagem de mais de 100 léguas e a abandonar todos os seus bens sem possibilidade de ser indenizado por seu sucessor, pois iria ser substituído por milicianos que ao fim de três meses seriam por sua vez transferidos para outro lugar.

Não era sem uma certa razão que esse oficial se mostrava descontente, mas os pobres diabos que iam tomar o seu lugar tinham, na verdade, motivos bem mais fortes de queixa. Com efeito, eram todos casados, gente que tinha algum ofício ou se dedicava à agricultura e mal ganhava para o sustento da própria família. No entanto, sem que recebessem remuneração ou a menor ajuda financeira para a viagem, eles se viam obrigados a passar três meses a mais de 40 léguas de suas casas e a fazer um serviço ao qual não estavam absolutamente acostumados. Essa pobre gente há de ter certamente morrido de fome, a menos que se tenham dedicado ao roubo ou que os colonos das redondezas tenham vindo em seu socorro. Todavia, a submissão dos brasileiros às ordens superiores era tão grande, nessa época, que tenho certeza de que nenhum dos milicianos convocados por seus chefes terá deixado de se apresentar.

Mas que triste repercussão terá tido entre os índios essa lamentável mudança! Eles deviam naturalmente encontrar proteção nos militares do regimento de Minas, homens bem educados, sensatos, habituados à disciplina e estranhos à região. Os milicianos, pelo contrário, são homens grosseiros, ignorantes, imbuídos de preconceitos — como são geralmente os agricultores da Comarca de Paracatu — e além do mais dependentes, por sua triste posição, dos fazendeiros do lugar. É quase certo que apoiariam estes últimos em detrimento dos habitantes das aldeias.

Nas regiões despovoadas, onde o policiamento se torna impraticável e as leis quase não funcionam, certos homens, por sua audácia, sua inteligência ou sua fortuna, adquirem sobre seus vizinhos uma grande ascendência, tornando-se verdadeiros tiranos. Quando Eschwege chegou às aldeias, em 1816, um desses pequenos soberanos, cujas ordens têm mais peso, às vezes, que as do próprio governador, submeteu à apreciação do coronel alemão um plano cujo objetivo era nada menos que expulsar pouco a pouco os índios do seu distrito, a fim de que suas terras pudessem ser repartidas entre os portugueses. Eschwege repeliu com indignação o projeto, declarando ao seu autor que faria tudo o que dependesse dele para impedir que fosse levado avante. Mas o afastamento dos militares de Minas deixou o campo livre a esse homem, e em 1821 os índios pertencentes no distrito privilegiado que fica situado entre o Rio das Velhas e o Rio Grande, encaminharam uma petição ao governo, na qual se queixavam de que os portugueses, encabeçados pelo homem a que acabo de me referir, começavam a expulsá-los de suas terras. [7]

Como, ao chegar ao Rio das Velhas, eu tivesse visto a Aldeia de Santana apenas de passagem, resolvi voltar lá no dia seguinte.

A aldeia foi construída numa região descampada e no alto de uma colina, ao pé da qual passa um córrego cujas águas vão reunir-se às do Rio das Velhas. É composta de umas trinta casas muito pequenas, quase quadradas e cobertas de palha. Algumas ficam espalhadas pela colina, sem nenhuma ordem, enquanto outras se enfileiram ao redor de uma praça de formato quadrangular, com um dos lados ocupado pela igreja, que é muito pequena.[8] As paredes das casas são feitas de barro vermelho escuro, mas na frente são rebocadas com barro cinzento.

Segundo reza a tradição dos índios Bororos, a Aldeia de Santana foi fundada pelos jesuítas[9] e, de acordo com a mesma tradição, habitada primitivamente pelos índios do litoral. A estes Antônio Pires de Campos reuniu, como já foi dito em outro capítulo, alguns índios Carajás e Tapirapés, habitantes das margens do Araguaia, no norte da província. Essa população mista pereceu, dispersou-se ou se fundiu com os descendentes dos Bororos e, em 1775, foi substituída por um certo número de Chicriabás, nação que vivia nos sertões do Paraná e se tinha espalhado até as margens do S. Francisco, na parte setentrional de Minas.

Quando cheguei à aldeia só encontrei mulheres; os homens se achavam todos na lavoura. A maioria delas me pareceu pertencer à raça americana pura, ou quase pura. Não traziam nada sobre a cabeça e toda a sua indumentária consistia numa saia e numa blusa de algodão muito suja. Algumas delas nem blusa tinham. As mulheres dessa raça são muito fecundas, mas perdem um grande número de filhos, provavelmente por falta de cuidados adequados.

Nada é mais feio, na minha opinião, do que uma índia que já passou da juventude. Basta imaginar uma mulher de pescoço muito curto, cabeça enorme, nariz achatado, boca grande, faces encovadas e molares muito salientes, tez encardida, tudo isso encimado por uma floresta de cabelos negros e duros, eriçados acima da testa e caindo em longas mechas pelas costas e ombros, e ter-se-á uma ideia da feiura dessas pobres criaturas uma feiura que nenhum enfeite consegue disfarçar.

Muito menos mestiçados que os habitantes do Rio das Pedras, os de Santana conservaram na íntegra, ao que parece, o temperamento dos índios. Segundo me disse o comandante, é com grande dificuldade que se consegue fazê-los trabalhar chegando eles muitas vezes a passar fome, por sua apatia. O cultivo da terra é um trabalho que exige previsão, qualidade que os índios não possuem. Sua inclinação natural, que os leva a viver o dia-a-dia, quase como os animais, faz deles necessariamente caçadores e pescadores.

A língua dos Chicriabás já não é mais falada na Aldeia de Santana. Todavia, à época de minha viagem ainda era conhecida por alguns de seus habitantes. O comandante do Rio das Velhas, a quem mostrei desejo de conhecer algumas palavras dessa língua, disse-me que a pessoa mais indicada para isso era uma mulher, Dona Maria Rosa, que sobrepujava em inteligência todo o seu povo. Quando cheguei à aldeia, um homem branco que morava ali fazia três meses

---

(7) *Brasilien die Neue Welt*, I, 94. — Não duvido que se encontrem nas aldeias da França alguns prefeitos que tenham alguns traços em comum com os pequenos déspotas das regiões despovoadas do Brasil.

(8) Neste ponto não concordo com Eschwege, que diz ser a igreja bastante grande.

(9) É impossível que essa tradição não represente a verdade. De fato, se os jesuítas não tivessem vivido na região de que maneira os pobres índios do Paranaíba, tão ignorantes e tão alheios a tudo o que se passava no mundo, poderiam saber que existiam? Por que iriam eles inventar uma lenda que lhes seria mais prejudicial do que útil, uma vez que tendia a lhes tirar todos os direitos sobre a Aldeia de Santana?

ofereceu-se para me levar à presença dessa mulher. Tratava-se de um desses sujeitos vadios que, cheios de energia e em plena juventude, passam o tempo na ociosidade e vivem às custas dos outros. Numa choça cujos móveis consistiam unicamente em alguns bancos de madeira, mas que se mostrava imaculadamente limpa, encontrei uma índia quarentona a fiar algodão, ainda cheia de viço, bem nutrida e saudável. Bastante diferente das outras mulheres da aldeia, Dona Maria Rosa trajava roupas limpas e decentes. Usava uma saia de chita e trazia os cabelos presos num lenço de algodão. Recebeu-me com grande cortesia, mas durante muito tempo teimou em dizer-me que se tinha esquecido inteiramente de sua língua. Retruquei que isso não era possível, pois ela a havia falado não fazia três anos, diante do Tenente-coronel Eschwege. Nosso diálogo continuou da seguinte maneira:

— Nesse tempo eu ainda me lembrava de algumas palavras, — falou ela — mas hoje já esqueci tudo. Como é que o senhor sabe que eu falei a minha língua diante do tenente-coronel?

— Porque ele contou isso a várias pessoas.

— Veja como o meu nome corre o mundo. Se acontecer alguma desgraça à aldeia os outros índios vão me culpar por isso. Por que o senhor faz tanta questão de conhecer a minha língua?

— Apenas por curiosidade, e pela mesma razão que leva a senhora a me fazer perguntas sobre várias coisas que ignora.

— Os motivos são os mesmos que levam os brancos a enganar uma pobre gente como a nossa. Eu sei a verdade. Um de meus compadres, que esteve ontem no posto, me disse que falaram muito de mim ali, querendo saber se eu ainda falava essa língua para depois me levarem para bem longe. Mas não sei nada e não direi nada.

Vendo que todo o meu esforço era inútil, mostrei-lhe um colar de pérolas artificiais e lhe prometi dá-lo de presente se consentisse em falar. O colar foi muito apreciado e notei que lhe causava grande cobiça. Ela ainda relutou por alguns minutos, depois pediu para falar comigo em particular. Fomos para fora e Dona Maria Rosa me disse que estava disposta a ensinar-me algumas palavras de sua língua, com a condição de que não fosse na presença do luso-brasileiro que me levara até ali e que ninguém ficasse sabendo. Ao retornar à choupana ainda insisti por alguns instantes, para manter as aparências, e por fim disse que, uma vez que ela não se achava disposta a me atender, eu iria embora e levaria comigo o colar. Livrando-me do português por esse pequeno estratagema, retornei mais tarde à casa de Dona Maria Rosa, que ainda me demonstrou o mesmo receio e a mesma desconfiança. Observei-lhe que, se alguma coisa tinha a temer, não seria de mim, que era mais estranho ali do que ela própria, e que minha pronúncia, meus traços e a cor de meus cabelos eram prova suficiente de que eu não era português. Finalmente perguntei-lhe que mal poderia eu fazer a ela num país que não era o meu e onde eu não tinha a mínima influência. Dona Maria Rosa resolveu falar, afinal, mas sempre com a condição de que eu não diria nada a ninguém. E sempre que alguma índia se aproximava da choupana ela se calava, explicando-me que assim seus compatriotas não poderiam acusá-la se acontecesse algum mal à aldeia. Essa pequena cena, que descrevo aqui com toda a fidelidade, mostra com que desconfiança os pobres índios encaram os portugueses. É preciso convir que, diante de tudo o que se passou durante três séculos de colonização, eles não podem absolutamente ser censurados por isso. Aos vocabulários indígenas que incluí nos meus outros relatos, acrescentarei agora o da língua dos Chicriabás:

Sol	Stacró
Lua	Ua
Estrelas	Uaítemuri
Terra	Tica
Água	ku

(O *u* se assemelha um pouco ao *eu* francês)

Homem	ambá

(O *an* final tem um som bastante gutural)

Mulher	Picon
Criança	aícuté
Moça	debá
Rapaz	aímaman
Homem branco	oradjoíca
Negro	oradjura
Índio	oípredé
Cabeça	dacran

(O *an* final, nessa palavra e nas outras, tem um som surdo, intermediário entre o *a* e o *an* francês)

Cabelos	dajahi
Olhos	datoman
Nariz	dascri
Boca	daídaua
Orelhas	daípocri
Peito	daputu
Ventre	dadu
Braço	dapá
Pé	daprá
Mãos	dajipcra
Cavalo	soujari
Veado	pó

(O *o* muito aberto)

Anta	cutó

(O *o* bastante gutural)

Bicho-de-pé	Cracuti
Peixe	Tupe
Pena	Sidarpi
Carne	Ponhi
Árvore	Odé

(O *e* fechado, como o é francês)

Folha	deçu
Fruto	decran
Casca de árvore	odéu

(O *e* fechado e o *eu* longo)

Grande	aímoapté
Pequeno	aícuté
Bonito	dapside
Vermelho	oípredé

Depois de ter anotado essas palavras ditadas por Dona Maria Rosa, li-as em voz alta diante dela, pedindo-lhe que me indicasse o seu significado em português, e como registrei exatamente o que ela me disse não tenho nenhuma dúvida quanto à exatidão do que transcrevi acima.⁽¹⁰⁾

Como em todos os vocabulários que publiquei até o presente, uso aqui a ortografia portuguesa, mais simples que a nossa e mais de acordo com a pronúncia, e que melhor registra certos sons pertencentes aos dialetos indígenas, tais como as vogais nasais representadas, em português, por *im*, *um*, ã*o*, etc. ⁽¹¹⁾

A língua dos Chicriabás, assim como a dos Coiapós e todas as outras línguas indígenas, é pronunciada com os sons saindo da garganta, a boca quase fechada e os lábios mal se movendo. É notável que tantos idiomas totalmente diferentes uns dos outros sejam pronunciados, pelo menos em seu conjunto, de uma maneira uniforme. Uma série de circunstâncias pode ter determinado as diferenças existentes entre as línguas das diversas tribos indígenas, e se essas circunstâncias não influenciaram igualmente a sua pronúncia isso se deve, sem dúvida, ao fato de que nesse caso a uniformidade é consequência de ligeiras diferenças na estrutura dos órgãos da voz, na raça indígena, da mesma forma que há, de um modo geral, traços típicos que caracterizam a fisionomia de toda essa raça.

Não se pode julgar uma língua tomando como base apenas um punhado de palavras. Entretanto, o pequeno vocabulário chicriabá que transcrevi acima parece provar que se trata de um idioma sistematizado. Com efeito, as expressões que representam ideias da mesma ordem começam ou terminam sempre da mesma maneira. As palavras *aícuté e aimoapté*, que indicam tamanho, começam por *ai* e terminam por *té*; as que expressam a beleza ou a feiura terminam por *dé;* as indicam as partes do corpo começam todas por *da*. ⁽¹²⁾ As sílabas *orad* estão no início das duas palavras que designam o homem branco e o negro, e a sílaba *dé*, encontrada na palavra *odé*, árvore, reaparece em todos os termos que indicam as diversas partes da árvore. *Uaítemuri,* estrela, é evidentemente um composto de *ua*, lua; a sílaba *ku* aparece no final de duas palavras, *kuptaku e uku,* as quais, no vocabulário de Eschwege, designam animais grandes, a primeira um boi, a segunda uma onça; finalmente, as palavras *amiotsché e notsché*, registradas pelo autor alemão (provavelmente *amiotjé e notjé*), que terminam igualmente por *otsché*, ou melhor, *otjé*, designam dois vegetais comestíveis, a banana e o milho.

Já era quase noite quando cheguei ao posto fiscal, de volta da casa de Dona Maria Rosa. Fui dar um passeio pelas margens do Rio das Velhas, e a claridade ainda deu para eu apreciar a paisagem que já descrevi mais acima. O céu estava encoberto e uma calma profunda reinava na Nature-

---

(10) Eschwege inseriu em *Brasilien die neue Welt* um pequeno vocabulário que lhe foi também fornecido por Dona Marta Rosa. As diferenças encontradas entre o dele e o meu são apenas aparentes e provem certamente da pronúncia alemã. Assim, Eschwege escreveu *d'Aípogri* e *d'Asigri* ao invés de *daipocri* e *dasicri*, receando provavelmente cometer o mesmo erro em que incorrera ao escrever *Coitacases* e *Coiás*, em lugar de Goitacases e Goiás. Se ele escreve *ang* e não *an*, como eu, é porque os alemães não tem outra maneira de representar o som do nosso *an*. Finalmente, ele emprega, da mesma forma que Pohl, as letras *sch* para exprimir um som semelhante ao *j* francês ou português, porque esse som não é encontrado na língua alemã. A palavra atomang, que Eschwege registra como sendo ventre, difere singularmente, é bem verdade, do termo *dadu* anotado por mim, assim como *d'Anhocutu* difere de *daputu*. Todavia, as provas que fiz, mencionadas mais acima, não me permitem crer que eu tenha cometido qualquer erro.

(11) Ver o que escrevi a respeito do capítulo V deste livro, intitulado os índios *Coiapós*.

(12) Eschwege escreve essas palavras com a inicial maiúscula, antecedidas por um *d* e apostrofe, como por exemplo *d'Apro e d'Aípogri*. Em consequência, é evidente que ele considerou como artigo a letra inicial. Nesse caso, porém, a singularidade que assinalei continuaria existir, já que então as palavras que designam as diversas partes do corpo começariam todas por *a*. Poder-se-ia alegar que o artigo é composto da sílaba *da* toda inteira, mas eu perguntaria então como se explica que Dona Maria Rosa, ao me ditar o vocabulário, tenha incluído o artigo unicamente nas palavras que designam as partes do corpo, deixando-o de lado nas restantes. Finalmente, como explicar que ela tenha cometido exatamente a mesma negligência três anos antes, ao ditar o vocabulário para Eschwege?

za. Tive o prazer de ouvir mais uma vez o confuso coro de vozes e ruídos que se eleva das florestas virgens e das beiradas dos grandes rios. O monótono murmúrio da água escoando-se por entre as pedras misturava-se com o canto agudo das cigarras, e se ouvia o coaxar variado de diversas espécies de batráquios. No meio desses sons múltiplos e confusos, os noitibós (*Caprimulgus*) entoavam claramente as sílabas da palavra *curiango*, que lhes valeu o nome por que são conhecidos na região.

Tendo passado um dia no Rio das Velhas, resolvi pôr-me de novo a caminho. Mas para isso era preciso atravessar o rio. Os homens fazem a travessia em estreitas canoas, forçando os cavalos e burros a passarem a nado. Essa tediosa operação me tomou um tempo considerável, e nesse dia não consegui fazer mais que uma légua de caminhada.

Atravessei primeiramente a estreita faixa de mata que orla o Rio das Velhas, depois entrei numa região descampada em que o terreno, a princípio montanhoso, acaba por se tornar apenas levemente ondulado. Toda essa região fica a pouca distância de dois arraiais importantes, o de Araxá e o de Desemboque. As pastagens ali são excelentes, tendo eu sido informado de que a 3 léguas do lugar onde parei existem fontes de águas minerais semelhantes às de Araxá.[13] Não é de admirar que os portugueses e o pequeno déspota a que já me referi cobiçassem esse pedaço de terra e quisessem expulsar dele os índios. Sentimos um aperto no coração ao pensar que não se pretende deixar nem ao menos umas poucas léguas de terra a esses homens que foram, faz ainda bem pouco tempo, os donos absolutos da América inteira.

Pela primeira vez depois de vários meses caiu um pouco de chuva, na véspera de minha partida do Registro (12 de setembro). Em vista disso, na caminhada de 1 légua que fiz a partir dali, a poeira me incomodou muito menos que nos dias anteriores.

Parei numa pequena propriedade denominada Sítio da Rocinha, situada numa baixada, à beira de um ribeirão que tem o mesmo nome.[14] Sua nascente, segundo me disseram, fica a pouca distância do sítio e suas águas se lançam no Rio das Velhas, nas proximidades do posto fiscal. Nos arredores do sítio vê-se o ribeirão despencar em várias quedas sucessivas de pedras dispostas em planos descendentes; ele forma também uma bela cascata que deve ter entre 20 e 25 pés de altura. Logo depois se perde no meio da mata, escoando por uma ravina estreita e profunda.

José Mariano tinha chegado antes de mim ao Sítio da Rocinha e recebera permissão para se alojar no paiol. Encontrei minhas malas e objetos pessoais depositados sobre as espigas de milho, e o menor movimento fazia-os dançar. Recebi, porém, um melhor alojamento, pois o dono do sítio, uma pessoa muito amável, permitiu que eu dormisse em sua casa.

Esse homem, estabelecido até pouco tempo antes nas vizinhanças do Arraial de Bom Fim, viera morar no meio dos índios por razões desconhecidas. Ele me disse, é bem verdade, que achava mais vantajoso viver nessa região, onde os produtos tinham escoamento fácil em Bom Fim, o sal era menos caro e as pastagens excelentes. Há de ter tido suas razões, sem dúvida, para deixar o antigo domicílio, mas no interior são bastante numerosos os agricultores, principalmente os mais pobres, que por um motivo qualquer mudam pelo menos uma vez de um lugar para outro, situado às vezes a grande distância do primeiro. Essa inconstância

---

(13) Ver o capítulo XII do meu relato *Viagem da Nascentes do Rio S. Francisco*.

(14) Esse nome como se pode ver no meu primeiro relato (*Viagem pelas Províncias do Rio* de Janeiro, etc.), é dado a várias propriedades, vendas e ranchos situados ao longo da estrada Rio de Janeiro — Minas (Rocinha da Negra, Rocinha de Simão Pereira, Rocinha do Queirós, etc.). Não é de admirar que seja tão comum, pois um grande número de propriedades começou forçosamente por uma pequena plantação. Um viajante de nossa época (Suzannet, *Souvenirs*) encontrou o nome de Rocinha em Minas Novas, perto da Serra do grão-Mogol, sobre a qual, se não me engano, nenhum outro viajante tinha dado notícias antes dele. Mas ao invés de *Rocinha* ele escreveu *Rocinhia*, palavra inexistente na língua portuguesa.

não é uma característica restrita aos brasileiros. Todos os homens se sentem descontentes com a sorte, e se em outras partes do mundo as pessoas não mudam de lugar como no Brasil é porque não têm para onde ir, pois as terras já estão todas tomadas.[15]

Mal cheguei ao Sítio da Rocinha a chuva começou a cair. Continuou a chover no dia seguinte e eu não pude partir. A estação das águas só começou realmente uns dez dias mais tarde, mas essas chuvas eram o primeiro sinal do início da primavera. Os pássaros e os mamíferos iam deixar as grotas onde se escondiam e espalhar-se pelos campos. Insetos cintilantes iriam em breve enfeitar as matas, os pastos cinzentos e ressequidos iriam reverdecer e as árvores trocariam suas raras e amareladas folhas por uma roupagem nova. Eu iria rever as flores. Mas essa viagem tinha-se tornado tão penosa e fora acompanhada de tantos dissabores que eu permanecia quase insensível diante da perspectiva das mudanças que deviam ocorrer em breve. Tinha sofrido terrivelmente com a seca, mas iria sofrer ainda mais com as chuvas, que aumentariam as dificuldades da viagem.

Meu pessoal aproveitou o tempo que passei no Sítio da Rocinha para caçar, durante as estiadas. Encontraram muitas perdizes e uma grande variedade de passarinhos. Marcelino, o meu *tocador*, já conhecia aquela região, tendo passado por ali quando fazia parte de uma folia[16] que durante oito meses recolhera esmolas para a festa do Espírito Santo. Contou-me que ele e seus companheiros tinham passado um dia na Aldeia de Santana, para lavarem suas roupas, e que um soldado do posto quis prendê-los, sob pretexto de que eram ladrões, mas acabara morrendo afogado dois dias depois. O divino Espírito Santo não perdoa — acrescentou judiciosamente Marcelino. Essas palavras bastam para mostrar como é estranha a ideia que as pessoas das classes inferiores fazem da religião católica e como é necessário que recebam melhor instrução a respeito.[17]

A região compreendida entre Rocinha e a pousada mais próxima é plana e descampada. Ao percorrê-la, fiquei surpreso com a transformação que as ligeiras pancadas de chuva dos três dias precedentes tinham provocado na vegetação. A maioria das árvores espalhadas pelos campos já começava a se cobrir de folhas.

Os mosquitos e outros insetos mostraram-se, nesse dia, bem menos importunos que nos dias anteriores, mas ao fim de algum tempo os bichos-de-pé deixaram meus pés em miserável estado, e era com dificuldade que eu andava.

Paramos às margens do Riacho Uberava Verdadeira,[18] que deságua no Rio das Velhas. Havia nesse local uma choupana, mas como o seu morador era um velho que se achava atacado de uma doença contagiosa resolvi dormir ao relento.

A noite de 13 para 14 de setembro foi muito fria e o orvalho abundante. Ao nascer do sol eu estava enregelado, mas poucas horas depois o calor se tornou insuportável, tanto mais quanto eu não encontrava a menor sombra. Entretanto, fui obrigado a passar o dia todo nesse lugar porque meus burros tinham fugido e só foram encontrados ao anoitecer.

---

(15) É provavelmente a essas mudanças de domicílio, já mencionadas no meu primeiro relato, que se refere um viajante francês quando procura fazer crer num trecho de seu livro que provocou grandes protestos no Rio de Janeiro que os mineiros levam uma vida nômade bastante semelhante à dos beduínos ou tártaros (*Minerva*, 1843, 718. — Suz., *Souv.*, 280). Eschwege, que geralmente se mostra muito severo com relação aos brasileiros, ainda o é mais, nesse ponto (*Bras*, I, 41, 50), do que o viajante francês.

(16) Ver o capítulo VIII, intitulado *Início* da Viagem da Cidade de Goiás a S. Paulo.

(17) Ninguém na França usaria a mesma linguagem de Marcelino, mas, ainda que em nosso país a religião seja difundida com grande zelo, existe nele muita gente que desde a mais tenra infância só se dedica a satisfazer suas necessidades e prazeres materiais, e na verdade não conhece melhor a sua religião que o *tocador* brasileiro.

(18) Sigo aqui a ortografia adotada por Casal e de acordo com a pronúncia corrente na região. Eschwege e Pizarro escrevem *Uberaba*, mas é sabido que muita gente faz confusão, nos nomes próprios, entre o *b* e o *v*. Assim, é comum escreverem *capibara*, quando sempre ouvi pronunciarem *capivara*. Ao invés de *Uberava* Verdadeira e Falsa, Milliet e Lopes de Moura registram *Uberava* Verdadeiro e *Uberava* Falso. Acho que devo escrever Verdadeira e Falsa, como todos os outros autores, porque essa ortografia se conforma exatamente com a pronúncia do povo da região.

Conversei muito com o velho que morava na choupana. Em sua casa viam-se apenas algumas cabaças que lhe serviam de vasilhas, umas poucas panelas e uma pequena provisão de milho destinada a ser vendida aos viajantes. Não obstante, o velho me parecia satisfeito. Disse-me que não gostava de barulho e que ali ninguém perturbava o seu sossego, ajuntando que sabia o que acontecia no mundo pelas tropas que passavam pelo lugar. Esse homem, é preciso dizer, tinha diante dos olhos bem poucas coisas que lhe pudessem despertar a inveja, pois havia na região uma infinidade de casas tão pobres quanto a sua. Tinha-se habituado à solidão, e é bem possível que aguardasse com menos impaciência a chegada da primeira tropa, após seis meses de interrupção, do que teríamos nós esperando o jornal diário, que tivesse faltado no dia anterior devido a um feriado.

Aproximava-se a época em que o mau tempo iria interromper as viagens das tropas de burros, mas quando me encontrava em Uberava chegou uma bastante numerosa. Pertencia a um cadete da Companhia de Dragões de Goiás, que a conduzia ele próprio. O pendor dos brasileiros do interior pelo comércio e particularmente pelas barganhas é generalizado. Eles ignoram que certas profissões, sem dúvida honradas quando exercidas com inteligência e probidade, nem sempre são compatíveis com certas outras cujo objetivo é inteiramente diferente. [19] Em Goiás, particularmente, os padres e os militares são também comerciantes, e não lhes passa pela cabeça que possa haver nisso algum inconveniente.

A noite de 14 para 15 foi ainda mais fria que a precedente, e embora o meu pessoal tivesse armado uma pequena barraca quase não consegui dormir. Era já muito tarde quando encontraram os meus burros, e fazia três ou quatro horas que me achava exposto ao sol ardente. Quando partimos, meus nervos se mostravam em estado lastimável. O resto da jornada foi muito penoso. O calor era excessivo, os ardores do sol aumentavam-me as dores nos pés, e uma ferida na mão esquerda, causada pela extirpação mal feita de um bicho-de-pé, incomodava-me muito também. Finalmente, o mau-humor de José Mariano vinha completar as nossas misérias.

Entre Uberava e Tijuco, num trecho de 5 léguas, atravessamos a planície mais regular que eu já tinha visto desde que chegara ao Brasil. A terra era um pouco arenosa e em quase toda a sua extensão recoberta por um capim mirrado.

A fazendola do Tijuco, [20] onde paramos, é construída numa baixada, à beira de um riacho. Perto dela havia um rancho, onde nos instalamos mas que já se achava quase totalmente ocupado por uma tropa que ia de S. Paulo a Cuiabá. Esse costume de se alojarem as pessoas nos ranchos sem darem satisfação ao dono da propriedade, partindo no dia seguinte muitas vezes sem o terem visto, tem o inconveniente de privar o viajante que deseja instruir-se de obter informações úteis, bem como o de deixá-lo entregue ao convívio insípido dos *camaradas* (termo com que se designam os homens de uma classe inferior que são contratados, durante as viagens, para cuidarem dos burros ou para outros serviços).

A ferida na mão impediu-me de dormir, e eu me achava terrivelmente cansado quando partimos no dia seguinte. Ia caminhando tristemente, com os nervos à flor da pele, sentindo dores nos pés e na mão e maldizendo as viagens, quando José Mariano veio para junto de mim

---

(19) Antigamente na França as pessoas eram cheias de escrúpulos a esse respeito, mas o que vem ocorrendo de uns seis ou sete anos para cá mostra que, nesse particular, começamos a nos assemelhar bastante aos goianos.

(20) Esse nome, como já disse em outro relato, deriva da palavra *tyjuca* (barro), que pertence à *língua geral*. Eschwege e Pizarro aproximaram-se, pois, da ortografia primitiva quando escreveram Tijuca, mas não é assim que a palavra é pronunciada na região, nem Casal a escreveu dessa maneira. A etimologia foi de fato conservada no nome de um morro do Rio de Janeiro, mas aparece modificada no de um dos dois córregos que cortam S. João del Rei e no antigo nome da sede do distrito dos diamantes (hoje Diamantina). Desnecessário é dizer que não se deve escrever *Tejucto*, como fez o autor atual (Suz., *Souv.*, 332).

e me declarou bruscamente que não pretendia mais caçar nem empalhar pássaros, e que ia deixar-me tão logo chegássemos a S. Paulo. Detesto essas variações repentinas de humor, mas não podia esquecer que aquele homem se tinha mostrado um serviçal perfeito durante vários meses. Além do mais eu sabia que provavelmente não encontraria todo o Brasil uma pessoa que me fosse de tanta utilidade para os meus trabalhos de história natural e que ao mesmo tempo soubesse cuidar tão bem de uma tropa de doze burros. Depois de muita conversa consegui finalmente convencê-lo a continuar comigo, não sem que me visse levado a aumentar o seu salário, que já era considerável. Não poderia ter escolhido uma melhor maneira de torná-lo mais exigente e mais intratável.

Depois de Tijuco o terreno já não se mostrava tão regular, [21] sendo mesmo bastante montanhoso e crivado de pedras. Os morros eram totalmente cobertos de capim, vendo-se aqui e ali algumas árvores pequenas. Os vales eram revestidos de matas, e nos brejos os buritis se elevavam do meio de um espesso capinzal.

Paramos num lugar denominado Lanhoso, onde, segundo dizem [22] existiu outrora uma aldeia. Havia ali apenas um rancho e duas miseráveis choupanas, habitadas por índios descendentes dos Bororos. Essa boa gente, porém, disse-me que ainda existem parentes seus estabelecidos nas vizinhanças.

Depois de Lanhoso a região volta a tornar-se plana, apresentando pastagens excelentes, salpicadas aqui e ali de tufos de matas. Em seu conjunto, essas terras se parecem com as de Beauce à época da colheita. Os pastos que ainda não foram queimados lembram nossas campinas cobertas de colmo e, depois da queima, os prados artificiais, quando o capim começa a brotar. Com mais razões ainda, poderíamos comparar essa região com as terras descampadas do Rio Grande (Comarca do Rio das Mortes), [23] tendo eu encontrado ali, pela primeira vez desde a Serra da Canastra, o *capim-flecha*, que compõe grande parte das excelentes pastagens dos arredores de S. João del Rei.

O imponente buriti ainda surgia ali do meio dos brejos, mas eu já me aproximava do seu limite meridional.

A pouca distancia do Arraial de Farinha Podre, onde parei, atravessei um pequeno córrego chamado Uberava Falsa, que se lança no Rio Grande e não é vadeável na estação das chuvas.

Farinha Podre fica situada em região descampada, num vale amplo cortado por um riachinho. O arraial é composto de umas trinta casas espalhadas nas duas margens do riacho e todas, sem exceção, haviam sido recém-construídas (1819), sendo que algumas ainda estavam inacabadas quando por ali passei. Muitas delas eram espaçosas, pelos padrões da região, e feitas com esmero.

A capela de Farinha Podre é muito pequena, baixa e destituída de ornamentos, como devem ter sido os primeiros oratórios dos portugueses que descobriram o Brasil. À época de minha viagem havia apenas um capelão ali, subordinado à paróquia de Desemboque, distante dali 30 léguas. Todavia, os habitantes do lugar estavam tentando conseguir que o governo central elevasse o arraial a sede de paróquia. [24]

Farinha Podre foi fundado pelos mineiros por volta de 1812. Caminhando sempre na direção do oeste, alguns caçadores de Minas Gerais chegaram a essa região, onde encontraram pastagens excelentes, fontes de águas minerais que

---

(21) Casal, num livro que traz tantas informações valiosa, menciona essa notável planície de Uberava (*Corog.*, I, 351). Vê-se porém, que ela não se estende, como afirma ele, desde Uberava Verdadeira até Uberava Falsa, um riacho sobre o qual falarei mais adiante.

(22) Casal, *Corografia Bras.*, I. — Pizarro, *Mem. Hist.*, IX, 222. — A origem que o pai da geografia brasileira atribui à Aldeia de Lanhoso não concorda com a versão tradicional dos índios, que citei no capítulo precedente.

(23) Ver o capítulo IV do meu relato *Viagem às Nascentes do Rio S. Francisco*.

(24) Esse desejo foi atendido mais tarde. Deve-se tomar cuidado para não confundir a Paróquia de Farinha Podre com a da nova Vila de Uberava, erro a que as pessoas podem ser induzidas por um trecho de Pizarro. Embora vizinhos, os dois povoados são bem distintos um do outro.

poderiam dispensar os criadores de dar sal para os animais e finalmente extensos e numerosos capões que indicavam terras muito férteis. A fama do lugar em breve espalhou-se pelas comarcas de S. João del Rei e Vila Rica, e homens que já não dispunham de terra suficiente em sua região ou cujas terras se achavam esgotadas pelo errôneo sistema de agricultura geralmente adotado, trataram de obter sesmarias no novo lugar. Construiu-se uma capela perto do riacho, e o arraial se formou.

Farinha Podre fica situado, segundo dizem seus habitantes, a mais de meia légua da verdadeira estrada de Goiás a S. Paulo, e consequentemente fora dos limites do território dos índios. Mas desde a sua fundação, a antiga estrada foi inteiramente abandonada pelas tropas de burros, que atualmente passam pelo próprio arraial, onde os tropeiros encontram mais facilidade para a compra de provisões.

As pastagens nas cercanias de Farinha Podre são tão boas que, apesar da prolongada seca que ainda se fazia sentir quando passei por lá, os campos queimados estavam cobertos por um espesso tapete verde e viçoso. Os colonos da região souberam tirar proveito dessa enorme vantagem. A criação de ovelhas, de porcos e principalmente de bois constitui sua principal ocupação, sendo que vários deles já possuem de 500 a 1.000 cabeças de gado (1819). Os negociantes de Formiga, que não é demasiadamente distante do arraial, costumam vir até ali para comprar bois e em seguida enviá-los à capital do Brasil.[25] As terras de Farinha Podre são igualmente favoráveis à cultura do milho, da cana-de-açúcar, do feijão e do algodão, mas unicamente este último é exportado, devido à grande distância que separa o arraial das grandes cidades e do mar.[26] Quando a região for menos despovoada, os moradores de outros lugares virão comprar ali os produtos que hoje encontram pouca saída, e tudo leva a crer que a fertilidade das terras de Farinha Podre lhe assegure no futuro uma grande prosperidade.[27]

Quando cheguei ao arraial apresentei meus documentos a um capitão de milícia que substituía o comandante, o qual me instalou numa casa inacabada. Era aberta de todos os lados e quase tão desconfortável quanto um rancho, mas tinha pelo menos a vantagem de não estar infestada de bichos-de-pé.

Mal tínhamos chegado a Farinha Podre José Mariano começou a se queixar de uma violenta dor de cabeça. Sua língua estava pastosa, surgiu a febre e ele começou a delirar. Eu não tinha nenhum conhecimento de clínica médica, mas desde o início de minhas viagens havia observado que, em casos análogos, um vomitivo produzia bons resultados. Ministrei um ao doente e ele se sentiu aliviado.

Cuidei desse homem como bem poucos criados são tratados pelos patrões, e no entanto só recebi dele demonstrações de mau humor. Por outro lado, meus pés custavam a sarar e passei três dias sem poder sair de casa. O calor excessivo me fazia passar mal, e eu ficava a calcular com horror a distância que ainda tinha de percorrer para chegar a S. Paulo. Sentia-me morto de tédio, pois Farinha Podre nada tinha a oferecer em matéria de convívio social e não dispunha nem mesmo das coisas mais corriqueiras. Seria inútil procurar ali um sapateiro ou um alfaiate.

Passei um domingo no arraial. O comandante veio para a missa, e sua casa encheu-se de abastados fazendeiros das redondezas. Achei suas maneiras bem

---

(25) Ver o capítulo XII do meu relato *Viagem às Nascentes, etc.*

(26) Parece que, de acordo com o relatório apresentado pelo Ministro de Estado Joaquim Marcelino de Brito à Assembleia Geral dos Deputados do Brasil, em maio de 1847 (*Relatório da Repartição dos Negócios do Império*, 3), a cultura da vinha foi ensaiada nos arredores de Farinha Podre.

(27) Depois de ter escrito o que se lê acima, vi num trabalho de Luis d'Alincourt o seguinte trecho: "É um prazer verificar como cresceu esse arraial de 1818 a 1823. A população de toda a paróquia se eleva a 2.000 indivíduos em idade de se confessar. Há em Farinha Podre um comércio ativo, abrem-se novas ruas, as casas muito mais numerosas e quase todas cobertas de telhas. Sítios e fazendas se multiplicam nos seus arredores, e um grande número de famílias veio de Minas para se estabelecer na região" (*Mem. Viag.*, 65). Não devemos ver nisso senão mais um deslocamento de população, mas dessa vez, pelo menos, o local foi bem escolhido.

mais rudes que as dos fazendeiros das vizinhanças de Vila Rica, fazendo lembrar as de nossos burgueses rurais da mesma época, ou então as dos agricultores de Araxá, Formiga e Oliveira.⁽²⁸⁾ De resto, essa semelhança nada tinha de extraordinário, pois era principalmente desses lugares que tinham vindo os colonos de Farinha Podre.

Marcelino abandonou o nosso grupo quando chegamos ao arraial, alegando simplesmente que não desejava ir mais longe. Declarou, entretanto, que não tinha a menor queixa a fazer de mim. Atribuí sua partida à natural inconstância dos *camaradas*, mas fiquei sabendo, logo depois, que fora por motivos de saúde que ele tomara essa decisão. O bom-senso não é uma característica dos homens dessa classe.

Já fazia quatro dias que me achava em Farinha Podre quando José Mariano, que se aborrecia ali tanto quanto eu, insistiu em partir, embora ainda não estivesse inteiramente restabelecido.

Num trecho de 4 léguas, entre Farinha Podre e Guarda da Posse, onde parei, não encontrei uma única pessoa e vi apenas um casebre habitado por índios. A região é ondulada e, embora a terra seja vermelha, sua vegetação, contrariamente ao habitual, mostra-se pouco exuberante. A poeira, devido à sua cor, suja terrivelmente a roupa, e os borrachudos continuaram a se mostrar muito incômodos.

O *piqui* (*Caryocar brasiliensis*, ASH., Jass., Camb.) aparecera em quase todos os campos que eu vinha percorrendo fazia algum tempo, mas em nenhum outro lugar encontrei-o em tão grande abundância. Entre Farinha Podre e Guarda da Ponte ele se torna muito comum, mas em compensação a *Qualea* desaparece. Eu me aproximava das regiões meridionais e a vegetação começava a apresentar algumas diferenças.

Guarda da Posse, ⁽²⁹⁾ onde parei, é um posto militar, como o seu nome indica. Eu já disse que o Registro tinha sido instalado no Rio das Velhas porque o Rio Grande, o verdadeiro limite da Província de Minas, é muito insalubre. Entretanto, como a distância que separa esses dois rios é muito grande (17 léguas), foi instalado em Posse um posto cujo objetivo era impedir que houvesse contrabando no trecho intermediário. Os comerciantes recebiam ali uma guia das mercadorias com as quais atravessavam a fronteira S. Paulo-Minas Gerais e a apresentavam mais adiante, a fim de provarem que não tinham vendido nada desde Posse até o Rio das Velhas.

A guarnição do posto compunha-se de um cadete e dois soldados destacados da guarda do Rio das Velhas. A acolhida que me deram foi perfeita, tendo eu sido instalado com o máximo conforto possível, considerando-se a exiguidade de seus alojamentos.

No dia de minha chegada a Posse o tempo estava encoberto. Na manhã seguinte (23 de setembro) começou a chover e não pude reiniciar a viagem.

Já disse que os brasileiros do interior recorrem comumente, quando adoecem, a palavras e remédios mágicos. Vou dar um exemplo disso. Durante minha permanência em Posse, José Mariano começou a queixar-se de dor-de-dente. Mostrarei a seguir qual o remédio que experimentaram usar para curá-lo. Primeiramente perguntam ao doente em que parte do corpo ele sente dor. Conforme o caso, ele responde que é na cabeça, na mão, num dente, etc. O curandeiro diz então que a dor vai desaparecer e escreve um A maiúsculo num pedaço de papel. Em seguida torna a fazer a mesma pergunta. Escreve então um R maiúsculo, depois de ter cortado o A com um traço. Continua repetindo a pergunta e vai traçando sucessivamente as letras A-R-T-E-F-A, quando então volta ao princípio e recomeça a operação, até que o doente diga que já não sente mais nada. Ao

---

(28) Ver os capítulos VII e VIII do meu relato anterior, *Viagem às Nascentes do Rio São Francisco*.

(29) Não se deve confundir esse lugar com o Sítio da Posse, que mencionei mais acima e fica situado a poucas léguas do Arraial de Santa Cruz.

fim de um certo tempo José Mariano disse isso por delicadeza, embora sua dor não tivesse diminuído.[30] Não duvido de que, em certos casos, alguns doentes se tenham sentido curados, pelo menos momentaneamente, apenas pelo poder da sugestão.

Havia em Posse uma prodigiosa quantidade de bichos-de-pé. Como eu havia aprendido pela própria experiência que suas picadas podiam resultar numa inflamação, passei o tempo todo a examinar os pés a fim de arrancar esses insetos antes que se enterrassem na pele. Meus pés já tinham praticamente sarado, mas o indicador da minha mão esquerda achava-se ainda em muito mau estado. Um bicho-de-pé tinha-se enfiado entre a unha e a carne e se formara à volta uma bolsa de pus. Em Posse fui submetido à dolorosa extração de um outro bicho-de-pé, no indicador da mão direita, e eu previa o momento em que me veria impossibilitado de escrever. Todos esses fatos desagradáveis contribuíam para tornar insuportável a viagem. Muitas vezes faltavam-me as coisas mais elementares à vida. Já não encontrava mais plantas, nada havia para me distrair e eu me sentia esmagado pelo tédio.

No dia em que deixei Posse (24 de setembro), entretanto, senti-me um pouco menos infeliz. Percorri nesse dia uma região encantadora, o que não acontecia havia muito tempo.

Ao partir do posto atravessei um campo cuja terra, de um vermelho escuro, era de excelente qualidade. Viam-se ali quase todas as árvores que caracterizam os *tabuleiros cobertos* (cerrados), mas o que as diferençava era o seu viço desusado. Eram mais altas que em outros lugares, mais eretas, menos afastadas umas das outras, e entre elas cresciam numerosos subarbustos. As primeiras chuvas, embora poucas, já tinham trazido benefícios para a maioria das árvores, que começavam a se cobrir de tenros brotos. Entre elas era impossível deixar de notar a sucupira, leguminosa de folhas aladas, cujas flores, de um rosa vivo e belo, são dispostas em longas panículas. Através desse aprazível campo a estrada, sempre larga e regular, ia traçando encantadoras linhas sinuosas. O viajante europeu imaginaria facilmente estar percorrendo um jardim inglês no qual se teria tido o capricho de agrupar árvores contrastantes entre si por seu formato e folhagem. *

Depois de 1 légua de caminhada a região muda de aspecto. Sempre harmoniosa, a paisagem apresenta uma agradável mistura de pastos, de tufos de árvores espalhados aqui e ali e finalmente de brejos onde cresce o buriti (*Mauritia vinifera, Mart.*).

Em breve alcançamos o Rio Grande, mas pudemos entrevê-lo apenas através das matas que cobrem suas margens. Nessa época, que precede imediatamente a estação das chuvas, o rio devia ter a mesma largura do Sena em Paris. Suas águas rolavam majestosamente, e garças alvas como a neve passeavam lentamente sobre os bancos de areia que afloravam à sua superfície. Embora já tivéssemos chegado à beira do rio, estávamos longe do ponto onde é feita a

---

(30) Gardner conta que um fazendeiro da Serra Orgãos, no Rio de Janeiro, afirmava ser capaz de curar homens e animais que tinham sorrido picadas venenosas fazendo-os engolir cinco bolinhas de papel, em cada uma das quais havia sido escrita uma das palavras mágicas mais conhecidas. *Sator, Arepo, Tenet, Opera, Rota ("Viagem ao Interior* do Brasil", pág. 39)* Podemos garantir, sem risco de erro, que as cobras cuja mordedura foi curada por esse método não pertenciam a espécies venenosas. Aliás, não é preciso ir à América para encontrar superstições desse tipo. Basta percorrer as aldeias da França.

* Recentemente as "Edições Melhoramentos" lançaram um romance de Osman Lins, "Avalovara", que é apresentado num esquema geométrico ditado por este "famoso palíndromo latino" que, no dizer de Antônio Cândido, foi inventado "por um escravo frígio de Pompeia". José Paulo Paes diz que "Essa frase significaria aproximadamente "O lavrador mantém cuidadosamente a charrua nos sulcos", mas pode também ser entendida como "O criador mantém cuidadosamente o mundo em sua órbita". (M.G.F.)

* Pela descrição pode tratar-se de um cerradão (M.G.F.).

sua travessia. Primeiramente atravessa-se um brejo coberto de capim, que se estende paralelamente ao rio por entre duas faixas de mata, uma das quais chega até à beira d'água. Em seguida a estrada, se embrenha pela mata e o viajante caminha sob um dossel de verdura, entrevendo de vez em quando o rio através da folhagem. Os pássaros, tão raros nos campos, são ali muito comuns. Pombas, papagaios e uma infinidade de passarinhos esvoaçam no meio dos ramos, fazendo ouvir os seus chilreios. O fura-olho, bastante ousado, nem mesmo muda de lugar à aproximação do viajante, enquanto colibris cortam celeremente os ares em todas as direções, como se levados pelo vento.

Esse aprazível caminho se prolonga por um espaço de 1 légua até o ponto onde é feita a travessia do rio. Ali há um rancho (1819) coberto de telhas, fato extraordinário numa região onde todos os abrigos destinados aos viajantes são geralmente cobertos de palha ou de folhas de palmeiras. Os homens atravessam o rio em canoas, e os animais e mercadorias numa espécie de balsa, composta de uma prancha colocada sobre duas canoas atadas uma à outra. O Rio Grande era ainda um dos rios cujo pedágio tinha sido concedido, por três gerações, à família de Bartolomeu Bueno, o Anhanguera, ou Anhanguela, como dizem erroneamente na região, em recompensa pela descoberta de Goiás.

Já me referi à insalubridade do Rio Grande. As terras pantanosas que o margeiam ficam inteiramente encobertas pelas águas na estação das chuvas. Depois o terreno vai secando paulatinamente, e nos meses de abril, maio e junho começa a exalar vapores pestilenciais que causam febres malígnas e febres intermitentes. O homem que recebia o pedágio em nome da família Anhanguera e morava num casebre na margem esquerda do rio disse-me que se estabelecera ali havia quinze anos e ficara doente dez vezes. Naquele ano, particularmente, todas as pessoas de sua casa tinham adoecido, e ainda estavam pálidas e enfraquecidas. Não obstante, houve alguma melhora desde a época da descoberta. Antes, as pessoas morriam ao fim de pouco tempo, agora já não morrem tão depressa, mas vão ficando cada vez mais enfraquecidas. A região poderá tornar-se cada vez menos insalubre à medida que se introduzirem ali algumas culturas e se desbastarem algumas matas, como já aconteceu no Rio das Velhas, um dos afluentes do S. Francisco.

Atravessei o rio no mesmo dia em que cheguei às suas margens (24 de setembro). Do outro lado eu já não me achava mais no território dos índios[31] nem mesmo em Minas Gerais. Acabava de entrar na Província de S. Paulo.

A acreditar no que se lê no *Ensaio de um Quadro Estatístico da Província de S. Paulo*, 1839, o distrito privilegiado dos índios foi depois de alguns anos novamente anexado

---

(31) Encontram-se no livro de Eschwege (*Bras. die neue Welt*, I, 93, 94) dois quadros relativos à população indígena do distrito privilegiado. Um deles foi fornecido ao autor em 1816 e inclui apenas os habitantes da região situada entre o Paranaíba e o Rio das Velhas. O outro engloba todos os habitantes do distrito, tendo sido enviado à administração pelos próprios índios em 1821. Como creio ter encontrado no primeiro alguns dados inexatos, restrinjo-me a reproduzir o segundo:

	Homens	Mulheres	Crianças	Total
Paranaíba	4	3	6	13
S. Domingos	27	14	13	54
Rio das Pedras	33	31	38	102
Estiva	20	23	31	74
Pisarrão	11	10	21	42
Boa Vista	11	14	30	55
Furnas	14	9	12	35
Santana	84	90	88	262
Rio das Velhas	7	5	8	20
Rocinha	3	3	5	11
Uberava	2	3	3	8
Tijuco	8	8	7	23
Lanhoso	8	8	17	30
Uberava Falsa	13	15	38	66
Toldas	5	7	11	23
Posse	2	2	4	8
Espinhas	5	9	21	35
Rio Grande	3	3	4	10
	257	257	357	871

a Goiás. Diz o *Ensaio* que "o distrito da Vila de Franca, pertencente a S. Paulo, confina com o de Uberava, o qual pertence a Goiás, e que o Rio Grande serve de limite a essa última província". Os autores do *Dicionário Geográfico do Brasil*, que escreveram uma história muito resumida de Goiás até o ano de 1842, também dizem que a Aldeia de Santana pertence a essa província. Mas como acrescentam ao mesmo tempo que o Paranaíba serve de limite a Goiás e o Pisarrão pertence a Minas Gerais, é-nos permitido encarar a questão como duvidosa. A anexação mencionada no *Ensaio* talvez pareça bastante lógica, se examinarmos o mapa, mas não posso deixar de encará-la como uma verdadeira desgraça, tendo em vista não somente a distância em que se encontram o Rio das Pedras, Santana, etc. da sede de Goiás, como também o grande número de encargos que forçosamente se acumulam sobre o governo dessa vasta província, os poucos recursos e rendas de que dispõe e o triste estado de suas finanças, que sem dúvida levam o governo a abandonar as aldeias dos índios. (Ver o que escreveu Gardner a respeito do abandono a que se acha entregue a Aldeia do Douro, Travels, 315/320.)

OBSERVAÇÕES TERMOMÉTRICAS FEITAS EM 1819 NUMA VIAGEM DO RIO DE JANEIRO À CIDADE DE GOIÁS, E DE GOIÁS À FRONTEIRA DE SÃO PAULO

Datas	Hora (Manhã)	Graus Centígrados	Lugares	Hora (Tarde)	Graus Centígrados	Lugares
28 jan.	6	29	Mandioca	6,15	22	Tamarati
29 "	....	...	....	6	25	Sumidouro
30 "	....	...	....	2	27,5	Boa Vista
31 "	6	21	Boa Vista, alt.: 620 m	6½	27,5	Governo
6 fev.	6	25	Porto da Paranaíba	6	32,5	Forquilha
7 "	6	22	Forquilha	7	27,5	Joaquim Marcos
8 "	6	21	Joaquim Marcos	4	33	As Cobras
9 "	6	21	As Cobras	4	31	Arraial do Rio Preto
10 "	6	21	Arraial do Rio Preto	6	27,5	S. Gabriel
11 "	6	19	S. Gabriel	7	27,5	" "
12 "	6	16	" "	7	26	" "
13 "	6	17,5	" "	3	31,8	Tomé de Oliveira
14 "	6,30-7	17,5	Tomé de Oliveira	7,30	25	Alto da Serra
15 "	5,30	16,5	Alto da Serra	3-8,30	27,5-30	Sítio
18 "	6	19	Laranjas	6	23,7	Vertentes do Sardim
19 "	6	19	Vertentes do Sardim	4-7	25-23,7	Chaves
20 mar.	6	19	Tanque, 21°10' lat. Sul	4	25	Capão das Flores
21 "	6	19	Capão das Flores	4	27,5	Capitão Pedro
22 mar.	7	19	Capitão Pedro	4	25	Vertentes do Jacaré
23 "	6	19	Vertentes do Jacaré	4	27,5	Oliveira
24 "	6	19	Oliveira	4	25	Bom Jardim
25 "	6	13,7	Bom Jardim; 19° 57' lat.	....	...	....
1 abr.	6	19	Formiga	4-5-6	27,5-26-25	Ponte Alta
2 "	6	19	Ponte Alta	....	...	....
4 "	8	20	Ponte Alta	4	26	S. Miguel e Almas
5 "	8	19	S. Miguel e Almas	4-6	25	Pium-i
6 "	6	18	Pium-i	4	25	Pium-i
7 "	6	16,5	Pium-i	5-8	25-19	Dona Tomásia
8 "	6	13	Dona Tomásia	4	27,5	João Dias
12 "	6	19	Antônio Dias	4	27,5	Geraldo
13 "	6	19	Geraldo	6	25	Geraldo
14 "	6	19	Geraldo	6	23	Geraldo
15 "	7½	17,5	Geraldo	4	27,5	Manuel Antônio Simões
16 "	7	17,5	Manuel Antônio Simões	6½	22,5	Paiol Queimado
18 "	7	19	Jabuticabeira	8	17,5	Jabuticabeira
19 "	8½	17,5	Jabuticabeira	....	...	....
20 "	...	...	....	7	15	Piripitinga
27 "	6-7	12,5	Araxá	4	30	Porto do Quebra-Anzol
28 abr.	6,30	13,7	Porto do Quebra-Anzol	3-4	30	Francisco José de Matos
29 "	7	16,5	Francisco José de Matos	4	30	Damaso
30 "	7	13,7	Damaso	4	30	Patrocínio
1 mai.	7	16,5	Patrocínio	4	30	Arruda
2 "	7	15	Arruda	5	27,5	Leandro
3 "	7	15	Leandro	5	27,5	Carabandela
4 "	7	16,5	Carabandela	5,30	26	Carabandela
5 "	7	15	Carabandela	5-6	30-27,5	Porto da Paranaíba
6 "	8	17,5	Porto da Paranaíba	7	27,5	Moquém
7 "	7½	17,5	Moquém	4	22,5	Pilões
8 "	7½	17,5	Pilões	5	27,5	Pilões
9 "	...	...	....	3-4	32,5-27,5	Guarda-Mor
10 "	8	22,5	Guarda-Mor	...	...	....
11 "	...	...	....	5	26	João Gomes
13 "	7	19	João Gomes	5,30	26	Guarda de S. Isabel
15 "	...	...	....	2,30	27,5	Paracatu
22 "	...	...	....	3,30	30	Monjolos
23 "	6	17,5	Monjolos; 17° 37' lat.	3	30	Moinho
24 "	6	14,3	Moinho	...	...	....
25 "	6	15	Tapera	3	25	Sobradinho

Datas	Hora (Manhã)	Graus Centígrados	Lugares	Hora (Tarde)	Graus Centígrados	Lugares
26 mai.	6,30	12,5	Sobradinho	3	23,7	Caveira
27 "	6	10	Caveira	6	22,5	Arrependidos
28 "	6	12,5	Arrependid. ;16º 48' lat	2-6	27,5-19	Taipa
29 "	8	19	Taipa	3	25	Taipa
30 "	6	12,5	Taipa	3-6	30-22,5	Riacho Frio
31 "	6	13,7	Riacho Frio	2	30	Garapa
6 jun.	6	11	S. J. Evang.; 16º49' lat.	3	25	Ponte Alta
9 "	6	7	S. Ant. dos M. Claros	3	25	Laje
10 "	6	10	Laje	3	25	Corumbá
20 "	...	...	....	3-6	30-22,5	Goiabeira
21 "	6	10	Goiabeira	2	30	Areias
22 "	6,30	10	Areias	3	26	Laje
23 "	6	10	Laje	3	30	Mandinga
24 "	7,30	12,5	Mandinga	3	28,7	Ouro Fino
25 "	7	12,5	Ouro Fino	3	30	Pouso Novo
4 jul.	Ao nascer do sol	15	Areias; 16º 19' lat.	2	28,7	Gorgulho
5 "	"	13,7	Gorgulho	2	26	Gorgulho
6 "	"	11	Gorgulho	2	26	Aldeia de S. José
9 "	"	9	Aldeia de S. José	...	...	....
10 "	"	6	Tapera	3	28,7	Rio Fartura
11 jul.	Ao nascer do sol	6	Rio Fartura	...	...	....
12 "	"	9	Porco Morto	4	25	Rio dos Pilões
13 "	"	6	Rio dos Pilões	2	31	Arraial dos Pilões
14 "	...	...	....	2	31	Arraial dos Pilões
15 "	"	13,7	Arraial dos Pilões	2	31	Rio dos Pilões
16 "	"	10	Rio dos Pilões	3	26	Mamoeiros
17 "	"	10	Mamoeiros	2	31	Rancho do Guarda-Mor
18 "	6,30	15	Guarda-Mor	3	32,5	Dona Antônia
19 "	Ao nascer do sol	15	Dona Antônia	3	32,5	Jacu
20 "	"	10	Jacu	3	31	Vila Boa; 16º 19' lat.
29 "	"	15	Areias	2	32,5	Coqueiros
30 "	"	11	Coqueiros	5	31,8	Mandinga
31 "	"	11	Mandinga	4	31	Monjolinho
1 ago.	"	6	Monjolinho	3	31	Caveiras
2 "	"	4	Caveiras	3	32,5	Lagoa Grande
3 "	"	5	Lagoa Grande	3	30,6	Gonçalo Marques
4 "	"	6	Gonçalo Marques	...	...	....
8 "	"	16	Joaq. Alves de Oliveira	3	30	Meia-Ponte; 15º 50' lat.
9 "	...	...	....	2	28,7	Furnas
10 "	"	16	Furnas	3	29	Forquilha
11 ago.	Ao nascer do sol	7,5	Forquilha	1	28,7	Antas
12 "	"	8	Antas	...	...	....
14 "	"	10	Bom Fim	...	...	....
15 "	"	10	Pari	3	30,6	Joaquim Dias
16 "	"	10	Joaquim Dias	...	...	....
18 "	...	...	....	4	27,5	Sapezal
19 "	"	10	Sapezal	...	...	....
20 "	"	19	Caldas Velhas	...	...	....
21 "	"	12,5	Caldas Novas	...	...	....
24 "	...	...	....	3	28	Francisco Alves
27 "	...	...	....	3	32,5	Sítio Novo; 17º 15' lat.
29 "	"	15	Sítio Novo	3	31	Sítio da Posse
30 "	"	15	Sítio da Posse	3	31	Braço do Veríssimo
31 "	"	17,5	Braço do Veríssimo	3	31	Ribeirão

Datas	Hora (Manhã)	Graus Centígrados	Lugares	Hora (Tarde)	Graus Centígrados	Lugares
1 set.	Ao nascer do sol	14	Sítio do Veríssimo	3	31	Riacho
2 "	"	14	Ribeirão	3	31	Riacho
4 "	...	...	....	Ao poente	27,5	Porto da Paranaíba
6 "	"	10	Rio das Pedras	4	30	Estiva
7 "	"	15	Estiva	3	30	Boa Vista
8 "	"	15	Boa Vista	3	30	Furnas
11 "	...	...	...	3	19	Rocinha
13 "	...	...	...	4	22,5	Uberava Verdadeira
15 "	"	5,6	Uberava Verdadeira	4	30	Tijuco
16 "	"	16,5	Tijuco	3-4	30	Lanhoso
17 "	"	15	Lanhoso	3	32,5	Farinha Podre
19 "	...	...	....	3	38,7	Farinha Podre
21 "	...	...	....	3	30	Farinha Podre
22 "	...	...	....	3	32,5	Guarda da Posse
23 "	...	...	....	3	23,7	Guarda da Posse

Este livro foi composto com a tipografia Times New Roman
e impresso pela Meta Brasil.